传世散文经典

名人印象

郁达夫 等著

郭 雨 选编

中国华侨出版社

前言

对于散文的理解，古今有所不同。在中国古代文学中，将凡是不押韵、不重排偶，与韵文和骈文有明显区别的散体文章，包括经传史书在内，统称为散文，后来这一概念又推广至诗歌以外的所有文学体裁。随着时代变迁，人们对散文的认识有所发展，再加上受西方文化的影响，在中国现代文学中，散文就逐渐演变为与诗歌、小说、戏剧并行的一种文学体裁。

散文作为一种文学形式，其历史悠远，发轫于先秦，历经秦汉、魏晋六朝、唐宋明清乃至现当代两千余年来的锤炼提升，弦歌不绝，优秀作品俯拾皆是，为恢宏庞大的中国文学史增添了无尽的色彩与魅力。

先秦散文造就了中国散文史上第一个黄金时期，诸子散文和史传散文作为其重要组成，对后世产生了极为深远的影响。两汉时期散文，在继承先秦散文的基础上取得了很高的成就，涌现出一大批优秀作家和作品。魏晋南北朝时期，在骈文的影响下，散文开始向讲究修辞方法、注重提高文学性方向迈进。唐代古文运动的兴起，一改六朝以来浮华绮靡的文风，提倡文以载道，使得散文逐渐取代了骈文的主流地位，对宋以及明清两代产生了重要影响。两宋散文，在欧阳修、苏轼等人倡导下，唐代古文运动精髓得以发扬继承。明代散文继续发展，特别是晚明小品的出现，成为中国散文史上的重大突破。清代散文在桐城派的引导之下大放异彩。民国以后，文学革命兴起白话文日渐普及，中国古典散文渐渐淡出人们的视野，白话散文亦即现代散文的时代到来了，其影响一直延续至今。

现代散文产生与发展的时代，与近代中国的民族民主革命相契合，具有鲜明的时代特征。这一时期，周氏兄弟、郁达夫、朱自清、林语堂等一大批优秀作家及作品的出现，使得中国散文的发展走向出现了重大转折。郁达夫曾指出："现代散文的最大特征，是每一个作家的每一篇散文里所表现出的个性，比以前的任何散文都来得强。"正是这种"个性"的彰显，令现代散文具有了划时代的意义。有学者指出："现代散文石破天惊般的辉煌发展与巨大业绩，是继先秦诸子百家争鸣之后，散文史上又一次思想、文体的大解放、大突破！"阅读和欣赏其中的经典名篇，不仅能够让人真实地感受到中国社会的变迁，更能深切体味到人生的真谛。散文向有美文之称，成年朋友可以从中获得美学的快乐，年轻朋友则更可从中学习、借鉴写作技巧。

基于此，我们编辑策划了这套"传世散文经典"丛书。

编者从中国现代散文作品中精选了数百篇佳作，按照爱情、友情、乡情等不同主题，分别成册，每册所收作品均按照作者年龄排序。希望我们为广大读者精心奉上的这席文学盛宴，能让大家一道超越时空，追寻这些文坛先贤的足迹，在体念他们的情怀、享受散文的优美之际，将博大精深的中华文化自觉地传承下去。

囿于水平所限，编选过程中难免有所缺漏，敬希读者批评指正。

目录
Contents

关于鲁迅　周作人　　　　　　　　　　　001

鲁迅翁杂忆　夏丏尊　　　　　　　　　　011

鲁迅之死　林语堂　　　　　　　　　　　015

回忆鲁迅　郁达夫　　　　　　　　　　　019

鲁迅先生逝世两周年纪念　老舍　　　　　042

回忆鲁迅先生　萧红　　　　　　　　　　048

志摩纪念　周作人　　　　　　　　　　　083

追悼志摩　胡适　　　　　　　　　　　　087

志摩在回忆里　郁达夫　　　　　　　　　096

三年前的十一月十二日　沈从文　　　　　103

悼志摩　林徽因　　　　　　　　　　　　111

丏尊先生故后追忆　王统照　　　　120

悼夏丏尊先生　丰子恺　　　　　　129

教育家的夏丏尊先生　朱自清　　　135

悼夏丏尊先生　郑振铎　　　　　　138

两法师　叶圣陶　　　　　　　　　145

怀念李叔同先生　丰子恺　　　　　153

丁在君这个人　胡适　　　　　　　161

现代学人丁在君先生的一角　罗家伦　171

哭佩弦　郑振铎　　　　　　　　　177

敬悼佩弦先生　吴组缃　　　　　　182

范爱农　鲁迅　　　　　　　　　　193

关于范爱农　周作人　　　　　　　201

忆刘半农君　鲁迅　　　　　　　　207

半农纪念　周作人　　　　　　　　211

怀废名　周作人　　　　　　　　　216

知堂先生　废名　　　　　　　　　222

高梦旦先生小传　胡适　　　　　　　　　　　　227

蔡先生的回忆　陈西滢　　　　　　　　　　　　231

吊刘叔和　徐志摩　　　　　　　　　　　　　　238

林琴南先生　苏雪林　　　　　　　　　　　　　243

书诒天下才　我为苍生哭　罗家伦　　　　　　　249

我所见的叶圣陶　朱自清　　　　　　　　　　　258

中国学术界的大损失——悼闻一多先生　朱自清　263

四位先生　老舍　　　　　　　　　　　　　　　268

怀友　老舍　　　　　　　　　　　　　　　　　275

丰子恺　赵景深　　　　　　　　　　　　　　　278

我与老舍与酒　台静农　　　　　　　　　　　　283

记蔡威廉女士　沈从文　　　　　　　　　　　　287

我认识的亚子先生　谢冰莹　　　　　　　　　　293

回忆林徽因　费慰梅　　　　　　　　　　　　　298

忆白石老人　艾青　　　　　　　　　　　　　　302

关于鲁迅

周作人

《阿Q正传》发表以后，我写过一篇小文章，略加以说明，登在那时的《晨报副镌》上。后来《阿Q正传》与《狂人日记》等一并编成一册，即是《呐喊》，出在新潮社丛书里，其时傅孟真、罗志希诸君均已出国留学去了，《新潮》交给我编辑，这丛书的编辑也就用了我的名义。出版以后大被成仿吾所挖苦，说这本小说集既然是他兄弟编的，一定好的了不得。——原文不及查考，大意总是如此。于是我恍然大悟，原来关于此书的编辑或评论我是应当回避的。这是我所得的第一个教训。不久在中国文坛上又起了《阿Q正传》是否反动的问题。恕我记性不好，不大能记得谁是怎么说的了，但是当初决定《正传》是落伍的反动的文学的，随后又改口说这是中国普罗文学的正宗者往往有之。这一笔"阿Q的旧账"至今我还是看不懂，本来不懂也没有什么要紧，不通过这切实的给我一个教训，就是使我明白这件事的复杂性，最好还是不必过问。于是我就不再过问，就是那一篇小文章也不收到文集里去，以免为无论哪边的批评家所援引，多生些小是非。现在鲁迅死了，一方面固然也可以如传闻乡试封门时所祝，正是"有恩报恩有怨报怨"的时候，一方面也可以说，要骂的捧的或利用的都已失了对象，或者没有什么争论了亦未可知。这时候我想来说几句话，似乎可以不成问题，而且未必是无意义的事，因为鲁迅的学问与艺术的来源有些都非外人所能知，今本人已死，舍弟那时年幼亦未闻知，我所知道已为海内孤本，深信值得录存，事虽细微而不虚诞，世之识者当有取焉。这里所说限于有个人独到之见独创之才的少数事业，若其他言行已有人云亦云的毁或誉者概置不论，不但仍以避免论争，盖亦本非上述趣意中所摄者也。

鲁迅本名周樟寿，生于清光绪辛巳八月初三日。祖父介孚公在北京做京官，得家书报告生孙，其时适有张之洞还是之万呢？来访，因为命名曰张，或以为与灶君同生日，故借灶君之姓为名，盖非也。书名定为樟寿，虽然清道房同派下群从谱名为寿某，祖父或忘记或置不理均不可知，乃以寿字属下，又定字曰豫山，后以读音与雨伞相近，请于祖父改为豫才。戊戌春间往南京考学堂，始改名树人，字如故，义亦可相通也。留学东京时，刘申叔为河南同乡办杂志曰《河南》，孙竹丹来为拉稿，豫才为写几篇论文，署名一曰迅行，一曰令飞，至民七在《新青年》上发表《狂人日记》，于迅上冠鲁姓，遂成今名。写随感录署名唐俟，唐者"功不唐捐"之唐，意云空等候也，《阿Q正传》特署巴人，已忘其意义。

鲁迅在学问艺术上的工作可以分为两部，甲为搜集辑录校勘研究，乙为创作。今略举于下：

甲部

一、会稽郡故书杂集。

二、谢承后汉书（未刊）。

三、古小说钩沉（未刊）。

四、小说旧闻钞。

五、唐宋传奇集。

六、中国小说史。

七、稚康集（未刊）。

八、岭表录异（未刊）。

九、汉画石刻（未完成）。

乙部

一、小说：《呐喊》、《彷徨》。

二、散文：《朝花夕拾》等。

这些工作的成就有大小，但无不有其独得之处，而其起因亦往往很是久远，其治学与创作的态度与别人颇多不同，我以为这是最可注意的事。豫才从小就喜欢书画——这并不是书家画师的墨宝，乃是普通的一册一册的线装书与画谱。最初买不起书，只好借了绣像小说来看。光绪癸巳祖父因事下狱，一家分散，我和豫才被寄存在大舅父家里，住在皇甫庄，是范啸风的隔壁，后来搬往小皋步，即秦秋渔的娱园的厢房。这大约还是在皇甫庄的时候，豫才向表兄借来一册《荡寇志》的绣像，买了些叫作吴公纸的一种毛太纸来，一张张的影描，订成一大本，随后仿佛记得以一二百文钱的代价卖给书房里的同窗了。回家以后还影写了好些画谱，还记得有一次在堂前廊下影描马镜江的《诗中画》，或是王冶梅的《三十六赏心乐事》，描了一半暂时他往，祖母看了好玩，就去画了几笔，却画坏了，豫才扯去另画，祖母有点怅然。后来压岁钱等略有积蓄，于是开始买书，不再借抄了。顶早买到的大约是两册石印本冈元凤所著的《毛诗品物图考》，这书最初也是在皇甫庄见到，非常欲羡，在大街的书店买来一部，偶然有点纸破或墨污，总不能满意，便拿去掉换，至再至三，直到伙计烦厌了，戏弄说，这比姊姊的面孔还白呢，何必掉换，乃愤然出来，不再去买书。这书店大约不是墨润堂，却是邻近的奎照楼吧。这回换来的书好像又有什么毛病，记得还减价以一角小洋卖给同窗，再贴补一角去另买了一部。画谱方面那时的石印本大抵陆续都买了，《芥子园画传》自不必说，可是却也不曾自己学了画。此外陈淏子的《花镜》恐怕是买来的第一部书，是用了二百文钱从一个同窗的本家那里得来的。家中原有几箱藏书，却多是经史及举业的正经书，也有些小说如《聊斋志异》《夜谈随录》，以至《三国演义》《绿野仙踪》等，其余想看的须得自己来买添，我记得这里边有《西阳杂俎》《容斋随笔》《辍耕录》《池北偶谈》《六朝事迹类编》"二酉堂丛书"《金石存》《徐霞客游记》等。新年出城拜岁，来回总要一整天，船中枯坐无聊，只好看书消遣，那时放在"帽盒"中带了去的大抵是《游记》或《金石存》——后者自然是石印本，前者乃是图书集成局的扁体字的。《唐代丛书》买不起，托人去转借来看过一遍，我很佩服那里的一篇《黑心符》，抄了《平泉草木记》，豫才则抄了三卷《茶经》和《五木经》。好容易凑了块把钱，买来一部小丛书，共二十四册，现在头本已缺无可查考，但据每册上特请一位族叔题的字，或者名为"艺苑裙华"吧，当时很是珍重耽读，说来也很可怜，这原来乃是书估从《龙威秘书》中随意抽取，杂凑而成的一碗"拼拢拗羹"而已。这些事情都很琐屑，可是影响却颇不小，它就"奠定"了半生学问事业的倾向，在趣味上到了晚年也还留下好些明了的痕迹。

戊戌往南京，由水师改入陆师附设的路矿学堂，至辛丑毕业派往日本留学，此三年中专习科学，对于旧籍不甚注意，但所作随笔及诗文盖亦不少，在我的旧日记中略有录存。如戊戌年作《戛剑生杂记》四则云：

"行人于斜日将堕之时，暝色逼人，四顾满目非故乡之人，细聆满耳皆异乡之语，一念及家乡万里，老亲弱弟必时时相语，谓今当至某处矣，此时真觉柔肠欲断，涕不可仰。故予有句云，日暮客愁集，烟深人语喧，皆所身历，非托诸空言也。"

"生鲈鱼与新粳米炊熟，鱼须祈小方块，去骨，加秋油，谓之妒鱼饭。味甚鲜美，名极雅饬，可入林洪《山家清供》。"

"夷人呼茶为梯，闽语也。闽人始贩茶至夷，故夷人效其语也。"

"试烧酒法，以缸一只猛注酒于中，视其上面浮花，顷刻进散净尽者为活酒，味佳，花浮水面不动者为死酒，味减。"又《莳花杂志》二则云：

"晚香玉本名土秘螺斯，出塞外，叶阔似吉祥草，花生穗间，每穗四五球，每球四五朵，色白，至夜尤香，形如喇叭，长寸余，瓣五六七不等，都中最盛。昔圣祖仁皇帝因其名俗，改赐今名。"

"里低母斯，苔类也，取其汁为水，可染蓝色纸，遇酸水则变为红，遇砬水又复为蓝。其色变换不定，西人每以之试验化学。"诗则有庚子年作《莲蓬人》七律，《庚子送灶即事》五绝，各一首，又庚子除夕所作《祭书神文》一首，今不具录。辛丑东游后曾寄数诗，均分别录入旧日记中，大约可有十首，此刻也不及查阅了。

在东京的这几年是鲁迅翻译及写作小说之修养时期，详细须得另说，这里为免得文章线索凌乱，姑且从略。鲁迅于庚戌（一九一○年）归国，在杭州两级师范、绍兴第五中学及师范等校教课或办事，民元以后任教育部金事，至十四年去职，这是他的工作中心时期，其间又可分为两段落，以《新青年》为界。上期重在辑录研究，下期重在创作，可是精神还是一贯，用旧话来说可云不求闻达。鲁迅向来勤苦作事，为他人所不能及，在南京的时候手抄汉译赖耶尔（C·Lyell）的《地学浅说》（案即是Principles of Geology）两大册，图解精密，其他教本称是，但因为我不感到兴趣，所以都忘记是什么书了。归国后他就开始抄书，在这几年中不知共有若干种，只是记得的就有《穆天子传》《南方草木状》《北户录》《桂海虞衡志》、程瑶田的《释虫小记》、郝懿行的《燕子春秋》、《蜂衙小记》与《记海错》，还有从《说邪》抄出的多种。其次是辑书。清代辑录古逸书的很不少，鲁迅所最受影响的还是张介侯的二酉堂吧，如《凉州记》，段颎、阴铿的集，都是乡邦文献的辑集也。（老实说，我很喜欢张君所著书，不但是因为辑古逸书收存乡邦文献，刻书字体也很可喜，近求得其所刻《蜀典》，书并不珍贵，却是我所深爱。）他一面翻古书抄唐以前小说逸文，一面又抄唐以前的越中史地书。这方面的成绩第一是一部《会稽郡故书杂集》，其中有谢承《会稽先贤传》、虞预《会稽典录》、钟离岫《会稽后贤传记》、贺氏《会稽先贤像赞》、朱育《会稽土地记》、贺循《会稽记》、孔灵符《会稽记》、夏侯曾先《会稽地志》，凡八种，各有小引，卷首有叙，题曰太岁在阏逢摄提格（民国三年甲寅）九月既望记，乙卯二月刊成，木刻一册。叙中有云：

"幼时尝见武威张澍所辑书，于凉土文献撰集甚众，笃恭乡里，尚此之谓，而会稽故籍零落，至今未闻后贤为之纲纪，乃创就所见书传刺取遗篇，累为一帐。"

又云：

"书中贤俊之名，言行之迹，风土之美，多有方志所遗，舍此更不可见，用遗邦人，庶几供其景行，不忘于故。"这里辑书的缘起与意思都说的很清楚，但是另外有一点值得注意的，叙文署名"会稽周作人记"，向来算是我的撰述，这是什么缘故呢？查书的时候我也曾帮过一点忙，不过这原是豫才的发意，其一切编排考订，写小引叙文，都是他所做的，起草以至誊清大约有三四遍，也全是自己抄写，到了付刊时却不愿出名，说写你的名字吧，这样便照办了，一直拖了二十余年。现在觉得应该说明了，因为这一件小事我以为很有点意义。这就是证明他做事全不为名誉，只是由于自己的爱好。这是求学问弄艺术的最高的态度，认得鲁迅的人平常所不大能够知道的。其所辑录的古小说逸文也已完成，定名为《古小说钩沉》，当初也想用我的名字刊行，可是没有刻板的资财，托书店出版也不成功，至今还是搁着。此外又有一部谢承《后汉书》，因为谢伟平是山阴人的缘故，特为辑集，可惜分量太多，所以未能与《故书杂集》同时刊版，这从笃恭乡里的见他说来也是一件遗憾的事。豫才因为古小说逸文的搜集，后来能够有《小说史》的著作，说起缘由来很有意思。豫才对于古小说虽然已有十几年的用力，（其动机当然还在小时候所读的书里）但因为不喜夸示，平常很少有人知道。那时我在北京大学中国文学系做"票友"，马幼渔君正当主任，有一年叫我讲两小时的小说史，我冒失的答应了回来，同豫才说起，或者由他去教更为方便，他说去试试也好，于是我去找幼渔换了别的什么功课，请豫才教小说史，后来把讲义印了出来，即是那一部书。其后研究小说史的渐多，如胡适之、马隅卿、郑西谛、孙子书诸君，各有收获，有后来居上之概，但那些似只在后半部，即宋以来的章回小说部分，若是唐以前古逸小说的稽考恐怕还没有更详尽的著作，这与《古小说钩沉》的工作正是极有关系的。对于画的爱好使他后来喜欢翻印外国的版画，编选北平的诗笺，为世人所称，但是他半生精力所聚的汉石刻画像终于未能编印出来，或者也还没有编好吧。

末了我们略谈鲁迅创作方面的情形。他写小说其实并不始于《狂人日记》，辛亥冬天在家里的时候曾经写过一篇，以东邻的富翁为"模特儿"，写革命的前夜的事，性质不明的革命军将要进城，富翁与清客闲汉商议迎降，颇富于讽刺的色彩。这篇文章未有题名，过了两三年由我加了一个题目与署名，寄给《小说月报》，那时还是小册，系恽铁樵编辑，承其覆信大加称赏，登在卷首，可是这年月与题名都完全忘记了，要查民初的几册旧日记才可知道。第二次写小说是众所共知的《新青年》时代，所用笔名是鲁迅，在《晨报副镌》为孙伏园每星期日写《阿Q正传》则又署名巴人，所写随感录大抵署名唐俟，我也有一两篇是用这个署名的，都登在《新青年》上，近来看见有人为鲁迅编一本集子，里边所收就有一篇是我写的，后来又有人选入什么读本内，觉得有点可笑。当时世间颇疑巴人是蒲伯英，鲁迅则终于无从推测，教育部中有时纷纷议论，毁誉不一，鲁迅就在旁边，茫然相对，是很有"幽默"趣味的事。他为什么这样做的呢？并不如别人所说，因为言论激烈所以匿名，实在只如上文所说不求闻达，但求自由的想或写，不要学者文人的名，自然也更不为利，《新青年》是无报酬的，晨报副刊多不过一字一二厘罢了。以这种态度治学问或做创作，这才能够有独到之见，独创之才，有自己的成就，不问工作大小都有价值，与制艺异也。鲁迅写小说散文又有一特点，为别人所不能及者，即对于中国民族的深刻的观察。大约现代文人中对于中国民族抱着那样一片黑暗的悲观的难得有第二个人吧。豫才从小喜欢"杂览"，读野史最多，受影响亦最大——譬如读过《曲洧旧闻》里的"因子巷"一则，谁会再忘记，会不与《一个小人物的忏悔》所记的事情同样的留下很深的印象呢？在书本里得来的知识上面，又加上亲自从社会里得来的经验，结果便造成一种只有苦痛与黑暗的人生观，让他无条件（除艺术的感觉外）的发现出来，就是那些作品。从这一点说来，《阿Q正传》正是他的代表作，但其被普罗批评家所

（曾）痛骂也正是应该的。这是寄悲愤绝望于幽默，在从前那篇小文里我曾说用的是显克微支夏目漱石的手法，著者当时看了我的草稿也加以承认的，正如《炭画》一般里边没有一点光与空气，到处是愚与恶，而愚与恶又复厉害到可笑的程度。有些牧歌式的小话都非佳作，《药里》稍露出一点的情热，这是对于死者的，而死者又已是做了"药"了，此外就再也没有东西可以寄托希望与感情。不被礼教吃了肉去就难免被做成"药渣"，这是鲁迅对于世间的恐怖，在作品上常表现出来，事实上也是如此。讲到这里我的话似乎可以停止了，因为我只想略讲鲁迅的学问艺术上的工作的始基，这有些事情是人家所不能知道的，至于其他问题能谈的人很多，还不如等他们来谈罢。

廿五年十月廿四日，北平

（一九三六年十月作，选自《瓜豆集》）

鲁迅翁杂忆

夏丏尊

　　我认识鲁迅翁，还在他没有鲁迅的笔名以前。我和他在杭州两级师范学校相识，晨夕相共者好几年，时候是前清宣统年间。那时他名叫周树人，字豫才，学校里大家叫他周先生。

　　那时两级师范学校有许多功课是聘用日本人为教师的，教师所编的讲义要人翻译一遍，上课的时候也要有人在旁边翻译。我和周先生在那里所担任的就是这翻译的职务。我担任教育学科方面的翻译，周先生担任生物学科方面的翻译。此时，他还兼任着几点钟的生理卫生的教课。

翻译的职务是劳苦而且难以表现自己的，除了用文字语言传达他人的意思以外，并无任何可以显出才能的地方。周先生在学校里却很受学生尊敬，他所译的讲义就很被人称赞。那时白话文尚未流行，古文的风气尚盛，周先生对于古文的造诣，在当时出版不久的《域外小说集》里已经显出。以那样的精美的文字来译动物植物的讲义，在现在看来似乎是浪费，可是在三十年前重视文章的时代，是很受欢迎的。

周先生教生理卫生，曾有一次答应了学生的要求，加讲生殖系统。这事在今日学校里似乎也成问题，何况在三十年以前的前清时代。全校师生们都为惊讶，他却坦然地去教了。他只对学生提出一个条件，就是在他讲的时候不许笑。他曾向我们说："在这些时候不许笑是个重要条件。因为讲的人的态度是严肃的，如果有人笑，严肃的空气就破坏了。"大家都佩服他的卓见。据说那回教授的情形果然很好。别班的学生因为没有听到，纷纷向他来讨油印讲义看，他指着剩余的油印讲义对他们说："恐防你们看不懂的，要么，就拿去。"原来他的讲义写得很简，而且还故意用着许多古语，用"也"字表示女阴，用"了"字表示男阴，用"幺"字表示精子，诸如此类，在无文字学素养未曾亲听过讲的人看来，好比一部天书了。这是当时的一段珍闻。

周先生那时虽尚年青，丰采和晚年所见者差不多。衣服是向不讲究的，一件廉价的羽纱——当年叫洋官纱——长衫，从端午前就着起，一直要着到重阳。一年之中，足足有半年看见他着洋官纱，这洋官纱在我记忆里很深。民国十五年初秋他从北京到厦门教书去，路过上海，上海的朋友们请他吃饭，他着的依旧是洋官纱。我对了这二十年不见的老朋友，握手以后，不禁提出"洋官纱"的话来。"依旧是洋官纱吗？"我笑说。"呃，还是洋官纱！"他苦笑着回答我。

周先生的吸卷烟是那时已有名的。据我所知，他平日吸的都是廉价卷烟，这几年来，我在内山书店时常碰到他，见他所吸的总是金牌、品海牌一类的卷烟。他在杭州的时候，所吸的记得是强盗牌。那时他晚上总睡得很迟，强盗牌香烟，条头糕，这两件是他每夜必须的粮。服侍他的斋夫叫陈福。陈福对于他的任务，有一件就是每晚摇寝铃以前替他买好强盗牌香烟和条头糕。我每夜到他那里去闲谈，到摇寝铃的时候，总见陈福拿进强盗牌和条头糕来，星期六的夜里备得更富足。

周先生每夜看书，是同事中最会熬夜的一个。他那时不做小说，文学书是喜欢读的。我那时初读小说，读的以日本人的东西为多，他赠了我一部《域外小说集》，使我眼界为之一广。我在二十岁以前曾也读过西洋小说的译本，如小仲马、狄更斯诸家的作品，都是从林琴南的译本读到过的。《域外小说集》里所收的是比较近代的作品，而且都是短篇，翻译的态度，文章的风格，都和我以前所读过的不同。这在我是一种新鲜味。自此以后，我于读日本人的东西以外，又搜罗了许多日本人所译的欧美作品来读，知道的方面比较多起来了。他从五四以来，在文字上、思想上，大大地尽过启蒙的努力。我可以说在三十年前就受他启蒙的一个人，至少在小说的阅读方面。

周先生曾学过医学。当时一般人对于医学的见解，还没有现在的明了了，尤其关于尸体解剖等类的话，是很新奇的。闲谈的时候，常有人提到这尸体解剖的题目，请他讲讲"海外奇谈"。他都一一说给他们听。据他说，他曾经解剖过不少的尸体，有老年的，壮年的，男的，女的。依他的经验，最初也曾感到不安，后来就不觉得什么了，不过对于青年的妇人和小孩的尸体，当开始去破坏的时候，常会感到一种可怜不忍的心情。尤其是小孩的尸体，更觉得不好下手，非鼓起了勇气，拿不起解剖刀，我曾在这些谈话上领略到他的人间味。

周先生很严肃，平时是不大露笑容的，他的笑必在诙谐的时候。他对于官吏似乎特别憎恶，常摹拟官场的习气，引人发笑。现在大家知道的"今天天气……哈哈"一类的摹拟谐谑，那时从他口头已常听到。他在学校里是一个幽默者。

鲁迅之死

林语堂

　　民廿五年十月十九日鲁迅死于上海。时我在纽约，第二天见Herald—Tribune电信，惊愕之下，相与告友，友亦惊愕。若说悲悼，恐又不必，盖非所以悼鲁迅也。鲁迅不怕死，何为以死悼之？夫人生在世，所为何事？碌碌终日，而一旦暝目，所可传者极渺。若投石击水，皱起一池春水，及其波静浪过，复平如镜，了无痕迹。唯圣贤传言，豪杰传事，然究其可传之事之言，亦不过圣贤豪杰所言所为之万一。孔子喋喋千万言，所传亦不过《论语》二三万言而已。始皇并六国，统天下，焚书坑儒，筑长城，造阿房，登泰山，游会稽，问仙求神，立碑刻石，固亦欲创万世之业，流传千古。然帝王之业中堕，长生之乐不到，阿房焚于楚汉，金人毁于董卓，碑石亦已一字不存，所存一长城旧规而已。鲁迅投鞭击长流，而长流之波复兴，其影响所及，翕然有当于人心，鲁迅见而喜，斯亦足矣。宇宙之大，沧海之宽，起伏之机甚微，影响所及，何可较量，复何必较量？鲁迅来，忽然而言，既毕其所言而去，斯亦足矣。鲁迅常谓文人写作，固不在藏诸名山，此语甚当。处今日之世，说今日之言，目所见，耳所闻，心所思，情所动，纵笔书之而罄其胸中，是以使鲁迅复生于后世，目所见后世之人，耳所闻后世之事，亦必不为今日之言。鲁迅既生于今世，既说今世之言，所言有为而发，斯足矣。后世之人好其言，听之；不好其言，亦听之。或今人所好之言在此，后人所好在彼，鲁迅不能知，吾亦不能知。后世或好其言而实厚诬鲁迅，或不好其言而实深为所动，继鲁迅而来，激成大波，是文海之波涛起伏，其机甚微，非鲁迅所能知，亦非吾所能知。但波使涛之前仆后起，循环起伏，不归沉寂，便是生命，便是长生，复奚较此波长波短耶？

　　鲁迅与我相得者二次，疏离者二次，其即其离，皆出自然，非吾与鲁迅有轾轩于其间也。吾始终敬鲁迅；鲁迅顾我，我喜其相知，鲁迅弃我，我亦无悔。大凡以所见相左相同，而为离合之迹，绝无私人意气存焉。我请鲁迅至厦门大学，遭同事摆布追逐，至三易其厨，吾尝见鲁迅开罐头在火酒炉上以火腿煮水度日，是吾失地主之谊，而鲁迅对我绝无怨言是鲁迅之知我。《人世间》出，左派不谅吾之文学见解，吾亦不愿牺牲吾之见解以阿附初闻鸦叫自为得道之左派，鲁迅不乐，我亦无可如何。鲁迅诚老而愈辣，而吾则向慕儒家之明性达理，鲁迅党见愈深，我愈不知党见为何物，宜其刺刺不相入也。然吾私心终以长辈事之，至于小人之捕风捉影挑拨离间，早已置之度外矣。

鲁迅与其称为文人，不如号为战士。战士者何？顶盔披甲，持矛把盾交锋以为乐。不交锋则不乐，不披甲则不乐，即使无锋可交，无矛可持，拾一石子投狗，偶中，亦快然于胸中，此鲁迅之一副活形也。德国诗人海涅语人曰，我死时，棺中放一剑，勿放笔。是足以语鲁迅。

鲁迅所持非丈二长矛，亦非青龙大刀，乃炼钢宝剑，名宇宙锋。是剑也，斩石如棉，其锋不挫，刺人杀狗，骨骼尽解。于是鲁迅把玩不释，以为嬉乐，东砍西刨，情不自已，与绍兴学童得一把洋刀戏刻书案情形，正复相同，故鲁迅有时或类鲁智深。故鲁迅所杀，猛士劲敌有之，僧丐无赖、鸡狗牛蛇亦有之。鲁迅终不以天下英雄死尽，宝剑无用武之地而悲。路见疯犬、癫犬及守家犬，挥剑一砍，提狗头归，而饮绍兴，名为下酒。此又鲁迅之一副活形也。

然鲁迅亦有一副大心肠。狗头煮熟，饮酒烂醉，鲁迅乃独坐灯下而兴叹。此一叹也，无以名之。无名火发，无名叹兴，乃叹天地，叹圣贤，叹豪杰，叹司阍，叹佣妇，叹书贾，叹果商，叹黠者、狡者、愚者、拙者、直谅者、乡愚者；叹生人、熟人、雅人、俗人、尴尬人、盘缠人、累赘人、无生趣人、死不开交人；叹穷鬼、饿鬼、色鬼、谗鬼、牵钻鬼、串熟鬼、邋遢鬼、白蒙鬼、摸索鬼、豆腐羹饭鬼、青胖大头鬼。于是鲁迅复饮，俄而额筋浮胀，眦眦欲裂，须发尽竖；灵感至，筋更浮，眦更裂，须更竖，乃磨砚濡毫，呵的一声狂笑，复持宝剑，以刺世人。火发不已，叹兴不已，于是鲁迅肠伤，胃伤，肝伤，肺伤，血管伤，而鲁迅不起，呜呼，鲁迅以是不起。

廿六年十一月廿二日，于纽约

——摘自《林语堂文选》

回忆鲁迅

郁达夫

序言

鲁迅作故的时候，我正飘流在福建。那一天晚上，刚在南台一家饭馆里吃晚饭，同席的有一位日本的新闻记者，一见面就问我，鲁迅逝世的电报，接到了没有？我听了，虽则大吃了一惊，但总以为是同盟社造的谣。因为不久之前，我曾在上海会过他，我们还约好于秋天同去日本看红叶的。后来虽也听到他的病，但平时晓得他老有因为落夜而致伤风的习惯，所以，总觉得这消息是不可靠的误传。因为得了这一个消息之故，那一天晚上，不待终席，我就走了。同时，在那一夜里，福建报上，有一篇演讲稿子，也有改正的必要，所以从南台走回城里的时候，我就直上了报馆。

晚上十点以后，正是报馆里最忙的时候，我一到报馆，与一位负责的编辑，只讲了几句话，就有位专编国内时事的记者，拿了中央社的电稿，来给我看了，电文却与那一位日本记者所说的一样，说是"著作家鲁迅，于昨晚在沪病故"了。

我于惊愕之余，就在那一张破稿纸上，写了几句电文："上海申报转许景宋女士：骤闻鲁迅噩耗，未敢置信，万请节哀，余事面谈"。第二天的早晨，我就踏上了三北公司的靖安轮船，奔回到了上海。

鲁迅的葬事，实在是中国文学史上空前的一座纪念碑，他的葬仪，也可以说是民众对日人的一种示威运动。工人、学生、妇女团体、以前鲁迅生前的知友亲戚，和读他的著作、受他的感化的不相识的男男女女，参加行列的，总有一万人以上。

当时，中国各地的民众正在热叫着对日开战，上海的知识分子，尤其是孙夫人、蔡先生等旧日自由大同盟的诸位先进，提倡得更加激烈，而鲁迅适当这一个时候去世了，他平时，也是主张对日抗战的，所以民众对于鲁迅的死，就拿来当作了一个非抗战不可的象征；换句话说，就是在把鲁迅的死，看作了日本侵略中国的具体事件之一。在这个时候，在这一种情绪下的全国民众，对鲁迅的哀悼之情，自然可以不言而喻了；所以当时全国所出的刊物，无论哪一种定期或不定期的印刷品上，都充满了哀吊鲁迅的文字。

但我却偏有一种爱冷不感热的特别脾气，以为鲁迅的崇拜者、友人、同事，既有了这许多追悼他的文字与著作，那我这一个渺乎其小的同时代者，正可以不必马上就去铺张些我与鲁迅的关系。在这一个热闹关头，我就是写十万百万字的哀悼鲁迅的文章，于鲁迅之大，原是不能再加上以毫末，而于我自己之小，反更足以多一个证明。因此，我只在《文学》月刊上，写了几句哀悼的话，此外就一字也不提，一直沉默到了现在。

现在哩！鲁迅的全集已经出版了。而全国民众，正在一个绝大的危难底下抖擞。在这伟大的民族受难期间，大家似乎对鲁迅个人的伤悼情绪，减少了些了，我却想来利用余闲，写一点关于鲁迅的回忆。若有人因看了这回忆之故，而去多读一次鲁迅的集子，那就是我对于故人的报答，也就是我所以要写这些断片的本望。

廿七年八月十四日在汉寿

和鲁迅第一次的相见，不知是在哪一年哪一月哪一日——我对于时日地点，以及人的姓名之类的记忆力，异常的薄弱，非要遇见至五六次以上，才能将一个人的名氏和一个人的面貌连合起来，记在心里——但地方却记得是在北平西城的砖塔胡同一间坐南朝北的小四合房子里。因为记得那一天天气很阴沉，所以一定是在我去北平，入北京大学教书的那一年冬天，时间仿佛是在下午的三四点钟。若说起那一年的大事情来，却又有史可稽了，就是曹锟贿选成功，做大总统的那一个冬天。

去看鲁迅，也不知是为了什么事情。他住的那一间房子，我却记得很清楚，是在那两座砖塔的东北面，正当胡同正中的地方，一个三四丈宽的小院子，院子里长着三四株枣树。大门朝北，而住屋——三间上房——却朝正南，是杭州人所说的倒骑龙式的房子。

那时候，鲁迅还在教育部里当佥事，同时也在北京大学里教小说史略。我们谈的话，已经记不起来了，但只记得谈了些北大的教员中间的闲话，和学生的习气之类。

他的脸色很青，胡子是那时候已经有了；衣服穿得很单薄，而身材又矮小，所以看起来像是一个和他的年龄不大相称的样子。

他的绍兴口音，比一般绍兴人所发的来得柔和，笑声非常之清脆，而笑时眼角上的几条小皱纹，却很是可爱。

房间里的陈设，简单得很；散置在桌上、书橱上的书籍，也并不多，但却十分的整洁。桌上没有洋墨水和钢笔，只有一方砚瓦，上面盖着一个红木的盖子。笔筒是没有的，水池却像一个小古董，大约是从头发胡同的小市上买来的无疑。

他送我出门的时候，天色已经晚了，北风吹得很大；门口临别的时候，他不晓说了一句什么笑话，我记得一个人在走回寓舍来的路上，因回忆着他的那一句，满面还带着了笑容。

同一个来访我的学生，谈起了鲁迅。他说："鲁迅虽在冬天，也不穿棉裤，是抑制性欲的意思。他和他的旧式的夫人是不要好的。"因此，我就想起了那天去访问他时，来开门的那一位清秀的中年妇人，她人亦矮小，缠足梳头，完全是一个典型的绍兴太太。

数年前，鲁迅在上海，我和映霞去北戴河避暑回到了北平的时候，映霞曾因好奇之故，硬逼我上鲁迅自己造的那一所西城象鼻胡同后面西三条的小房子里，去看过这中年的妇人。她现在还和鲁迅的老母住在那里，但不知她们在强暴的邻人管制下的生活也过得惯不？

那时候，我住在阜成门内巡捕厅胡同的老宅里。时常来往的，是住在东城禄米仓的张凤举、徐耀辰两位，以及沈尹默、沈兼士、沈士远的三昆仲；不时也常和周作人氏，钱玄同氏，胡适之氏，马幼渔氏等相遇，或在北大的休息室里，或在公共宴会的席上。这些同事们，都是鲁迅的崇拜者，而对于鲁迅的古怪脾气，都当作一件似乎是历史上的轶事在谈论。

在我与鲁迅相见不久之后，周氏兄弟反目的消息，从禄米仓的张、徐二位那里听到了。原因很复杂，而旁人终于也不明白是究竟为了什么。但终鲁迅的一生，他与周作人氏，竟没有和解的机会。

本来，鲁迅与周作人氏哥儿俩，是住在八道湾的那一所大房子里的。这一所大房子，系鲁迅在几年前，将他们绍兴的祖屋卖了，与周作人在八道湾买的；买了之后，加以修缮，他们弟兄和老太太就统在那里住了。俄国的那位盲诗人爱罗先珂寄住的，也就是这一所八道湾的房子。

后来鲁迅和周作人氏闹了，所以他就搬了出来，所住的，大约就是砖塔胡同的那一间小四合院了。所以，我见到他的时候，正在他们的口角之后不久的期间。

据凤举他们判断，以为他们弟兄间的不睦，安全是两人的误解，周作人氏的那位日本夫人，甚至说鲁迅对她有失敬之处。但鲁迅有时候对我说："我对启明，总老规劝他的，教他用钱应该节省一点。我们不得不想想将来，但他对于经济，总是进一个花一个的，尤其是他那位夫人。"从这些地方，会合起来，大约他们反目的真因，也可以猜度到一二成了。不过凡是认识鲁迅，认识启明及他的夫人的人，都晓得他们三个人，完全是好人；鲁迅虽则也痛骂过正人君子，但据我所知的他们三人来说，则只有他们才是真正的正人君子。现在颇有些人，说周作人已作了汉奸，但我却始终仍是怀疑。所以，全国文艺作者协会致周作人的那一封公开信，最后的决定，也是由我改削过的；我总以为周作人先生，与那些甘心卖国的人，是不能作一样的看法的。

这时候的教育部，薪水只发到二成三成，公事是大家不办的，所以，鲁迅很有功夫教书，编讲义，写文章。他的短文，大抵是由孙伏园氏拿去，在《晨报副刊》上发表；教书是除北大外，还兼任着师大。

有一次，在鲁迅那里闲坐，接到了一个来催开会的通知，我问他忙么？他说，忙倒也不忙，但是同唱戏的一样，每天总得到处去扮一扮。上讲台的时候，就得扮教授，到教育部去也非得扮官不可。

他说虽则这样的说，但做到无论什么事情时，却总肯负完全的责任。

至于说到唱戏呢，在北平虽则住了那么久，可是他终于没有爱听京戏的癖性。他对于唱戏听戏的经验，始终只限于绍兴的社戏，高腔，乱弹，目连戏等，最多也只听到了徽班。阿Q所唱的那句"手执钢鞭将你打"，就是乱弹班《龙虎斗》里的句子，是赵玄坛唱的。

对于目连戏，他却有特别的嗜好，他有好几次同我说，这戏里的穿插，实在有许许多多的幽默味。他曾经举出不少的实例，说到一个借了鞋袜靴子去赴宴会的人，到了人来向他索还，只剩一件大衫在身上的时候，这一位老兄就装作肚皮痛，以两手按着腹部，口叫着我肚皮痛杀哉，将身体伏矮了些，于是长衫就盖到了脚部以遮掩过去的一段，他还照样的做出来给我们看过。说这一段话时，我记得《月夜》

的著者，川岛兄也在座上，我们曾经大笑过的。

后来在上海，我有一次谈到了予倩、田汉诸君想改良京剧，来作宣传的话，他根本就不赞成，并且很幽默的说，以京剧来宣传救国，那就是："我们救国啊啊啊啊了，这行么？"

孙伏园氏在晨报社，为了鲁迅的一篇挖苦人的恋爱的诗，与刘勉己氏闹反了脸。鲁迅的学生李小峰就与伏园联合起来，出了《语丝》。投稿者除上述的诸位之外，还有林语堂氏，在国外的刘半农氏，以及徐旭生氏等。但是周氏兄弟，却是《语丝》的中心。而每次语丝社中人叙会吃饭的时候，鲁迅总不出席，因为不愿与周作人氏遇到的缘故。因此，在这一两年中，鲁迅在社交界，始终没有露一露脸。无论什么人请客，他总不肯出席；他自己哩，除了和一二人去小吃之外，也绝对的不大规模（或正式）的请客。这脾气，直到他去厦门大学以后，才稍稍改变了些。

鲁迅的对于后进的提拔，可以说是无微不至。《语丝》发刊以后，有些新人的稿子，差不多都是鲁迅推荐的。他对于高长虹他们的一集团，对于沉钟社的几位，对于末名社的诸子，都一例地在为说项。就是对于沈从文氏，虽则已有人在孙伏园去后的《晨报副刊》上在替吹嘘了，他也时时提到，唯恐诸编辑埋没了他。还有当时在北大念书的王品青氏，也是他所属望的青年之一。

鲁迅和景宋女士（许广平）的认识，是当他在北京（那时北平还叫做北京）女师大教书的中间，前后经过，《两地书》里已经记载得很详细，此地可以不必说。但他和许女士的进一步的接近，是在"三一八"惨案之前，章士钊做教育总长，使刘百昭去用了老妈子军以暴力解散女师大的时候。

鲁迅是向来喜欢打抱不平的，看了章士钊的横行不法，又兼自己还是这学校的讲师，所以，当教育部下令解散女师大的时候，他就和许季茀、沈兼士、马幼渔等一道起来反对。当时的鲁迅，还是教育部的佥事，故而总长的章士钊也就下令将他撤职。为此，他一面向行政院控告章士钊，提起行政诉讼，一面就在《语丝》上攻击《现代评论》的为虎作伥，尤以对陈源（通伯）教授为最烈。

《现代评论》的一批干部，都是英国留学生；而其中像周鲠生、皮宗石、王世杰等，却是两湖人。他们和章士钊，在同到过英国的一点上，在同是湖南人的一点上，都不得不帮教育部的忙。鲁迅因而攻击绅士态度，攻击《现代评论》的受贿赂，这一时候他的杂文，怕是他一生之中，最含热意的妙笔。在这一个压迫和反抗，正义和暴力的争斗之中，他与许广平便有了更进一步的认识机会。

在这前后，我和他见面的次数并不多，因为我已经离开了北平，上武昌师范大学文科去教书了，可是这一年（民十三）暑假回北京，看见他的时候，他正在做控告章士钊的状子，而女师大为校长杨荫榆的问题，也正是闹得最厉害的期间。当他告诉我完了这事情的经过之后，他仍旧不改他的幽默态度说：

"人家说我在打落水狗，但我却以为在打枪伤老虎，在扮演周处或武松。"

这句话真说得我高笑了起来。可是他和景宋女士的认识，以及有什么来往，我却还一点儿也不曾晓得。

直到两年之后，他因和林文庆博士闹意见，从厦门大学回上海的那一年暑假，我上旅馆去看他，谈到了中午，就约他及景宋女士与在座的许钦文去吃饭。在吃完饭后，茶房端上咖啡来时，鲁迅却很热情地向正在搅咖啡杯的许女士看了一眼，又用告诫亲属似地热情的口气，对许女士说：

"密斯许，你胃不行，咖啡还是不吃的好，吃些生果吧！"

在这一个极微细的告诫里，我才第一次看出了他和许女士中间的爱情。

从此以后，鲁迅就在上海住下了，是在闸北去窦乐安路不远的景云里内一所三楼朝南的洋式弄堂房子里。他住二层的前楼，许女士是住在三楼的。他们两人间的关系，外人还是一点儿也没有晓得。

有一次，林语堂——当时他住在愚园路，和我静安寺路的寓居很近——和我去看鲁迅，谈了半天出来，林语堂忽然问我：

"鲁迅和许女士，究竟是怎么回事，有没有什么关系的？"

我只笑着摇摇头，回问他说：

"你和他们在厦大同过这么久的事，难道还不晓得么？我可真看不出什么来。"

说起林语堂，实在是一位天性纯厚的真正英美式的绅士，他决不疑心人有意说出的不关紧要的谎。我只举一个例出来，就可以看出他的本性。当他在美国向他的夫人求爱的时候，他第一次捧呈了她一册克莱克夫人著的小说《模范绅士约翰哈里法克斯》；但第二次他忘记了，又捧呈了她以这册《John Halifax Gentleman》。这是林夫人亲口对我说的话，当然是不会错的。从这一点上看来，就可以看出语堂真是如何地忠厚老实的一位模范绅士。他的提倡幽默，挖苦绅士态度，我们都在说，这些都是从他的

Inferiority Complex（不及错觉）心理出发的。

语堂自从那一回经我说过鲁迅和许女士中间大约并没有什么关系之后，一直到海婴（鲁迅的儿子）将要生下来的时候，才兹恍然大悟。我对他说破了，他满脸泛着好好先生的微笑说："你这个人真坏！"

鲁迅的烟瘾，一向是很大的；在北京的时候，他吸的，总是哈德门牌的拾枝装包。当他在人前吸烟的时候，他总探手进他那件灰布棉袍的袋里去摸出一枝来吸；他似乎不喜欢将烟包先拿出来，然后再从烟包里抽出一枝，而再将烟包塞回袋里去。他这脾气，一直到了上海，仍没有改过，不晓是为了怕麻烦的原因呢？抑或为了怕人家看见他所吸的烟，是什么牌。

他对于烟酒等刺激品，一向是不十分讲究的；对于酒，也是同烟一样。他的量虽则并不大，但却老爱喝一点。在北平的时候，我曾和他在东安市场的一家小羊肉铺里喝过白干；到了上海之后，所喝的，大抵是黄酒了。但五加皮，白玫瑰，他也喝，啤酒，白兰地他也喝，不过总喝得不多。

爱护他，关心他的健康无微不至的景宋女士，有一次问我："周先生平常喜欢喝一点酒，还是给他喝什么酒好？"我当然答以黄酒第一。但景宋女士却说，他喝黄酒时，老要量喝得很多，所以近来她在给他喝五加皮。并且说，因为五加皮酒性太烈，所以她老把瓶塞在平时拔开，好教消散一点酒气，变得淡些。

在这些地方，本可看出景宋女士的一心为鲁迅牺牲的伟大精神来，仔细一想，真要教人感激得下眼泪的，但我当时却笑了，笑她的太没有对于酒的知识。当然她原也晓得酒精成分多少的科学常识，可是爱人爱得过分时，常识也往往会被热挚的真情，掩蔽下去。我于讲完了量与质的问题，讲完了酒精成分的比较问题之后，就劝她，以后，顶好是给周先生以好的陈黄酒喝，否则，还是喝啤酒。

这一段谈话后不久，忽而有一天，鲁迅送了我两瓶十多年陈的绍兴黄酒，说是一位绍兴同乡，带出来送他的。我这才放了心，相信以后他总不再喝五加皮等烈酒了。

我的记忆力很差，尤其是对于时日及名姓等的记忆。有些朋友，当见面时却混得很熟，但竟有一年半载以上，不晓得他的名姓的，因为混熟了，又不好再请教尊姓大名的缘故。像这一种习惯，我想一般人也许都有，可是，在我觉得特别的厉害。而鲁迅呢，却很奇怪，他对于遇见过一次，或和他在文字上有点纠葛过的人，都记得很详细，很永固。

所以，我在前段说起过的，鲁迅到上海的时日，照理应该在十八年的春夏之交；因为他于离开厦门大学之后，是曾上广州中山大学去住过一年的；他的重回上海，是在因和顾颉刚起了冲突，脱离中山大学之后；并且因恐受当局的压迫拘捕，其后亦曾在广州闲住了半年以上的时间。

他对于辞去中山大学教职之后，在广州闲住的半年那一节事情，也解释得非常有趣。他说：

"在这半年中，我譬如是一只雄鸡，在和对方呆斗。这呆斗的方式，并不是两边就咬起来，却是振冠击羽，保持着一段相当距离的对视。因为对方的假君子，背后是有政治力量的，你若一经示弱，对方就会用无论哪一种卑鄙的手段，来加你以压迫。

"因而有一次，大学里来请我讲演，伪君子正在庆幸机会到了，可以罗织成罪我的证据。但我却不忙不迫的讲了些魏晋人的风度之类，而对于时局和政治，一个字也不曾提起。"

在广州闲住了半年之后，对方的注意力有点松懈了，就是对方的雄鸡，坚忍力有点不能支持了；他就迅速地整理行囊，乘其不备，而离开了广州。

人虽则离开了，但对于代表恶势力而和他反对的人，他却始终不会忘记。所以，他的文章里，无论在哪一篇，只教用得上去的话，他总不肯放松一着，老会把这代表恶势力的敌人押解出来示众。

对于这一点，我也曾再三的劝他过，劝他不要上当。因为有许多无理取闹，来攻击他的人，都想利用了他来成名。实际上，这一个文坛登龙术，是屡试屡验的法门；过去曾经有不少的青年，因攻击鲁迅而成了名的。但他的解释，却很彻底。他说：

"他们的目的，我当然明了。但我的反攻，却有两种意思。第一，是正可以因此而成全了他们；第二，是也因为了他们，而真理愈得阐发。他们的成名，是烟火似地一时的现象，但真理却是永久的。"

他在上海住下之后，这些攻击他的青年，愈来愈多了。最初，是高长虹等，其次是太阳社的钱杏邨等，后来则有创造社的叶灵凤等。他对于这些人的攻击，都三倍四倍地给予了反攻，他的杂文的光辉，也正因了这些不断的搏斗而增加了熟练与光辉。他的《全集》的十分之六七，是这种搏斗的火花，成绩俱在，在这里可以不必再说。

此外，还有些并不对他攻击，而亦受了他的笔伐的人，如张若谷、曾今可等。他对于他们，在酒兴浓溢的时候，老笑着对我说：

"我对他们也并没有什么仇。但因为他们是代表恶势力的缘故，所以我就做了堂·克蓄德，而他们却做了活的风车。"

关于堂·克蓄德这一名词，也是钱杏邨他们奉赠给他的。他对这名词并不嫌恶，反而是很喜欢的样子。同样在有一时候，叶灵凤引用了苏俄讥高尔基的画来骂他，说他是"阴阳面的老人"，他也时常笑着说："他们比得我太大了，我只恐怕承当不起。"

创造社和鲁迅的纠葛，系开始在成仿吾的一篇批评，后来一直地继续到了创造社的被封时为止。

鲁迅对创造社，虽则也时常有讥讽的言语，散发在各杂文里，但根底却并没有恶感。他到广州去之先，就有意和我们结成一条战线，来和反动势力拮抗的。这一段经过，恐怕只有我和鲁迅及景宋女士三人知道。

至于我个人与鲁迅的交谊呢，一则因系同乡，二则因所处的时代，所看的书，和所与交游的友人，都是同一类属的缘故，始终没有和他发生过冲突。

后来，创造社因被王独清挑拨离间，分成了派别，我因一时感情作用，和创造社脱离了关系，在当时，一批幼稚病的创造社同志，都受了王独清等的煽动，与太阳社联合起来攻击鲁迅，但我却始终以为他们的行动是越出了常轨，所以才和他计划出了《奔流》这一个杂志。

《奔流》的出版，并不是想和他们对抗，用意是在想介绍些真正的革命文艺的理论和作品，把那些犯幼稚病的左倾青年，稍稍纠正一点过来。

当编《奔流》的这一段时期，我以为是鲁迅的一生之中，对中国文艺影响最大的一个转变时期。

在这一年当中，鲁迅的介绍左翼文艺的正确理论的一步工作，才开始立下了系统。而他的后半生的工作的纲领，差不多全是在这一个时期里定下来的。

当时在上海负责在做秘密工作的几位同志，大抵都是在我静安寺路的寓居里进出的人。左翼作家联盟，和鲁迅的结合，实际上是我做的媒介。不过，左翼成立之后，我却并不愿意参加，原因是因为我的个性是不适合于这些工作的，我对于我自己，认识得很清，决不愿担负一个空名，而不去做实际的事务。所以，左联成立之后，我就在一月之内，对他们公然的宣布了辞职。

但是暗中站在超然的地位，为左联及各工作者的帮忙，也着实不少。除来不及营救，已被他们杀死的许多青年不计外，在龙华，在租界捕房被拘去的许多作家，或则减刑，或则拒绝引渡，或则当时释放等案件，我现在还记得起来的，当不只十件八件的少数。

鲁迅的热心于提拔青年的一件事情，是大家在说的。但他的因此而受痛苦之深刻，却外边很少有人知道。像有些先受他的提拔，而后来却用攻击的方法以成自己的名的事情，还是彰明显著的事实，而另外还有些"挑了一担同情来到鲁迅那里，强迫他出很高的代价"的故事，外边的人，却大抵都不晓得了。在这里，我只举一个例：

在广州的时候，有一位青年的学生，因平时被鲁迅所感化而跟他到了上海。到了上海之后，鲁迅当然也收留他一道住在景云里那一所三层楼的弄堂房子里。但这一位青年，误解了鲁迅的意思，以为他没有儿子——当时海婴还没有生——所以收留自己和他住下，大约总是想把自己当作他的儿子的意思。后来，他又去找了一位女朋友来同住，意思是为鲁迅当儿媳妇的。可是，两人坐食在鲁迅的家里，零用衣饰之类，鲁迅当然是供给不了的。于是这一位自定的鲁迅的子嗣，就发生了很大的不满，要求鲁迅，一定要为他谋一出路。

鲁迅没法子，就来找我，教我为这青年去谋一职业，如报馆校对，书局伙计之类；假使是真的找不到职业，那么亦必须请一家书店或报馆在名义上用他做事，而每月的薪水三四十元，当由鲁迅自己拿出，由我转交给这书局或报馆，作为月薪来发给。

这事我向当时的现代书局说了，已经说定是每月由书局和鲁迅各拿出一半的钱来，使用这一位青年。但正当说好的时候，这一位青年却和爱人脱离了鲁迅而走了

这一件事情，我记得章锡琛曾在鲁迅去世的时候写过一段短短的文章，但事实却很复杂，使鲁迅为难了好几个月。从这一回事情之后，鲁迅就爱说"青年是挑了一担同情来的"趣话。不过这仅仅是一例，此外，因同情青年的遭遇，而使他受到痛苦的事实还正多着哩！

民国十八年以后，因国共分家的结果，有许多青年，以及正义的斗士，都无故而被牺牲了。此外，还有许多从事革命运动的青年，在南京、上海，以及长江流域的通都大邑里，被捕的，正不知有多少。在上海专为这些革命志士以及失业工人等救济而设的一个团体，是共济会。但这时候，这救济会已经遭了当局之忌，不能公开工作了；所以弄成请了律师，也不能公然出庭，有了店铺作保，也不能去向法庭

请求保释的局面。在这时候，带有国际性的民权保障自由大同盟，才在孙夫人（宋庆龄女士）、蔡先生（孑民）等的领导之下，在上海成立了起来。鲁迅和我，都是这自由大同盟的发起人，后来也连做了几任的干部，一直到南京的通缉令下来，杨杏佛被暗杀的时候为止。

在这自由大同盟活动的期间，对于于常的集会，总不出席的鲁迅，却于每次开会时一定先期而到；并且对于事务是一向不善处置的鲁迅，将分派给他的事务，也总办得井井有条。从这里，我们又可以看出，鲁迅不仅是一个只会舞文弄墨的空头文学家，对于实务，他原是也具有实际干才的。说到了实务，我又不得不想起我们合编的那一个杂志《奔流》——名义上，虽则是我和他合编的刊物，但关于校对、集稿、算发稿费等琐碎的事务，完全是鲁迅一个人效的劳。

他的做事务的精神，也可以从他的整理书斋，和校阅原稿等小事情上看得出来。一般和我们在同时做文字工作的人，在我所认识的中间，大抵十个有九个都是把书斋弄得乱杂无章的。而鲁迅的书斋，却在无论什么时候，都整理得必清必楚。他的校对的稿子，以及他自己的文章，涂改当然是不免，但总缮写得非常的清楚。

直到海婴长大了，有时候老要跑到他的书斋里去翻弄他的书本杂志之类。当这样的时候，我总看见他含着苦笑，对海婴说："你这小捣乱看好了没有？"海婴含笑走了的时候，他总是一边谈着笑话，一边先把那些搅得零乱的书本子堆叠得好好，然后再来谈天。

记得有一次，海婴已经会说话的时候了，我到他的书斋去的前一刻，海婴正在那里捣乱，翻看书里的插图。我去的时候，书本子还没有理好。鲁迅一见着我，就大笑着说："海婴这小捣乱，他问我几时死，他的意思是我死了之后，这些书本都应该归他的。"

鲁迅的开怀大笑，我记得要以这一次为最兴高采烈。听这话的我，一边虽也在高笑，但暗地里一想到了"死"这一个定命，心里总不免有点难过。尤其是像鲁迅这样的人，我平时总不会把死和他联合起来想在一道。就是他自己，以及在旁边也在高笑的景宋女士，在当时当然也对于死这一个观念的极微细的实感都没有的。

这事情，大约是在他去世之前的两三年的时候。到了他死之后，在万国殡仪馆成殓出殡的上午，我一面看到了他的遗容，一面又看见海婴仍是若无其事地在人前穿了小小的丧服在那里快快乐乐地跑，我的心真有点儿绞得难耐。

鲁迅的著作的出版者，谁也知道是北新书局。北新书局的创始人李小峰，本是北大鲁迅的学生；因为孙伏园从《晨报副刊》出来之后，和鲁迅、启明及语堂等，开始经营《语丝》之发行，当时还没有毕业的李小峰，就做了《语丝》的发行兼管理印刷的出版业者。

北新书局从北平分到上海，大事扩张的时候，所靠的也是鲁迅的几本著作。

后来一年一年的过去，鲁迅的著作也一年一年地多起来了，北新和鲁迅之间的版税交涉，当然成了一个很大的问题。

北新对著作者，平时总只含混地说，每月致送几百元版税，到了三节，便开一清单来报账的。但一则他的每月致送的款项，老要拖欠，再则所报之账，往往不十分清爽。

后来，北新对鲁迅及其他的著作人，简直连月款也不提，节账也不算了。靠版税在上海维持生活的鲁迅，一时当然也破除了情面，请律师和北新提起了清算版税的诉讼。

照北新开给鲁迅的旧账单等来计算，在鲁迅去世的前六七年，早该积欠有两三万元了。这诉讼，当然是鲁迅的胜利，因为欠债还钱，是古今中外一定不易的自然法律。北新看到了这一点，就四出的托人向鲁迅讲情，要请他不必提起诉讼，大家来设法谈判。

当时我在杭州小住，打算把一部不曾写了的《屐楼》写它完来。但住不上几天，北新就有电报来了，催我速回上海，为这事尽一点力。

后来经过几次的交涉，鲁迅答应把诉讼暂时不提，而北新亦愿意按月摊还积欠两万余元，分十个月还了；新欠则每月致送四百元，决不食言。

这一场事情，总算是这样的解决了。但在事情解决，北新请大家吃饭的那一天晚上，鲁迅和林语堂两人，却因误解而起了正面的冲突。

冲突的原因，是在一个不在场的第三者，也是鲁迅的学生，当时也在经营出版事业的某君。北新方面，满以为这一次鲁迅的提起诉讼，完全系出于这同行第三者的挑拨。而忠厚诚实的林语堂，于席间偶尔提起了这一个人的名字。

鲁迅那时，大约也有了一点酒意，一半也疑心语堂在责备这第三者的话，是对鲁迅的讽刺，所以脸色变青，从座位里站了起来，大声的说：

"我要声明！我要声明！"

他的声明，大约是声明并非由这第三者的某君挑拨的。语堂当然也要声辩他所讲的话，并非是对鲁迅的讽刺。两人针锋相对，形势真弄得非常的险恶。

在这席间，当然只有我起来做和事佬；一面按住鲁迅坐下，一面我就拉了语堂和他的夫人，走下了楼。

这事当然是两方的误解，后来鲁迅原也明白了；他和语堂之间，是有过一次和解的。可是到了他去世之前年，又因为劝语堂多翻译一点西洋古典文学到中国来，而语堂说这是老年人做的工作之故，而各起了反感。但这当然也是误解，当鲁迅去世的消息传到当时寄居在美国的语堂耳里的时候，语堂是曾有极悲痛的唁电发来的。

鲁迅住的景云里那一所房子，是在北四川路尽头的西面，去虹口花园很近的地方。因而去狄思威路北的内山书店亦只有几百步路。

书店主人内山完造，在中国先则卖药，后则经营贩卖书籍，前后总已有了二十几年的历史。他生活很简单，懂得生意经，并且也染上了中国人的习气，喜欢讲交情。因此，我们这一批在日本住久的人在上海，总老喜欢到他店里去坐坐谈谈；鲁迅于在上海住下之后，也就是这内山书店的常客之一。

"一二八"沪战发生，鲁迅住的那一个地方，去天通庵只有一箭之路，交战的第二日，我们就在担心着鲁迅一家的安危。到了第三日，并且谣言更多了，说和鲁迅同住的他三弟巢峰（周建人）被敌宪兵殴伤了，但就在这一个下午，我却在四川路桥南，内山书店的一家分店的楼上，会到了鲁迅。

他那时也听到了这谣传了，并且还在报上看见了我寻他和其他几位住在北四川路的友人的启事。他在这兵荒马乱之间，也依然不消失他那种幽默的微笑；讲到巢峰被殴伤的那一段谣言的时候，还加上了许多我们所不曾听见过的新鲜资料，证明一般空闲人的喜欢造谣生事，乐祸幸灾。

在这中间，我们就开始了向全世界文化人呼吁，出刊物公布狞恶侵略者面目的工作，鲁迅当然也是签名者之一；他的实际参加联合抗敌的行动，和一班左翼作家的接近，实际上是从这一个时期开始的。

"一二八"战事过后，他从景云里搬了出来，住在内山书店斜对面的一家大厦的三层楼上；租金比较得贵，生活方式也比较得奢侈，因而一般平时要想寻出一点弱点来攻击他的人，就又像是发掘得了至宝。

但他在那里住得也并不久，到了南京的秘密通缉令下来，上海的反动空气很浓厚的时候，他却搬上了内山书店的北面，新造好的大陆新村（四达里对面）的六十几号房屋去住了。在这里，一直住到了他去世的时候为止。

南京的秘密通缉令，列名者共有六十几个，多半与民权保障自由大同盟有关的文化人。而这通缉案的呈请者，却是在杭州的浙江省党部的诸先生。

说起杭州，鲁迅绝端的厌恶；这通缉案的呈请者们，原是使他厌恶的原因之一，而对于山水的爱好，别有见解，也是他厌恶杭州的一个原因。有一年夏天，他曾同许钦文到杭州去玩过一次，但因湖上的闷热，蚊子的众多，饮水的不洁等关系，他在旅馆里一晚没有睡觉，第二天就逃回上海来了。自从这一回之后，他每听见人提起杭州，就要摇头。

后来，我搬到杭州去住的时候，他曾写过一首诗送我，头一句就是"钱王登遐仍如在"。这诗的意思，他曾同我说过，指的是杭州党政诸人的无理的高压。他从五代时的记录里，曾看到过钱武肃王的时候，浙江老百姓被压榨得连裤子都没有穿，不得不以砖瓦来遮盖下体。这事不知是出在哪一部书里，我到现在也还没有查到，但他的那句诗的原意，却就系此而言。我因不听他的忠告，终于搬到杭州去住了，结果竟不出他之所料，被一位党部的先生，弄得家破人亡。这一位吃党饭出身，积私财至数百万，曾经呈请南京中央党部通缉过我们的先生，对我竟做出了比敌人对待我们老百姓还更凶恶的事情，而且还是在这一次的抗战军兴之后。我现在虽则已远离祖国，再也受不到他的奸淫残害的毒爪了；但现在仍还在执掌以礼义廉耻为信条的教育大权的这一位先生，听说近来因天高皇帝远，浑水好捞鱼之故，更加加重了他对老百姓的这一种远溢过钱武肃王的德政。

鲁迅不但对于杭州没有好感，就是对他出身地的绍兴，也似乎并没有什么依依不舍的怀恋。这可从有一次他的谈话里看得出来。是他在上海住下不久的时候，有一回我们谈起了前两天刚见过面的孙伏园。他问我伏园住在哪里，我说，他已经回绍兴去了，大约总不久就会出来的。鲁迅言下就笑着说："伏园的回绍兴，实在也很可观！"他的意思，当然是绍兴又凭什么值得这样的频频回去。

所以从他到上海之后，一直到他去世的时候为止，他只匆匆地上杭州去住了一夜，而绝没有回去过绍兴一次。

预言者每不为其故国所容，我于鲁迅更觉得这一句格言的确凿。各地党部的对待鲁迅，自从浙江党部发动了那大弹劾案之后，似乎态度都是一致的。抗战前一年的冬天，我路过厦门，当时有许多厦大同学曾来看我，谈后就说到了厦大门前，经过南普陀的那一条大道，他们想呈请市政府改名"鲁迅路"以资纪念。并且说，这事已经由鲁迅纪念会（主其事的是厦门《星光日报》社长胡资周及记者们与厦大学生代表等人）呈请过好几次了，但都被搁置着不批下来。我因为和当时的厦门市长及工务局长等都是朋友，所以就答应他们说这事一定可以办到。但后来去市长那里一查问，才知道又是党部在那里反对，绝对不准人们纪念鲁迅。这事情，后来我又同陈主席说了，陈主席当然是表示赞成的。可是，这事还没有办理完成，而抗战军兴，现在并且连厦门这一块土地，也已经沦陷了一年多了。

自从我搬到杭州去住下之后，和他见面的机会，就少了下去，但每一次我上上海去的中间，无论如何忙，我总抽出一点时间来去和他谈谈，或和他吃一次饭。

而上海的各书店，杂志编辑者，报馆之类，要想拉鲁迅的稿子的时候，也总是要我到上海去和鲁迅交涉的回数多。譬如，黎烈文初编《自由谈》的时候，我就和鲁迅说，我们一定要维持它，因为在中国最老不过的《申报》，也晓得要用新文学了，就是新文学的胜利。所以，鲁迅当时也很起劲，《伪自由书》《花边文学》集里许多短稿，就是这时候的作品。在起初，他的稿子就是由我转交的。

此外，像良友书店、天马书店，以及生活出的《文学》杂志之类，对鲁迅的稿件，开头大抵都是由我为他们拉拢的。尤其是当鲁迅对编辑者们发脾气的时候，做好做歹，仍复替他们调停和解这一角色，总是由我来担当。所以，在杭州住下的两三年中，光是为了鲁迅之故，而跑上海的事情，前后总也有了好多次。

在他去世的前一年春天，我到了福建，这中间，和他见面的机会更加少了。但记得就在他作故的前两个月，我回上海，他曾告诉了我他的病状，说医生说他的肺不对，他想于秋天到日本去疗养，问我也能够同去不能。我在那时候，也正在想去久别了的日本一次，看看他们最近的社会状态，所以也轻轻谈到了同去岚山看红叶的事情。可是从此一别，就再没有和他作长谈的幸运了。

关于鲁迅的回忆，枝枝节节，另外也正还多着；可是他给我的信件之类，有许多已在搬回杭州去之先烧了，有几封在上海北新书局里存着，现在又有日记在手头，所以就在这里，先暂搁笔，以后若有机会，或许再写也说不定。

（原载一九三九年三月九日上海《宇宙风乙刊》和一九三九年六月至八日新加坡《星洲日报半月刊》）

鲁迅先生逝世两周年纪念

老舍

　　我所认识的鲁迅先生，是从他的著作中见到的，我没有与他会过面。当鲁迅先生创造出阿Q的时候，我还没想到到文艺界来作一名小卒，所以就没有访问求教的机会与动机。及至先生住沪，我又不喜到上海去，故又难得相见。四年前的初秋，我到上海，朋友们约我吃饭，也约先生来谈谈。可是，先生的信须由一家书店转递；他第二天派人送来信，说：昨天的信送到的太晚了。我匆匆北返，二年的工夫没能再到上海，与先生见面的机会遂永远失掉！

在一本什么文学史中（书名与著者都想不起来了），有大意是这样的一句话："鲁迅自成一家，后起摹拟者有老舍等人。"这话说得对，也不对。不对，因为我是读了些英国的文艺之后，才决定也来试试自己的笔，狄更斯是我在那时候最爱读的，下至于乌德豪司与哲扣布也都使我欣喜。这就难怪我一拿笔，便向幽默这边滑下来了。对，因为象阿Q那样的作品，后起的作家们简直没法不受他的影响；即使在文学与思想上不便去摹仿，可是至少也要得到一些启示与灵感。它的影响是普遍的。一个后起的作家，尽管说他有他自己的创作的路子，可是他良心上必定承认他欠鲁迅先生一笔债。鲁迅先生的短文与小说才真使新文艺站住了脚，能与旧文艺对抗。这样，有人说我是"鲁迅派"，我当然不愿承认，可是决不肯昧着良心否认阿Q的作者的伟大，与其作品的影响的普遍。

我没见过鲁迅先生，只能就着他的著作去认识他，可是现在手中连一本书也没有！不能引证什么了，凭他所给我的印象来作这篇纪念文字吧。这当然不会精密，容或还有很大的错误，可是一个人的著作能给读者以极强极深的印象，即使其中有不尽妥确之处，是多么不容易呢！看了泰山的人，不一定就认识泰山，但是泰山的高伟是他毕生所不能忘记的，他所看错的几点，并无害于泰山的伟大。

看看鲁迅全集的目录，大概就没人敢说：这不是个渊博的人。可是渊博二字还不是对鲁迅先生的恰好的赞词。学问渊博并不见得必是幸福。有的人，正因其渊博，博览群籍，出经入史，所以他反倒不敢道出自己的意见与主张，而取着述而不作的态度。这种人好象博物院的看守者，只能保守，而无所施展。有的人，因为对某种学问或艺术的精究博览，就慢慢的摆出学者的架子，把自己所知的那些视为研究的至上品，此外别无他物，值得探讨，自己的心得是前无古人，后无来者；假若他也喜创作的话，他必是从他所阅览过的作品中，求字字句句有出处，有根据；他"作"而不"创"。他牺牲在研究中，而且牺牲得冤枉。让我们看看鲁迅先生吧。在文艺上，他博通古今中外，可是这些学问并没把他吓住。他写古文古诗写得极好，可并不尊唐或崇汉，把自己放在某派某宗里去，以自尊自限。古体的东西他能作，新的文艺无论在理论上与实验上，他又都站在最前面；他不以对旧物的探索而阻碍对新物的创造。他对什么都有研究的趣味，而永远不被任何东西迷住心。他随时研究，随时判断。他的判断力使他无论对旧学问或新知识都敢说话。他的话，不是学究的掉书袋，而是准确的指示给人们以继续研讨的道路。

学问比他更渊博的，以前有过，以后还有；象他这样把一时代治学的方法都抓住，左右逢源的随时随事都立在领导的地位，恐怕一个世纪也难见到一两位吧。吸收了五四运动的"从新估价"的精神，他疑古反古，把每时代的东西还给每时代。博览了东西洋的文艺，他从事翻译与创作。他疑古，他也首创，他能写极好的古体诗文，也热烈的拥护新文艺，并且牵引着它前进。他是这一时代的纪念碑。在文艺上，事事他关心，事事他有很高的成就。天才比他小一点的，努力比他少一点的，只能循着一条路线前进，或精于古，或专于新；他却象十字路口的警察，指挥着全部交通。在某一点上，有人能突破他的纪录，可是有谁敢和他比比"全能"比赛呢！

也许有人会说：在文艺理论方面，鲁迅先生只尽了介绍的责任，并未曾建设出他自己的有系统的学说，而且所介绍的也显着杂乱不纯。假若这话是对的，就请想想看吧，批判别人的时候，不是往往忘却别人的努力，而老嫌人家作得不够吗？设若能看到这一点，我们不是应当看看自己，我们自己假如也把研究、创作、翻译，同时并作，象鲁迅先生那样，我们的成绩又能有多少呢？我们就是对于一位圣人，也应不客气的批评，可是我们也应当晓得批评不仅是发威，而是于批评中，取得被批评者的最良最崇高的精神，以自策自励。鲁迅先生能于整理国故而外，去介绍，去翻译，就已经是难能可贵的事。一个人的精力与天才永远不能完全与他的志愿与计划相配合，人生最大的苦痛啊！只有明知这苦痛是越来越深，而杀上前去，以身殉志的，才是英雄。鲁迅先生的精神便是永远不屈不挠，不自满，不自馁。鲁迅先生的精神能以不死，那就靠后起者也能死而后已的继续努力。抓住一位英雄的弱点以开心自慰，既无损于英雄，又无益于自己，何苦来呢！

还有人也许说，鲁迅先生的后期著作，只是一些小品文，未免可惜，假若他能闭户写作，不问外面的事，也许能写出比阿Q更伟大的东西，岂不更好？

是的，鲁迅先生也许能那样的写出更伟大的作品。可是，那就不成其为鲁迅先生了。希望鲁迅先生去专心著作的人，虽然用着惋惜的语调，可是心中实在暗暗的不满意！不满意他因爱护青年，帮忙青年，而用去许多时间；不满意他因好管闲事而浪费了许多笔墨。

我不晓得假若鲁迅先生关上屋门，立志写伟大的作品，能够有什么贡献，我不喜猜想。

我却准知道鲁迅先生的爱护青年与好管闲事是值得钦佩的事，他有颗纯洁的心，能接近青年；他有奋斗的怒火，去管闲事。是的，先生的爱护青年，有时候近于溺爱了，可是否连一个蚂蚁也爱呢！母亲的伟大往往使她溺爱儿女；这只有母亲自己晓得其中的意义，旁观者只能表示惋惜与不满，因为旁观者不是母亲，也就代替不了母亲，明白不了母亲，自己不是母亲，没有慈心，觉得青年们都应该严加管束，把青年们管束得象羊羔一样老实，长者才可逍遥自在的为所欲为。为长者计，这实在是不错的办法。可是，青年呢？长者的聪明往往把"将来"带到自己的棺材里去，青年成了殉葬者。鲁迅先生不是这样的长者，他宁可少写些文章，而替青年们看稿子；他宁可少享受一些，而替青年们掏钱印书，他提拔青年，因为他不肯只为自己的不朽，而把青年们活埋了。这也许是很傻的事吧？可是最智慧的人似乎都有点傻气。

至于爱管闲事，的确使鲁迅先生得罪了不少人。他的不留情的讽刺讥骂，实在使长者们难堪，因此也就要不得。中国人不会愤怒，也不喜别人挂火，而鲁迅先生却是最会挂火的人。假若他活到今日，我想他必不会老老实实的住在上海，而必定用他的笔时时刺着那些不会怒、不肯牺牲的人们的心。在长者们，也许暗中说句："幸而那个家伙死了。"可是，我们上哪里去找另一个鲁迅呢？我们自惭，自惭假若没有多少用处，让我们在纪念鲁迅先生的时候，挺起我们的胸来吧！

只写了些小品文吗？据我看，鲁迅先生的最大成就便是小品文。我敢说，他的学问限制不了后起者的更进一步，他的小说也拦不住后起者的猛进直前。小品文，在五十年内恐怕没有第二把手，来与他争光。他会怒，越怒，文字越好。文字容易摹仿，怒火可是不易借来。

他的旧学问好，新知识广博，他能由旧而新，随手拾掇极精确的字与词，得到惊人的效果。

你只能摘用他所用过的，而不易象他那样把新旧的工具都搬来应用，用创造的能力把古今的距离缩短，而成为他独有的东西。他长于古文古诗，又博览东西的文艺，所以他会把最简单的言语（中国话），调动得（极难调动）迭宕多姿，永远新鲜，永远清晰，永远软中透硬，永远厉害而不粗鄙。他以最大的力量，把感情、思想、文字，容纳在一两千字里，象块玲珑的瘦石，而有手榴弹的作用。只写了些短文么？啊，这是前无古人，恐怕也是后无来者的，文艺建设！

燃起我们的怒火吧，青年！以学识，以正义感，以最有力的文字，尽力于抗战建国的事业吧！在抗战中纪念鲁迅先生，我们必须有这个决心！

载一九三八年十月十六日《抗战文艺》第二卷第七期

回忆鲁迅先生

萧红

　　鲁迅先生的笑声是明朗的，是从心里的欢喜。若有人说了什么可笑的话，鲁迅先生笑的连烟卷都拿不住了，常常是笑的咳嗽起来。

　　鲁迅先生走路很轻捷，尤其他人记得清楚的，是他刚抓起帽子来往头上一扣，同时左腿就伸出去了，仿佛不顾一切地走去。

　　鲁迅先生不大注意人的衣裳，他说："谁穿什么衣裳我看不见得……"

　　鲁迅先生生的病，刚好了一点，他坐在躺椅上，抽着烟，那天我穿着新奇的大红的上衣，很宽的袖子。

鲁迅先生说："这天气闷热起来，这就是梅雨天。"他把他装在象牙烟嘴上的香烟，又用手装得紧一点，往下又说了别的。

许先生忙着家务，跑来跑去，也没有对我的衣裳加以鉴赏。

于是我说："周先生，我的衣裳漂亮不漂亮？"

鲁迅先生从上往下看了一眼："不大漂亮。"

过了一会又接着说："你的裙子配的颜色不对，并不是红上衣不好看，各种颜色都是好看的，红上衣要配红裙子，不然就是黑裙子，咖啡色的就不行了；这两种颜色放在一起很浑浊……你没看到外国人在街上走的吗？绝没有下边穿一件绿裙子，上边穿一件紫上衣，也没有穿一件红裙子而后穿一件白上衣的……"

鲁迅先生就在躺椅上看着我："你这裙子是咖啡色的，还带格子，颜色浑浊得很，所以把红色衣裳也弄得不漂亮了。"

"……人瘦不要穿黑衣裳，人胖不要穿白衣裳；脚长的女人一定要穿黑鞋子，脚短就一定要穿白鞋子；方格子的衣裳胖人不能穿，但比横格子的还好；横格子的胖人穿上，就把胖子更往两边裂着，更横宽了，胖子要穿竖条子的，竖的把人显得长，横的把人显的宽……"

那天鲁迅先生很有兴致，把我一双短统靴子也略略批评一下，说我的短靴是军人穿的，因为靴子的前后都有一条线织的拉手，这拉手据鲁迅先生说是放在裤子下边的……

我说："周先生，为什么那靴子我穿了多久了而不告诉我，怎么现在才想起来呢？现在我不是不穿了吗？我穿的这不是另外的鞋吗？"

"你不穿我才说的，你穿的时候，我一说你该不穿了。"

那天下午要赴一个筵会去，我要许先生给我找一点布条或绸条束一束头发。许先生拿了来米色的绿色的还有桃红色的。经我和许先生共同选定的是米色的。为着取美，把那桃红色的，许先生举起来放在我的头发上，并且许先生很开心地说着："好看吧！多漂亮！"

我也非常得意，很规矩又顽皮地在等着鲁迅先生往这边看我们。

鲁迅先生这一看，脸是严肃的，他的眼皮往下一放向着我们这边看着："不要那样装饰她……"

许先生有点窘了。

我也安静下来。

鲁迅先生在北平教书时，从不发脾气，但常常好用这种眼光看人，许先生常跟我讲。她在女师大读书时，周先生在课堂上，一生气就用眼睛往下一掠，看着他们，这种眼光是鲁迅先生在记范爱农先生的文字曾自己述说过，而谁曾接触过这种眼光的人就会感到一个时代的全智者的催逼。

我开始问："周先生怎么也晓得女人穿衣裳的这些事情呢？"

"看过书的，关于美学的。"

"什么时候看的……"

"大概是在日本读书的时候……"

"买的书吗？"

"不一定是买的，也许是从什么地方抓到就看的……"

"看了有趣味吗？！"

"随便看看……"

"周先生看这书做什么？"

"……"没有回答，好象很难以答。

许先生在旁说："周先生什么书都看的。"

在鲁迅先生家里作客人，刚开始是从法租界来到虹口，搭电车也要差不多一个钟头的工夫，所以那时候来的次数比较少。记得有一次谈到半夜了，一过十二点电车就没有的，但那天不知讲了些什么，讲到一个段落就看看旁边小长桌上的圆钟，十一点半了，十一点四十五分了，电车没有了。

"反正已十二点，电车也没有，那么再坐一会。"许先生如此劝着。

鲁迅先生好象听了所讲的什么引起了幻想，安顿地举着象牙烟嘴在沉思着。

一点钟以后，送我（还有别的朋友）出来的是许先生，外边下着的蒙蒙的小雨，弄堂里灯光全然灭掉了，鲁迅先生嘱咐许先生一定让坐小汽车回去，并且一定嘱咐许先生付钱。

以后也住到北四川路来，就每夜饭后必到大陆新村来了，刮风的天，下雨的天，几乎没有间断的时候。

鲁迅先生很喜欢北方饭，还喜欢吃油炸的东西喜欢吃硬的东西，就是后来生病的时候，也不大吃牛奶。鸡汤端到旁边用调羹舀了一二下就算了事。

有一天约好我去包饺子吃，那还是住在法租界，所以带了外国酸菜和用绞肉机绞成的牛肉，就和许先生站在客厅后边的方桌边包起来。海婴公子围着闹的起劲，一会按成圆饼的面拿去了，他说做了一只船来，送在我们的眼前，我们不看他，转身他又做了一只小鸡。许先生和我都不去看他，对他竭力避免加以赞美，若一赞美起来，怕他更做的起劲。

　　客厅后边没到黄昏就先黑了，背上感到些微微的寒凉，知道衣裳不够了，但为着忙，没有加衣裳去。等把饺子包完了看看那数目并不多，这才知道许先生我们谈话谈得太多，误了工作。许先生怎样离开家的，怎样到天津读书的，在女师大读书时怎样做了家庭教师。她去考家庭教师的那一段描写，非常有趣，只取一名，可是考了好几十名，她之能够当选算是难的了。指望对于学费有点补助，冬天来了，北平又冷，那家离学校又远，每月除了车子钱之外，若伤风感冒还得自己拿出买阿司匹林的钱来，每月薪金十元要从西城跑到东城……

　　饺子煮好，一上楼梯，就听到楼上明朗的鲁迅先生的笑声冲下楼梯来，原来有几个朋友在楼上也正谈得热闹。那一天吃得是很好的。

　　以后我们又做过韭菜合子，又做过荷叶饼，我一提议鲁迅先生必然赞成，而我做的又不好，可是鲁迅还是在桌上举着筷子问许先生："我再吃几个吗？"

　　因为鲁迅先生胃不大好，每饭后必吃"脾自美"药丸一二粒。

　　有一天下午鲁迅先生正在校对着瞿秋白的《海上述林》，我一走进卧室去，从那圆转椅上鲁迅先生转过来了，向着我，还微微站起了一点。

　　"好久不见，好久不见。"一边说着一边向我点头。

　　刚刚我不是来过了吗？怎么会好久不见？就是上午我来的那次周先生忘记了，可是我也每天来呀……怎么都忘记了吗？

周先生转身坐在躺椅上才自己笑起来，他是在开着玩笑。

梅雨季，很少有晴天，一天的上午刚一放晴，我高兴极了，就到鲁迅先生家去了，跑得上楼还喘着。鲁迅先生说："来啦！"我说："来啦！"

我喘着连茶也喝不下。

鲁迅先生就问我："有什么事吗？"

我说："天晴啦，太阳出来啦。"

许先生和鲁迅先生都笑着，一种对于冲破忧郁心境的崭然的会心的笑。

海婴一看到我非拉我到院子里和他一道玩不可，拉我的头发或拉我的衣裳。

为什么他不拉别人呢？据周先生说："他看你梳着辫子，和他差不多，别人在他眼里都是大人，就看你小。"

许先生问着海婴："你为什么喜欢她呢？不喜欢别人？"

"她有小辫子。"说着就来拉我的头发。

鲁迅先生家生客人很少，几乎没有，尤其是住在他家里的人更没有。一个礼拜六的晚上，在二楼上鲁迅先生的卧室里摆好了晚饭，围着桌子坐满了人。每逢礼拜六晚上都是这样的，周建人先生带着全家来拜访的。在桌子边坐着一个很瘦的很高的穿着中国小背心的人，鲁迅先生介绍说："这是位同乡，是商人。"

初看似乎对的，穿着中国裤子，头发剃的很短。当吃饭时，他还让别人酒，也给我倒一盅，态度很活泼，不大象个商人；等吃完了饭，又谈到《伪自由书》及《二心集》。这个商人，开明得很，在中国不常见。没有见过的就总不大放心。

下一次是在楼下客厅后的方桌上吃晚饭，那天很晴，一阵阵的刮着热风，虽然黄昏了，客厅后还不昏黑。鲁迅先生是新剪的头发，还能记得桌上有一盘黄花鱼，大概是顺着鲁迅先生的口味，是用油煎的。鲁迅先生前面摆着一碗酒，酒碗是扁扁的，好象用做吃饭的饭碗。那位商人先生也能喝酒，酒瓶就站在他的旁边。他说蒙古人什么样，苗人什么样，从西藏经过时，那西藏女人见了男人追她，她就如何如何。

这商人可真怪，怎么专门走地方，而不做买卖？并且鲁迅先生的书他也全读过，一开口这个，一开口那个。并且海婴叫他×先生，我一听那×字就明白他是谁了。×先生常常回来得很迟，从鲁迅先生家里出来，在弄堂里遇到了几次。

有一天晚上×先生从三楼下来，手里提着小箱子，身上穿着长袍子，站在鲁迅先生的面前，他说他要搬了。他告了辞，许先生送他下楼去了。这时候周先生在地板上绕了两个圈子，问我说："你看他到底是商人吗？"

"是的。"我说。

鲁迅先生很有意思的在地板上走几步，而后向我说："他是贩卖私货的商人，是贩卖精神上的……"

×先生走过二万五千里回来的。

青年人写信，写得太草率，鲁迅先生是深恶痛绝之的。

"字不一定要写得好，但必须得使人一看了就认识，年轻人现在都太忙了……他自己赶快胡乱写完了事，别人看了三遍五遍看不明白，这费了多少工夫，他不管。反正这费了功夫不是他的。这存心是不太好的。"

但他还是展读着每封由不同角落里投来的青年的信，眼睛不济时，便戴起眼镜来看，常常看到夜里很深的时光。

鲁迅先生坐在××电影院楼上的第一排，那片名忘记了，新闻片是苏联纪念五一节的红场。

"这个我怕看不到的……你们将来可以看得到。"鲁迅先生向我们周围的人说。

珂勒惠支的画，鲁迅先生最佩服，同时也很佩服她的做人。珂勒惠支受希特拉的压迫，不准她做教授，不准她画画，鲁迅先生常讲到她。

史沫特烈，鲁迅先生也讲到，她是美国女子，帮助印度独立运动，现在又在援助中国。

鲁迅先生介绍人去看的电影：《夏伯阳》《复仇艳遇》……其余的如《人猿泰山》……或者非洲的怪兽这一类的影片，也常介绍给人的。鲁迅先生说："电影没有什么好的，看看鸟兽之类倒可以增加些对于动物的知识。"

鲁迅先生不游公园，住在上海十年，兆丰公园没有进过。虹口公园这么近也没有进过。春天一到了，我常告诉周先生，我说公园里的土松软了，公园里的风多么柔和。周先生答应选个晴好的天气，选个礼拜日，海婴休假日，好一道去，坐一乘小汽车一直开到兆丰公园，也算是短途旅行。但这只是想着而未有做到，并且把公园给下了定义。鲁迅先生说："公园的样子我知道的……一进门分做两条路，一条通左边，一条通右边，沿着路种着点柳树什么树的，树下摆着几张长椅子，再远一点有个水池子。"

我是去过兆丰公园的，也去过虹口公园或是法国公园的，仿佛这个定义适用在任何国度的公园设计者。

鲁迅先生不戴手套，不围围巾，冬天穿着黑土蓝的棉布袍子，头上戴着灰色毡帽，脚穿黑帆布胶皮底鞋。

胶皮底鞋夏天特别热，冬天又凉又湿，鲁迅先生的身体不算好，大家都提议把这鞋子换掉。鲁迅先生不肯，他说胶皮底鞋子走路方便。

"周先生一天走多少路呢？也不就一转弯到×××书店走一趟吗？"

鲁迅先生笑而不答。

"周先生不是很好伤风吗？不围巾子，风一吹不就伤风了吗？"

鲁迅先生这些个都不习惯，他说："从小就没戴过手套围巾，戴不惯。"

鲁迅先生一推开门从家里出来时，两只手露在外边，很宽的袖口冲着风就向前走，腋下夹着个黑绸子印花的包袱，里边包着书或者是信，到老靶子路书店去了。

那包袱每天出去必带出去，回来必带回来。出去时带着给青年们的信，回来又从书店带来新的信和青年请鲁迅先生看的稿子。

鲁迅先生抱着印花包袱从外边回来，还提着一把伞，一进门客厅早坐着客人，把伞挂在衣架上就陪客人谈起话来。谈了很久了，伞上的水滴顺着伞杆在地板上已经聚了一堆水。

鲁迅先生上楼去拿香烟，抱着印花包袱，而那把伞也没有忘记，顺手也带到楼上去。

鲁迅先生的记忆力非常之强，他的东西从不随便散置在任何地方。鲁迅先生很喜欢北方口味。许先生想请一个北方厨子，鲁迅先生以为开销太大，请不得的，男佣人，至少要十五元钱的工钱。

所以买米买炭都是许先生下手。我问许先生为什么用两个女佣人都是年老的，都是六七十岁的？许先生说她们做惯了，海婴的保姆，海婴几个月时就在这里。

正说着那矮胖胖的保姆走下楼梯来了，和我们打了个迎面。

"先生，没吃茶吗？"她赶快拿了杯子去倒茶，那刚刚下楼时气喘的声音还在喉管里咕噜咕噜的，她确实年老了。

来了客人，许先生没有不下厨房的，菜食很丰富，鱼，肉……都是用大碗装着，起码四五碗，多则七八碗。可是平常就只三碗菜：一碗素炒豌豆苗，一碗笋炒咸菜，再一碗黄花鱼。

这菜简单到极点。

鲁迅先生的原稿，在拉都路一家炸油条的那里用着包油条，我得到了一张，是译《死魂灵》的原稿，写信告诉了鲁迅先生。鲁迅先生不以为希奇，许先生倒很生气。

鲁迅先生出书的校样，都用来揩桌，或做什么的。请客人在家里吃饭，吃到半道，鲁迅先生回身去拿来校样给大家分着。客人接到手里一看，这怎么可以？鲁迅先生说："擦一擦，拿着鸡吃，手是腻的。"

到洗澡间去，那边也摆着校样纸。

许先生从早晨忙到晚上，在楼下陪客人，一边还手里打着毛线。

不然就是一边谈着话一边站起来用手摘掉花盆里花上已干枯了的叶子。许先生每送一个客人，都要送到楼下门口，替客人把门开开，客人走出去而后轻轻地关了门再上楼来。

来了客人还到街上去买鱼或买鸡，买回来还要到厨房里去工作。

鲁迅先生临时要寄一封信，就得许先生换起皮鞋子来到邮局或者大陆新村旁边信筒那里去。落着雨天，许先生就打起伞来。

许先生是忙的，许先生的笑是愉快的，但是头发有一些是白了的。

夜里去看电影，施高塔路的汽车房只有一辆车，鲁迅先生一定不坐，一定让我们坐。

许先生，周建人夫人……海婴，周建人先生的三位女公子。我们上车了。

鲁迅先生和周建人先生，还有别的一二位朋友在后边。

看完了电影出来，又只叫到一部汽车，鲁迅先生又一定不肯坐，让周建人先生的全家坐着先走了。

鲁迅先生旁边走着海婴，过了苏州河的大桥去等电车去了。等了二三十分钟电车还没有来，鲁迅先生依着沿苏州河的铁栏杆坐在桥边的石围上了，并且拿出香烟来，装上烟嘴，悠然地吸着烟。

海婴不安地来回地乱跑，鲁迅先生还招呼他和自己并排坐下。

鲁迅先生坐在那和一个乡下的安静老人一样。

鲁迅先生吃的是清茶，其余不吃别的饮料。咖啡、可可、牛奶、汽水之类，家里都不预备。

鲁迅先生陪客人到深夜，必同客人一道吃些点心。那饼干就是从铺子里买来的，装在饼干盒子里，到夜深许先生拿着碟子取出来，摆在鲁迅先生的书桌上。吃完了，许先生打开立柜再取一碟。还有向日葵子，差不多每来客人必不可少。鲁迅先生一边抽着烟，一边剥着瓜子吃，吃完了一碟鲁迅先生必请许先生再拿一碟来。

鲁迅先生备有两种纸烟，一种价钱贵的，一种便宜的。便宜的是绿听子的，我不认识那是什么牌子，只记得烟头上带着黄纸的嘴，每五十支的价钱大概是四角到五角，是鲁迅先生自己平日用的。另一种是白听子的，是前门烟，用来招待客人的，白听烟放在鲁迅先生书桌的抽屉里。来客人鲁迅先生下楼，把它带到楼下去，客人走了，又带回楼上来照样放在抽屉里。而绿听子的永远放在书桌上，是鲁迅先生随时吸着的。

鲁迅先生的休息，不听留声机，不出去散步，也不倒在床上睡觉，鲁迅先生自己说："坐在椅子上翻一翻书就是休息了。"

鲁迅先生从下午二三点钟起就陪客人，陪到五点钟，陪到六点钟，客人若在家吃饭，吃完饭又必要在一起喝茶，或者刚刚吃完茶走了，或者还没走又来了客人，于是又陪下去，陪到八点钟，十点钟，常常陪到十二点钟。从下午三点钟起；陪到夜里十二点，这么长的时间，鲁迅先生都是坐在藤躺椅上，不断地吸着烟。

客人一走，已经是下半夜了，本来已经是睡觉的时候了，可是鲁迅先生正要开始工作。

在工作之前，他稍微阖一阖眼睛，燃起一支烟来，躺在床边上，这一支烟还没有吸完，许先生差不多就在床里边睡着了。（许先生为什么睡得这样快？因为第二天早晨六七点钟就要来管理家务。）海婴这时在三楼和保姆一道睡着了。

全楼都寂静下去，窗外也一点声音没有了，鲁迅先生站起来，坐到书桌边，在那绿色的台灯下开始写文章了。许先生说鸡鸣的时候，鲁迅先生还是坐着，街上的汽车嘟嘟地叫起来了，鲁迅先生还是坐着。

有时许先生醒了，看着玻璃窗白萨萨的了，灯光也不显得怎么亮了，鲁迅先生的背影不象夜里那样高大。

鲁迅先生的背影是灰黑色的，仍旧坐在那里。

人家都起来了，鲁迅先生才睡下。

海婴从三楼下来了，背着书包，保姆送他到学校去，经过鲁迅先生的门前，保姆总是吩附他说："轻一点走，轻一点走。"

鲁迅先生刚一睡下，太阳就高起来了，太阳照着隔院子的人家，明亮亮的，照着鲁迅先生花园的夹竹桃，明亮亮的。

鲁迅先生的书桌整整齐齐的，写好的文章压在书下边，毛笔在烧瓷的小龟背上站着。

一双拖鞋停在床下，鲁迅先生在枕头上边睡着了。

鲁迅先生喜欢吃一点酒，但是不多吃，吃半小碗或一碗。

鲁迅先生吃的是中国酒，多半是花雕。

老靶子路有一家小吃茶店，只有门面一间，在门面里边设座，座少，安静，光线不充足，有些冷落。鲁迅先生常到这里吃茶店来，有约会多半是在这里边，老板是犹太人也许是白俄人，胖胖的，中国话大概他听不懂。

鲁迅先生这一位老人，穿着布袍子，有时到这里来，泡一壶红茶，和青年人坐在一道谈了一两个钟头。

有一天，鲁迅先生的背后那茶座里边坐着一位摩登女子，身穿紫裙子、黄衣裳，头戴花帽子……那女子临走时，鲁迅先生一看她，用眼瞪着她，很生气地看了她半天，而后说："是做什么的呢？"

鲁迅先生对于穿着紫裙子、黄衣裳、花帽子的人就是这样看法的。

鬼到底是有的没有的？传说上有人见过，还跟鬼说过话，还有人被鬼在后边追赶过，吊死鬼一见了人就贴在墙上。但没有一个人捉住一个鬼给大家看看。

鲁迅先生讲了他看见过鬼的故事给大家听："是在绍兴……"鲁迅先生说，"三十年前……"

那时鲁迅先生从日本读书回来，在一个师范学堂里也不知是什么学堂里教书，晚上没有事时，鲁迅先生总是到朋友家去谈天。这朋友住的离学堂几里路，几里路不算远，但必得经过一片坟地。谈天有的时候就谈得晚了，十一二点钟才回学堂的事也常有，有一天鲁迅先生就回去得很晚，天空有很大的月亮。

鲁迅先生向着归路走得很起劲时，往远处一看，远远有一个白影。

鲁迅先生不相信鬼的，在日本留学时是学的医，常常把死人抬来解剖的，鲁迅先生解剖过二十几个，不但不怕鬼，对死人也不怕，所以对坟地也就根本不怕。仍旧是向前走的。

走了不几步，那远处的白影没有了，再看突然又有了。并且时小时大，时高时低，正和鬼一样。鬼不就是变幻无常的吗？

鲁迅先生有点踌躇了，到底向前走呢？还是回过头来走？

本来回学堂不止这一条路，这不过是最近的一条就是了。

鲁迅先生仍是向前走，到底要看一看鬼是什么样，虽然那时候也怕了。

鲁迅先生那时从日本回来不久，所以还穿着硬底皮鞋。鲁迅先生决心要给那鬼一个致命的打击，等走到那白影旁边时，那白影缩小了，蹲下了，一声不响地靠住了一个坟堆。

鲁迅先生就用了他的硬皮鞋踢了出去。

那白影噢的一声叫起来，随着就站起来，鲁迅先生定眼看去，他却是个人。

鲁迅先生说在他踢的时候，他是很害怕的，好象若一下不把那东西踢死，自己反而会遭殃的，所以用了全力踢出去。

原来是个盗墓子的人在坟场上半夜作着工作。

鲁迅先生说到这里就笑了起来。

"鬼也是怕踢的，踢他一脚就立刻变成人了。"

我想，倘若是鬼常常让鲁迅先生踢踢倒是好的，因为给了他一个作人的机会。

从福建菜馆叫的菜，有一碗鱼做的丸子。

海婴一吃就说不新鲜，许先生不信，别的人也都不信。因为那丸子有的新鲜，有的不新鲜，别人吃到嘴里的恰好都是没有改味的。

许先生又给海婴一个，海婴一吃，又不是好的，他又嚷嚷着。别人都不注意，鲁迅先生把海婴碟里的拿来尝尝，果然不是新鲜的。鲁迅先生说："他说不新鲜，一定也有他的道理，不加以查看就抹杀是不对的。"

以后我想起这件事来，私下和许先生谈过，许先生说："周先生的做人，真是我们学不了的。哪怕一点点小事。"

鲁迅先生包一个纸包也要包得整整齐齐，常常把要寄出的书，鲁迅先生从许先生手里拿过来自己包，许先生本来包得多么好，而鲁迅先生还要亲自动手。

鲁迅先生把书包好了，用细绳捆上，那包方方正正的，连一个角也不准歪一点或扁一点，而后拿着剪刀，把捆书的那绳头都剪得整整齐齐。

就是包这书的纸都不是新的，都是从街上买东西回来留下来的。许先生上街回来把买来的东西一打开随手就把包东西的牛皮纸折起来，随手把小细绳卷了一个卷。若小细绳上有一个疙瘩，也要随手把它解开的。准备着随时用随时方便。

鲁迅先生住的是大陆新村九号。

一进弄堂口，满地铺着大方块的水门汀，院子里不怎样嘈杂，从这院子出入的有时候是外国人，也能够看到外国小孩在院子里零星的玩着。

鲁迅先生隔壁挂着一块大的牌子，上面写着一个"茶"字。

在一九三五年十月一日。

鲁迅先生的客厅里摆着长桌，长桌是黑色的，油漆不十分新鲜，但也并不破旧，桌上没有铺什么桌布，只在长桌的当心摆着一个绿豆青色的花瓶，花瓶里长着几株大叶子的万年青。围着长桌有七八张木椅子。尤其是在夜里，全弄堂一点什么声音也听不到。

那夜，就和鲁迅先生和许先生一道坐在长桌旁边喝茶的。当夜谈了许多关于伪满洲国的事情，从饭后谈起，一直谈到九点钟十点钟而后到十一点钟。时时想退出来，让鲁迅先生好早点休息，因为我看出来鲁迅先生身体不大好，又加上听许先生说过，鲁迅先生伤风了一个多月，刚好了的。

但鲁迅先生并没有疲倦的样子。虽然客厅里也摆着一张可以卧倒的藤椅，我们劝他几次想让他坐在藤椅上休息一下，但是他没有去，仍旧坐在椅子上。并且还上楼一次，去加穿了一件皮袍子。

那夜鲁迅先生到底讲了些什么，现在记不起来了。也许想起来的不是那夜讲的而是以后讲的也说不定。过了十一点，天就落雨了，雨点淅沥淅沥地打在玻璃窗上，窗子没有窗帘，所以偶一回头，就看到玻璃窗上有小水流往下流。夜已深了，并且落了雨，心里十分着急，几次站起来想要走，但是鲁迅先生和许先生一再说再坐一下："十二点以前终归有车子可搭的。"所以一直坐到将近十二点，才穿起雨衣来，打开客厅外边的响着的铁门，鲁迅先生非要送到铁门外不可。我想为什么他一定要送呢？对于这样年轻的客人，这样的送是应该的吗？雨不会打湿了头发，受了寒伤风不又要继续下去吗？站在铁门外边，鲁迅先生说，并且指着隔壁那家写着"茶"字的大牌子："下次来记住这个'茶'字，就是这个'茶'的隔壁。"而且伸出手去，几乎是触到了钉在锁门旁边的那个九号的'九'字："下次来记住茶的旁边九号。"

于是脚踏着方块的水门汀，走出弄堂来，回过身去往院子里边看了一看，鲁迅先生那一排房子统统是黑洞洞的，若不是告诉的那样清楚，下次来恐怕要记不住的。

鲁迅先生的卧室，一张铁架大床，床顶上遮着许先生亲手做的白布刺花的围子，顺着床的一边折着两床被子，都是很厚的，是花洋布的被面。挨着门口的床头的方面站着抽屉柜。一进门的左手摆着八仙桌，桌子的两旁藤椅各一，立柜站在和方桌一排的墙角，立柜本是挂衣服的，衣裳却很少，都让糖盒子、饼干桶子、瓜子罐给塞满了。有一次××老板的太太来拿版权的图章花，鲁迅先生就从立柜下边大抽屉里取出的。沿着墙角往窗子那边走，有一张装饰台，桌子上有一个方形的满浮着绿草的玻璃养鱼池，里边游着的不是金鱼而是灰色的扁肚子的小鱼。除了鱼池之外另有一只圆的表，其余那上边满装着书。铁床架靠窗子的那头的书柜里书柜外都是书。最后是鲁迅先生的写字台，那上边也都是书。

鲁迅先生家里，从楼上到楼下，没有一个沙发。鲁迅先生工作时坐的椅子是硬的，到楼下陪客人时坐的椅子又是硬的。

鲁迅先生的写字台面向着窗子，上海弄堂房子的窗子差不多满一面墙那么大，鲁迅先生把它关起来，因为鲁迅先生工作起来有一个习惯，怕吹风，风一吹，纸就动，时时防备着纸跑，文章就写不好。所以屋子里热得和蒸笼似的，请鲁迅先生到楼下去，他又不肯，鲁迅先生的习惯是不换地方。有时太阳照进来，许先生劝他把书桌移开一点都不肯。只有满身流汗。

鲁迅先生的写字桌，铺了张蓝格子的油漆布。四角都用图钉按着。桌子上有小砚台一方，墨一块，毛笔站在笔架上。笔架是烧瓷的，在我看来不很细致，是一个龟，龟背上带着好几个洞，笔就插在那洞里。鲁迅先生多半是用毛笔的，钢笔也不是没有，是放在抽屉里。桌上有一个方大的白瓷的烟灰盒，还有一个茶杯，杯子上戴着盖。

鲁迅先生的习惯与别人不同，写文章用的材料和来信都压在桌子上，把桌子都压得满满的，几乎只有写字的地方可以伸开手，其余桌子的一半被书或纸张占有着。

左手边的桌角上有一个带绿灯罩的台灯，那灯泡是横着装的，在上海那是极普通的台灯。

冬天在楼上吃饭，鲁迅先生自己拉着电线把台灯的机关从棚顶的灯头上拔下，而后装上灯泡子。等饭吃过，许先生再把电线装起来，鲁迅先生的台灯就是这样做成的，拖着一根长长的电线在棚顶上。

鲁迅先生的文章，多半是在这台灯下写。因为鲁迅先生的工作时间，多半是下半夜一两点起，天将明了休息。

卧室就是如此，墙上挂着海婴公子一个月婴孩的油画像。

挨着卧室的后楼里边，完全是书了，不十分整齐，报纸和杂志或洋装的书，都混在这间屋子里，一走进去多少还有些纸张气味。地板被书遮盖得太小了，几乎没有了，大网篮也堆在书中。墙上拉着一条绳子或者是铁丝，就在那上边系了小提盒、铁丝笼之类。风干荸荠就盛在铁丝笼，扯着的那铁丝几乎被压断了在弯弯着。一推开藏书室的窗子，窗子外边还挂着一筐风干荸荠。

"吃吧，多得很，风干的，格外甜。"许先生说。

楼下厨房传来了煎菜的锅铲的响声，并且两个年老的娘姨慢重重地在讲一些什么。

厨房是家庭最热闹的一部分。整个三层楼都是静静的，喊娘姨的声音没有，在楼梯上跑来跑去的声音没有。鲁迅先生家里五六间房子只住着五个人，三位是先生的全家，余下的二位是年老的女佣人。

来了客人都是许先生亲自倒茶，即或是麻烦到娘姨时，也是许先生下楼去吩咐，绝没有站到楼梯口就大声呼唤的时候。

所以整个房子都在静悄悄之中。

只有厨房比较热闹了一点，自来水哗哗地流着，洋瓷盆在水门汀的水池子上每拖一下磨着嚓嚓地响，洗米的声音也是嚓嚓的。鲁迅先生很喜欢吃竹笋的，在菜板上切着笋片笋丝时，刀刃每划下去都是很响的。其实比起别人家的厨房来却冷清极了，所以洗米声和切笋声都分开来听得样样清清晰晰。

客厅的一边摆着并排的两个书架，书架是带玻璃橱的，里边有朵斯托益夫斯基的全集和别的外国作家的全集，大半都是日文译本。地板上没有地毯，但擦得非常干净。

海婴公子的玩具橱也站在客厅里，里边是些毛猴子、橡皮人、火车汽车之类，里边装的满满的，别人是数不清的，只有海婴自己伸手到里边找些什么就有什么。过新年时在街上买的兔子灯，纸毛上已经落了灰尘了，仍摆在玩具橱顶上。

客厅只有一个灯头，大概五十烛光。客厅的后门对着上楼的楼梯，前门一打开有一个一方丈大小的花园，花园里没有什么花看，只有一株很高的七八尺高的小树，大概那树是柳桃，一到了春天，喜欢生长蚜虫，忙得许先生拿着喷蚊虫的机器，一边陪着谈话，一边喷着杀虫药水。沿着墙根，种了一排玉米，许先生说："这玉米长不大的，这土是没有养料的，海婴一定要种。"

春天，海婴在花园里掘着泥沙，培植着各种玩艺。

三楼则特别静了，向着太阳开着两扇玻璃门，门外有一个水门汀的突出的小廊子，春天很温暖的抚摸着门口长垂着的帘子，有时帘子被风打得很高，飘扬的饱满的和大鱼泡似的。那时候隔院的绿树照进玻璃门扇里边来了。

海婴坐在地板上装着小工程师在修着一座楼房，他那楼房是用椅子横倒了架起来修的，而后遮起一张被单来算作屋瓦，全个房子在他自己拍着手的赞誉声中完成了。

这间屋感到些空旷和寂寞，既不象女工住的屋子，又不象儿童室。海婴的眠床靠着屋子的一边放着，那大圆顶帐子日里也不打起来，长拖拖的好象从棚顶一直拖到地板上，那床是非常讲究的，属于刻花的木器一类的。许先生讲过，租这房子时，从前一个房客转留下来的。海婴和他的保姆，就睡在五六尺宽的大床上。

冬天烧过的火炉，三月里还冷冰冰的在地板上站着。

海婴不大在三楼上玩的，除了到学校去，就是在院里踏脚踏车，他非常欢喜跑跳，所以厨房、客厅、二楼，他是无处不跑的。

三楼整天在高处空着，三楼的后楼住着另一个老女工，一天很少上楼来，所以楼梯擦过之后，一天到晚干净的溜明。

一九三六年三月里，鲁迅先生病了，靠在二楼的躺椅上，心脏跳动得比平日厉害，脸色微灰了一点。

许先生正相反的，脸色是红的，眼睛显得大了，讲话的声音是平静的，态度并没有比平日慌张。在楼下一走进客厅来许先生就告诉说："周先生病了，气喘……喘得厉害，在楼上靠在躺椅上。"

鲁迅先生呼喘的声音，不用走到他的旁边，一进了卧室就听得到的。鼻子和胡须在扇着，胸部一起一落。眼睛闭着，差不多永久不离开手的纸烟，也放弃了。藤椅后边靠着枕头，鲁迅先生的头有些向后，两只手空闲地垂着。眉头仍和平日一样没有聚皱，脸上是平静的、舒展的，似乎并没有任何痛苦加在身上。

"来了吧？"鲁迅先生睁一睁眼睛，"不小心，着了凉呼吸困难……到藏书的房子去翻一翻书……那房子因为没有人住，特别凉……回来就……"

许先生看周先生说话吃力，赶紧接着说周先生是怎样气喘的。

医生看过了，吃了药，但喘并未停。下午医生又来过，刚刚走。

卧室在黄昏里边一点一点地暗下去，外边起了一点小风，隔院的树被风摇着发响。别人家的窗子有的被风打着发出自动关开的响声，家家的流水道都是哗啦哗啦的响着水声，一定是晚餐之后洗着杯盘的剩水。晚餐后该散步的散步去了，该会朋友的会友去了，弄堂里来去的稀疏不断地走着人，而娘姨们还没有解掉围裙呢，就依着后门彼此搭讪起来。小孩子们三五一伙前门后门地跑着，弄堂外汽车穿来穿去。

鲁迅先生坐在躺椅上，沉静地，不动地阖着眼睛，略微灰了的脸色被炉里的火染红了一点。纸烟听子蹲在书桌上，盖着盖子，茶杯也蹲在桌子上。

许先生轻轻地在楼梯上走着，许先生一到楼下去，二楼就只剩了鲁迅先生一个人坐在椅子上，呼喘把鲁迅先生的胸部有规律性的抬得高高的。

"鲁迅先生必得休息的。"须藤医生这样说的。可是鲁迅先生从此不但没有休息，并且脑子里所想的更多了，要做的事情都象非立刻就做不可，校《海上述林》的校样，印珂勒惠支的画，翻译《死魂灵》下部，刚好了，这些就都一起开始了，还计算着出三十年集（即《鲁迅全集》）。

鲁迅先生感到自己的身体不好，就更没有时间注意身体，所以要多作，赶快作。当时大家不解其中的意思，都以为鲁迅先生不加以休息不以为然，后来读了鲁迅先生《死》的那篇文章才了然了。

鲁迅先生知道自己的健康不成了，工作的时间没有几年了，死了是不要紧的，只要留给人类更多，鲁迅先生就是这样。

不久书桌上德文字典和日文字典都摆起来了，果戈里的《死魂灵》，又开始翻译了。

鲁迅先生的身体不大好，容易伤风，伤风之后，照常要陪客人，回信，校稿子。所以伤风之后总要拖下去一个月或半个月的。

瞿秋白的《海上述林》校样，一九三五年冬，一九三六年的春天，鲁迅先生不断地校着，几十万字的校样，要看三遍，而印刷所送校样来总是十页八页的，并不是统统一道地送来，所以鲁迅先生不断地被这校样催索着，鲁迅先生竟说："看吧，一边陪着你们谈话，一边看校样，眼睛可以看，耳朵可以听……"

有时客人来了，一边说着笑话，鲁迅先生一边放下了笔。

有的时候也说："几个字了……请坐一坐……"

一九三五年冬天许先生说："周先生的身体是不如从前了。"

有一次鲁迅先生到饭馆里去请客，来的时候兴致很好，还记得那次吃了一只烤鸭子，整个的鸭子用大钢叉子叉上来时，大家看这鸭子烤的又油又亮的，鲁迅先生也笑了。

菜刚上满了，鲁迅先生就到躺椅上吸一支烟，并且阖一阖眼睛。一吃完了饭，有的喝了酒的，大家都闹乱了起来，彼此抢着苹果，彼此讽刺着玩，说着一些人可笑的话。

而鲁迅先生这时候，坐在躺椅上，阖着眼睛，很庄严地在沉默着，让拿在手上纸烟的烟丝，袅袅地上升着。

别人以为鲁迅先生也是喝多了酒吧！

许先生说，并不的。

"周先生的身体是不如从前了，吃过了饭总要闭一闭眼睛稍微休息一下，从前一向没有这习惯。"

周先生从椅子上站起来了，大概说他喝多了酒的话让他听到了。

"我不多喝酒的。小的时候，母亲常提到父亲喝了酒，脾气怎样坏，母亲说，长大了不要喝酒，不要象父亲那样子……所以我不多喝的……从来没喝醉过……"

鲁迅先生休息好了，换了一支烟，站起来也去拿苹果吃，可是苹果没有了。鲁迅先生说："我争不过你们了，苹果让你们抢没了。"

有人抢到手的还在保存着的苹果，奉献出来，鲁迅先生没有吃，只在吸烟。

一九三六年春，鲁迅先生的身体不大好，但没有什么病，吃过了夜饭，坐在躺椅上，总要闭一闭眼睛沉静一会。

许先生对我说，周先生在北平时，有时开着玩笑，手按着桌子一跃就能够跃过去，而近年来没有这么做过。大概没有以前那么灵便了。

这话许先生和我是私下讲的：鲁迅先生没有听见，仍靠在躺椅上沉默着呢。

　　许先生开了火炉门，装着煤炭哗哗地响，把鲁迅先生震醒了。一讲起话来鲁迅先生的精神又照常一样。

　　鲁迅先生睡在二楼的床上已经一个多月了，气喘虽然停止。但每天发热，尤其是在下午热度总在三十八度三十九度之间，有时也到三十九度多，那时鲁迅先生的脸是微红的，目力是疲弱的，不吃东西，不大多睡，没有一些呻吟，似乎全身都没有什么痛楚的地方。躺在床上的时候张开眼睛看着，有的时候似睡非睡的安静地躺着，茶吃得很少。差不多一刻也不停地吸烟，而今几乎完全放弃了，纸烟听子不放在床边，而仍很远的蹲在书桌上，若想吸一支，是请许先生付给的。

　　许先生从鲁迅先生病起，更过度地忙了。按着时间给鲁迅先生吃药，按着时间给鲁迅先生试温度表，试过了之后还要把一张医生发给的表格填好，那表格是一张硬纸，上面画了无数根线，许先生就在这张纸上拿着米度尺画着度数，那表画得和尖尖的小山丘似的，又象尖尖的水晶石，高的低的一排连地站着。许先生虽每天画，但那象是一条接连不断的线，不过从低处到高处，从高处到低处，这高峰越高越不好，也就是鲁迅先生的热度越高了。

　　来看鲁迅先生的人，多半都不到楼上来了，为的请鲁迅先生好好地静养，所以把客人这些事也推到许先生身上来了。还有书、报、信，都要许先生看过，必要的就告诉鲁迅先生，不十分必要的，就先把它放在一处放一放，等鲁迅先生好些了再取出来交给他。然而这家庭里边还有许多琐事，比方年老的娘姨病了，要请两天假；海婴的牙齿脱掉一个要到牙医那里去看过，但是带他去的人没有，又得许先生。海婴在幼稚园里读书，又是买铅笔，买皮球，还有临时出些个花头，跑上楼来了，说要吃什么花生糖，什么牛奶糖，他上楼来是一边跑着一边喊着，许先生连忙拉住了他，拉他下了楼才跟他讲："爸爸病啦。"而后拿出钱来，嘱咐好了娘姨，只买几块糖而不准让他格外的多买。

收电灯费的来了，在楼下一打门，许先生就得赶快往楼下跑，怕的是再多打几下，就要惊醒了鲁迅先生。

海婴最喜欢听讲故事，这也是无限的麻烦，许先生除了陪海婴讲故事之外，还要在长桌上偷一点工夫来看鲁迅先生为有病耽搁下来尚未校完的校样。

在这期间，许先生比鲁迅先生更要担当一切了。

鲁迅先生吃饭，是在楼上单开一桌，那仅仅是一个方木桌，许先生每餐亲手端到楼上去，每样都用小吃碟盛着，那小吃碟直径不过二寸，一碟豌豆苗或菠菜或苋菜，把黄花鱼或者鸡之类也放在小碟里端上楼去。若是鸡，那鸡也是全鸡身上最好的一块地方拣下来的肉；若是鱼，也是鱼身上最好一部分，许先生才把它拣下放在小碟里。

许先生用筷子来回地翻着楼下的饭桌上菜碗里的东西，菜拣嫩的，不要茎，只要叶，鱼肉之类，拣烧得软的，没有骨头没有刺的。

心里存着无限的期望，无限的要求，用了比祈祷更虔诚的目光，许先生看着她自己手里选得精精致致的菜盘子，而后脚板触了楼梯上了楼。

希望鲁迅先生多吃一口，多动一动筷，多喝一口鸡汤。鸡汤和牛奶是医生所嘱的，一定要多吃一些的。

把饭送上去，有时许先生陪在旁边，有时走下楼来又做些别的事，半个钟头之后，到楼上去取这盘子。这盘子装的满满的，有时竟照原样一动也没有动又端下来了，这时候许先生的眉头微微地皱了一点。旁边若有什么朋友，许先生就说："周先生的热度高，什么也吃不落，连茶也不愿意吃，人很苦，人很吃力。"

有一天许先生用波浪式的专门切面包的刀切着面包，是在客厅后边方桌上切的，许先生一边切着一边对我说："劝周先生多吃东西，周先生说，人好了再保养，现在勉强吃也是没有用的。"

许先生接着似乎问着我："这也是对的？"

而后把牛奶面包送上楼去了。一碗烧好的鸡汤，从方盘里许先生把它端出来了，就摆在客厅后的方桌上。许先生上楼去了，那碗热的鸡汤在方桌上自己悠然地冒着热气。

许先生由楼上回来还说呢："周先生平常就不喜欢吃汤之类，在病里，更勉强不下了。"

许先生似乎安慰着自己似的。

"周先生人强，喜欢吃硬的，油炸的，就是吃饭也喜欢吃硬饭……"

许先生楼上楼下地跑，呼吸有些不平静，坐在她旁边，似乎可以听到她心脏的跳动。

鲁迅先生开始独桌吃饭以后，客人多半不上楼来了，经许先生婉言把鲁迅先生健康的经过报告了之后就走了。

鲁迅先生在楼上一天一天地睡下去，睡了许多日子，都寂寞了，有时大概热度低了点就问许先生："什么人来过吗？"

看鲁迅先生好些，就一一地报告过。

有时也问到有什么刊物来吗？

鲁迅先生病了一个多月了。

证明了鲁迅先生是肺病，并且是肋膜炎，须藤老医生每天来了，为鲁迅先生把肋膜积水用打针的方法抽净，共抽过两三次。

这样的病，为什么鲁迅先生一点也不晓得呢？许先生说，周先生有时觉得肋痛了就自己忍着不说，所以连许先生也不知道，鲁迅先生怕别人晓得了又要不放心，又要看医生，医生一定又要说休息。鲁迅先生自己知道做不到的。

福民医院美国医生的检查，说鲁迅先生肺病已经二十年了。这次发了怕是很严重。

医生规定个日子，请鲁迅先生到福民医院去详细检查，要照X光的。但鲁迅先生当时就下楼是下不得的，又过了许多天，鲁迅先生到福民医院去检查病去了。照X光后给鲁迅先生照了一个全部的肺部的照片。

这照片取来的那天许先生在楼下给大家看了，右肺的上尖是黑的，中部也黑了一块，左肺的下半部都不大好，而沿着左肺的边边黑了一大圈。

这之后，鲁迅先生的热度仍高，若再这样热度不退，就很难抵抗了。

那查病的美国医生，只查病，而不给药吃，他相信药是没有用的。

须藤老医生，鲁迅先生早就认识，所以每天来，他给鲁迅先生吃了些退热药，还吃停止肺病菌活动的药。他说若肺不再坏下去，就停止在这里，热自然就退了，人是不危险的。

　　在楼下的客厅里，许先生哭了。许先生手里拿着一团毛线，那是海婴的毛线衣拆了洗过之后又团起来的。

　　鲁迅先生在无欲望状态中，什么也不吃，什么也不想，睡觉似睡非睡的。

　　天气热起来了，客厅的门窗都打开着，阳光跳跃在门外的花园里。麻雀来了停在夹竹桃上叫了三两声就飞去，院子里的小孩们唧唧喳喳地玩耍着，风吹进来好象带着热气，扑到人的身上，天气刚刚发芽的春天，变为夏天了。

　　楼上老医生和鲁迅先生谈话的声音隐约可以听到。

　　楼下又来客人，来的人总要问："周先生好一点吗？"

　　许先生照常说："还是那样子。"

　　但今天说了眼泪又流了满脸。一边拿起杯子来给客人倒茶，一边用左手拿着手帕按着鼻子。

　　客人问："周先生又不大好吗？"

　　许先生说："没有的，是我心窄。"

　　过了一会鲁迅先生要找什么东西，喊许先生上楼去，许先生连忙擦着眼睛，想说她不上楼的，但左右看了一看，没有人能代替了她，于是带着她那团还没有缠完的毛线球上楼去了。

　　楼上坐着老医生，还有两位探望鲁迅先生的客人。许先生一看了他们就自己低了头不好意思地笑了，她不敢到鲁迅先生的面前去，背转着身问鲁迅先生要什么呢，而后又是慌忙地把线缕挂在手上缠了起来。

一直到送老医生下楼，许先生都是把背向着鲁迅先生而站着的。

每次老医生走，许先生都是替老医生提着皮提包送到前门外的。许先生愉快地、沉静地带着笑容打开铁门闩，很恭敬地把皮包交给老医生，眼看着老医生走了才进来关了门。

这老医生出入在鲁迅先生的家里，连老娘姨对他都是尊敬的，医生从楼上下来时，娘姨若在楼梯的半道，赶快下来躲开，站到楼梯的旁边。有一天老娘姨端着一个杯子上楼，楼上医生和许先生一道下来了，那老娘姨躲闪不灵，急得把杯里的茶都颠出来了。等医生走过去，已经走出了前门，老娘姨还在那里呆呆地望着。

"周先生好了点吧？"

有一天许先生不在家，我问着老娘姨。她说："谁晓得，医生天天看过了不声不响地就走了。"

可见老娘姨对医生每天是怀着期望的眼光看着他的。

许先生很镇静，没有紊乱的神色，虽然说那天当着人哭过一次，但该做什么，仍是做什么，毛线该洗的已经洗了，晒的已经晒起，晒干了的随手就把它团起团子。

"海婴的毛线衣，每年拆一次，洗过之后再重打起，人一年一年地长，衣裳一年穿过，一年就小了。"

在楼下陪着熟的客人，一边谈着，一边开始手里动着竹针。

这种事情许先生是偷空就做的，夏天就开始预备着冬天的，冬天就做夏天的。

许先生自己常常说："我是无事忙。"

这话很客气，但忙是真的，每一餐饭，都好象没有安静地吃过。海婴一会要这个，要那个；若一有客人，上街临时买菜，下厨房煎炒还不说，就是摆到桌子上来，还要从菜碗里为着客人选好的夹过去。饭后又是吃水果，若吃苹果还要把皮削掉，若吃荸荠看客人削得慢而不好也要削了送给客人吃，那时鲁迅先生还没有生病。

许先生除了打毛线衣之外，还用机器缝衣裳，剪裁了许多件海婴的内衫裤在窗下缝。

因此许先生对自己忽略了，每天上下楼跑着，所穿的衣裳都是旧的，次数洗得太多，纽扣都洗脱了，也磨破了，都是几年前的旧衣裳，春天时许先生穿了一个紫红宁绸袍子，那料子是海婴在婴孩时候别人送给海婴做被子的礼物。做被子，许先生说很可惜，就拣起来做一件袍子。正说着，海婴来了，许先生使眼神，且不要提到，若提到海婴又要麻烦起来了，一要说是他的，他就要要。

许先生冬天穿一双大棉鞋，是她自己做的。一直到二三月早晚冷时还穿着。

有一次我和许先生在小花园里拍一张照片，许先生说她的纽扣掉了，还拉着我站在她前边遮着她。

许先生买东西也总是到便宜的店铺去买，再不然，到减价的地方去买。

处处俭省，把俭省下来的钱，都印了书和印了画。

现在许先生在窗下缝着衣裳，机器声格哒格哒的，震着玻璃门有些颤抖。

窗外的黄昏，窗内许先生低着的头，楼上鲁迅先生的咳嗽声，都搅混在一起了，重续着、埋藏着力量。在痛苦中，在悲哀中，一种对于生的强烈的愿望站得和强烈的火焰那样坚定。

许先生的手指把捉了在缝的那张布片，头有时随着机器的力量低沉了一两下。

许先生的面容是宁静的、庄严的、没有恐惧的，她坦荡的在使用着机器。

海婴在玩着一大堆黄色的小药瓶，用一个纸盒子盛着，端起来楼上楼下地跑。向着阳光照是金色的，平放着是咖啡色的，他招集了小朋友来，他向他们展览，向他们夸耀，这种玩艺只有他有而别人不能有。他说："这是爸爸打药针的药瓶，你们有吗？"

别人不能有，于是他拍着手骄傲地呼叫起来。

许先生一边招呼着他，不叫他喊，一边下楼来了。

"周先生好了些？"

见了许先生大家都是这样问的。

"还是那样子，"许先生说，随手抓起一个海婴的药瓶来，"这不是么，这许多瓶子，每天打针，药瓶也积了一大堆。"

许先生一拿起那药瓶，海婴上来就要过去，很宝贵地赶快把那小瓶摆到纸盒里。

在长桌上摆着许先生自己亲手做的蒙着茶壶的棉罩子，从那蓝缎子的花罩下拿着茶壶倒着茶。

楼上楼下都是静的了，只有海婴快活的和小朋友们的吵嚷躲在太阳里跳荡。

海婴每晚临睡时必向爸爸妈妈说："明朝会！"

有一天他站在上三楼去的楼梯口上喊着："爸爸，明朝会！"

鲁迅先生那时正病的沉重，喉咙里边似乎有痰，那回答的声音很小，海婴没有听到，于是他又喊："爸爸，明朝会！"他等一等，听不到回答的声音，他就大声地连串地喊起来："爸爸，明朝会，爸爸，明朝会……爸爸，明朝会……"

他的保姆在前边往楼上拖他，说是爸爸睡下了，不要喊了。可是他怎么能够听呢，仍旧喊。

这时鲁迅先生说"明朝会"，还没有说出来，喉咙里边就象有东西在那里堵塞着，声音无论如何放不大。到后来，鲁迅先生挣扎着把头抬起来才很大声地说出："明朝会，明朝会。"

说完了就咳嗽起来。

许先生被惊动得从楼下跑来了，不住地训斥着海婴。

海婴一边哭着一边上楼去了，嘴里唠叨着："爸爸是个聋人哪！"

鲁迅先生没有听到海婴的话，还在那里咳嗽着。

鲁迅先生在四月里，曾经好了一点，有一天下楼去赴一个约会，把衣裳穿的整整齐齐，手下夹着黑花布包袱，戴起帽子来，出门就走。

许先生在楼下正陪客人，看鲁迅先生下来了，赶快说："走不得吧，还是坐车子去吧。"

鲁迅先生说："不要紧，走得动的。"

许先生再加以劝说，又去拿零钱给鲁迅先生带着。

鲁迅先生说不要不要，坚决地走了。

"鲁迅先生的脾气很刚强。"

许先生无可奈何的，只说了这一句。

鲁迅先生晚上回来，热度增高了。

鲁迅先生说："坐车子实在麻烦，没有几步路，一走就到。还有，好久不出去，愿意走走……动一动就出毛病……还是动不得……"

病压服着鲁迅先生又躺下了。

七月里，鲁迅先生又好些。

药每天吃，记温度的表格照例每天好几次在那里画，老医生还是照常地来，说鲁迅先生就要好起来了。说肺部的菌已经停止了一大半，肋膜也好了。

客人来差不多都要到楼上来拜望拜望。鲁迅先生带着久病初愈的心情，又谈起话来，披了一张毛巾子坐在躺椅上，纸烟又拿在手里了，又谈翻译，又谈某刊物。

一个月没有上楼去，忽然上楼还有些心不安，我一进卧室的门，觉得站也没地方站，坐也不知坐在哪里。

许先生让我吃茶，我就依着桌子边站着。好象没有看见那茶杯似的。

鲁迅先生大概看出我的不安来了，便说："人瘦了，这样瘦是不成的，要多吃点。"

鲁迅先生又在说玩笑话了。

"多吃就胖了，那么周先生为什么不多吃点？"

鲁迅先生听了这话就笑了，笑声是明朗的。

从七月以后鲁迅先生一天天地好起来了，牛奶，鸡汤之类，为了医生所嘱也隔三差五地吃着，人虽是瘦了，但精神是好的。

鲁迅先生说自己体质的本质是好的，若差一点的，就让病打倒了。

这一次鲁迅先生保持了很长时间，没有下楼更没有到外边去过。

在病中，鲁迅先生不看报，不看书，只是安静地躺着。但有一张小画是鲁迅先生放在床边上不断看着的。

那张画，鲁迅先生未生病时，和许多画一道拿给大家看过的，小得和纸烟包里抽出来的那画片差不多。那上边画着一个穿大长裙子飞散着头发的女人在大风里边跑，在她旁边的地面上还有小小的红玫瑰的花朵。

记得是一张苏联某画家着色的木刻。

鲁迅先生有很多画，为什么只选了这张放在枕边。

许先生告诉我的，她也不知道鲁迅先生为什么常常看这小画。

有人来问他这样那样的，他说："你们自己学着做，若没有我呢！"

这一次鲁迅先生好了。

还有一样不同的，觉得做事要多做……

鲁迅先生以为自己好了，别人也以为鲁迅先生好了。

准备冬天要庆祝鲁迅先生工作三十年。

又过了三个月。

一九三六年十月十七日，鲁迅先生病又发了，又是气喘。

十七日，一夜未眠。

十八日，终日喘着。

十九日的下半夜，人衰弱到极点了。天将发白时，鲁迅先生就象他平日一样，工作完了，他休息了。

志摩纪念

周作人

面前书桌上放着九册新旧的书，这都是志摩的创作，有诗，文，小说，戏剧——有些是旧有的。有些给小孩们拿去看丢了，重新买来的，《猛虎集》是全新的，衬页上写了这几行字："志摩飞往南京的前一天，在景山东大街遇见，他说还没有送你《猛虎集》，今天从志摩的追悼会出来，在景山书社买得此书。"

志摩死了，现在展对遗书，就只感到古人的人琴俱亡这一句话，别的没有什么可说。志摩死了，这样精妙的文章再也没有人能做了，但是，这几册书遗留在世间，志摩在文学上的功绩也仍长久存在。中国新诗已有十五六年的历史，可是大家都不大努力，更缺少锲而不舍地继续努力的人，在这中间志摩要算是唯一的忠实同志，他前后苦心地创办诗刊，助成新诗的生长，这个劳绩是很可纪念的，他自己又孜孜矻矻地从事于创作，自《志摩的诗》以至《猛虎集》，进步很是显然，便是像我这样外行也觉得这是显然。散文方面志摩的成就也并不小，据我个人的愚见，中国散文中现有几派，适之、仲甫一派的文章清新明白，长于说理讲学，好像西瓜之有口皆甜，平伯废名一派涩如青果，志摩可以与冰心女士归在一派，仿佛是鸭儿梨的样子，流丽轻脆，在白话的基本上加入古文方言欧化种种成分，使引车卖浆之徒的话进而为一种富有表现力的文章，这就是单从文体变迁上讲也是很大的一个贡献了。志摩的诗、文，以及小说戏剧在新文学上的位置与价值，将来自有公正的文学史家会来精查公布，我这里只是笼统地回顾一下，觉得他半生的成绩已经很够不朽，而在这壮年，尤其是在这艺术地"复活"的时期中途凋丧，更是中国文学的一大损失了。

但是，我们对于志摩之死所更觉得可惜的是人的损失。文学的损失是公的，公摊了时个人所受到的只是一份，人的损失却是私的，就是分担也总是人数不会太多而分量也就较重了。照交情来讲，我与志摩不算顶深，过从不密切，所以留在记忆上想起来时可以引动悲酸的情感的材料也不很多，但即使如此，我对于志摩的人的悼惜也并不少。的确如适之所说，志摩这人很可爱，他有他的主张，有他的派路，或者也许有他的小毛病，但是他的态度和说话总是和蔼真率，令人觉得可亲近，凡是见过志摩几面的人，差不多都受到这种感化，引起一种好感，就是有些小毛病小缺点也好像脸上某处的一颗小黑痣，他是造成好感的一小小部分，只令人微笑点头，并没有嫌憎之感。有人戏称志摩为诗哲，或者笑他的戴印度帽，实在这些戏弄里都仍含有好意的成分，有如老同窗要举发从前吃戒尺的逸事，就是有派别的作家加以攻击，我相信这所以招致如此怨恨者也只是志摩的阶级之故，而决不是他的个人。适之又说志摩是诚实的理想主义者，这个我也同意，而且觉得志摩因此更是可尊了。这个年头儿，别的什么都有，只是诚实却早已找不到，便是爪哇国里恐怕也不会有了罢，志摩却还保守着他天真烂漫的诚实，可以说是世所希有的奇人了。我们平常看书看杂志报章，第一感到不舒服的是那伟大的说谎，上自国家大事，下至社会琐闻，不是恬然地颠倒黑白，便是无诚意地弄笔头，其实大家也各自知道是怎么一回事，自己未必相信，也未必望别人相信，只觉得非这样他说不可，知识阶级的人挑着一副担子，前面是一筐子马克思，后面一口袋尼采，也是数见不鲜的事，在这时候有一两个人能够诚实不欺地在言行上表现出来，无论这是哪一种主张，总是很值得我们的尊重的了。关于志摩的私德，适之有代为辩明的地方，我觉得这并不成什么问题。为爱惜私人名誉起见，辩明也可以说是朋友的义务，若是从艺术方面看去这似乎无关重要。诗人文人这些人，虽然与专做好吃的包子的厨子，雕好看的石像的匠人，略有不同，但总之小德逾闲与否于其艺术没有多少关系，这是我想可以明言的。不过这也有例外，假如是文以载道派的艺术家，以教训指导我们大众自任，以先知哲人自仕的，我们在同样谦恭地接受他的艺术以前，先要切实地检察他的生活，若是言行不符，那便是假先知，须得谨防上他的当。现今中国的先知有几个禁得起这种检察的呢？这我可不得而知了。这或者是我个人的偏见亦未可知，但截至现在我还没有找到觉得更对的意见，所以对于志摩的事也就只得仍是这样地看下去了。

　　志摩死后已是二十几天了，我早想写小文纪念他，可是这从哪里去着笔呢？我相信写得出的文章大抵都是可有可无的，真的深切的感情只有声音、颜色、姿势，或者可以表出十分之一二，到了言语便有点儿可疑，何况又到了文字。文章的理想境界我想应该是禅，是个不立文字，以心传心的境界，有如世尊拈花，迦叶微笑，或者一声"且道"，如棒敲头，夯地一下顿然明了，才是正理，此外都不是路。我们回想自己最深密的经验，如恋爱和死生之至欢极悲，自己以外只有天知道，何曾能够于金石竹帛上留下一丝痕迹，即使呻吟作苦，勉强写下一联半节，也只是普通的哀辞和定情诗之流，哪里道得出一份苦甘，只看汗牛充栋的集子里多是这样物事，可知除圣人天才之外谁都难逃此难。我只能写可有可无的文章，而纪念亡友又不是可以用这种文章来敷衍的，而纪念刊的收稿期限又迫切了，不得已还只得写，结果还只能写出一篇可有可无的文章，这使我不得不重又叹息。这篇小文的次序和内容差不多是套适之在追悼会所发表的演辞的，不过我的话说得很是素朴粗笨，想起志摩平素是爱说老实话的，那么我这种老实的说法或者是志摩的最好纪念亦未可知，至于别的一无足取也就没有什么关系了。

民国二十年十二月十三日，于北平

（一九三一年十二月作，选自《看云集》）

追悼志摩

胡适

悄悄的我走了，

正如我悄悄的来；

我挥一挥衣袖，

不带走一片云彩。

——《再别康桥》

志摩这一回真走了！可不是悄悄的走。在那淋漓的大雨里，在那
迷蒙的大雾里，一个猛烈的大震动，三百匹马力的飞机碰在一座终古

不动的山上，我们的朋友额上受了一个致命的撞伤，大概立刻失去了知觉，半空中起了一团大火，像天上陨了一颗大星似的直掉下地去。我们的志摩和他的两个同伴就死在那烈焰里了！

　　我们初得着他的死信，却不肯相信，都不信志摩这样一个可爱的人会死的这么惨酷。但在那几天的精神大震撼稍稍过去之后，我们忍不住要想，那样的死法也许只有志摩最配。我们不相信志摩会"悄悄的走了"，也不忍想志摩会死一个"平凡的死"，死在天空之中，大雨淋着，大雾笼罩着，大火焚烧着，那撞不倒的山头在旁边冷眼瞧着，我们新时代的新诗人，就是要自己挑一种死法，也挑不出更合式，更悲壮的了。

　　志摩走了，我们这个世界里被他带走了不少的云彩。他在我们这些朋友之中，真是一片最可爱的云彩，永远是温暖的颜色，永远是美的花样，永远是可爱。他常说：

我不知道风
　是在那一个方向吹——

　　我们也不知道风是在哪一个方向吹，可是狂风过去之后，我们的天空变惨淡了，变寂寞了，我们才感觉我们的天上的一片最可爱的云彩被狂风卷去了，永远不回来了！

　　这十几天里，常有朋友到家里来谈志摩，谈起来常常有人痛哭。在别处痛哭他的，一定还不少。志摩所以能使朋友这样哀念他，只是因为他的为人整个的只是一团同情心，只是一团爱。叶公超先生说：

"他对于任何人，任何事，从未有过绝对的怨恨，甚至于无意中都没有表示过一些憎嫉的神气。"陈通伯先生说："尤其朋友里缺不了他。他是我们的连索，他是黏着性的，发酵性的。在这七八年中，国内文艺界里起了不少的风波，吵了不少的架，许多很熟的朋友往往弄的不能见面。但我没有听见有人怨恨过志摩；谁也不能抵抗志摩的同情心，谁也不能避开他的黏着性。他才是和事的无穷的同情，使我们老，他总是朋友中间的'连索'。他从没有疑心，他从不会妒忌，使这些多疑善妒的人们十分惭愧，又十分羡慕。"

他的一生真是爱的象征。爱是他的宗教，他的上帝。

我攀登了万仞的高冈，

荆棘扎烂了我的衣裳，

我向飘渺的云天外望——

上帝，我望不见你！

……

我在道旁见一个小孩：

活泼，秀丽，褴褛的衣衫；

他叫声"妈"，眼里亮着爱——

上帝，他眼里有你！

——《他眼里有你》

志摩今年在他的《猛虎集自序》里，曾说他的心境是"一个曾经有单纯信仰的流入怀疑的颓废"。这句话是他最好的自述。他的人生观真是一种"单纯信仰"，这里面只有三个大字：一个是爱，一个是自由，一个是美。他梦想这三个理想的条件能够会合在一个人生里，这是他的"单纯信仰"。他的一生的历史，只是他追求这个单纯信仰的实现的历史。

社会上对于他的行为，往往有不谅解的地方，都只因为社会上批评他的人不曾懂得志摩的"单纯信仰"的人生观。他的离婚和他的第二次结婚，是他一生最受社会严厉批评的两件事。现在志摩的棺已盖了，而社会上的议论还未定。但我们知道这两件事的人，都能明白，至少在志摩的方面，这两件事最可以代表志摩的单纯理想的追求。他万分诚恳的相信那两件事都是他实现那"美与爱与自由"的人生的正当步骤。这两件事的结果，在别人看来，似乎都不曾能够实现志摩的理想生活。但到了今日，我们还忍用成败来议论他吗？

我忍不住我的历史癖，今天我要引用一点神圣的历史材料，来说明志摩决心离婚时的心理。民国十一年三月，他正式向他的夫人提议离婚，他告诉她，他们不应该继续他们的没有爱情没有自由的结婚生活了，他提议"自由之偿还自由"，他认为这是"彼此重见生命之曙光，不世之荣业"。他说："故转夜为日，转地狱为天堂，直指顾间事矣……真生命必自奋斗自求得来，真幸福亦必自奋斗自求得来，真恋爱亦必自奋斗自求得来！彼此前途无限……彼此有改良社会之心，彼此有造福人类之心，其先自作榜样，勇决智断，彼此尊重人格，自由离婚，止绝苦痛，始兆幸福，皆在此矣。"

这信里完全是青年的志摩的单纯的理想主义，他觉得那没有爱又没有自由的家庭是可以摧毁他们的人格的，所以他下了决心，要把自由偿还自由，要从自由求得他们的真生命，真幸福，真恋爱。

后来他回国了，婚是离了，而家庭和社会都不能谅解他。最奇怪的是他和他已离婚的夫人通信更勤，感情更好。社会上的人更不明白了。志摩是梁任公先生最爱护的学生，所以民国十二年任公先生曾写一封很恳切的信去劝他。在这信里，任公提出两点：其一，"万不容以他人之苦痛，易自己之快乐。弟之此举，其于弟将来之快乐能得与否，殆茫如捕风，然先已予多数人以无量之苦痛。"其二，"恋爱神圣为今之少年所乐道……兹事盖可遇而不可求……况多情多感之人，其幻想起落鹘突，而得满足得宁帖也极难。所梦想之神圣境界恐终不可得，徒以烦恼终其身已耳。"任公又说："呜呼志摩！天下岂有圆满之宇宙？……当知吾侪以不求圆满为生活态度，斯可以领略生活之妙味矣。……若沉迷于不可必得之令境，挫折数次，生意尽矣，郁邑佗傺以死，死为无名。死犹可也，最可畏者，不死不生而堕落至不复能自拔。呜呼志摩，可无惧耶！可无惧耶！（十二年一月二日信）"

任公一眼看透了志摩的行为是追求一种"梦想的神圣境界"，他料到他必要失望，又怕他少年人受不起几次挫折，就会死，就会堕落。所以他以老师的资格警告他："天下岂有圆满之宇宙？"

但这种反理想主义是志摩所不能承认的。他答复任公的信，第一，不承认他是把他人的苦痛来换自己的快乐。他说："我之甘冒世之不韪，竭全力以斗者，非特求免凶惨之苦痛，实求良心之安顿，求人格之确立，求灵魂之救度耳。人谁不求庸德？人谁不安现成？人谁不畏艰险？然且有突围而出者，夫岂得已而然哉？"第二，他也承认恋爱是可遇而不可求的，但他不能不去追求。他说："我将于茫茫人海中访我唯一灵魂之伴侣；得之，我幸；不得，我命，如此而已。"
他又相信他的理想是可以创造培养出来的。他对任公说："嗟夫吾师！我尝备我灵魂之精髓，以凝成一理想之明珠，涵之以热满之心血，朗照我深奥之灵府。而庸俗总之嫉之，辄欲麻木其灵魂，捣碎其理想，杀灭其希望，污毁其纯洁！我之不流入堕落，流入庸懦，流入卑污，其几亦微矣！"

我今天发表这三封不曾发表过的信，因为这几封信最能表现那个单纯的理想主义者徐志摩。他深信理想的人生必须有爱，必须有自由，必须有美：他深信这种三位一体的人生是可以追求的，至少是可以用纯洁的心血培养出来的。

我们若从这个观点来观察志摩的一生，他这十年中的一切行为就全可以了解了。我还可以说，只有从这个观点上才可以了解志摩的行为；我们必须先认清了他的单纯信仰的人生观，方才认得清志摩的为人。

志摩最近几年的生活，他承认是失败。他有一首《生活》的诗，诗是暗惨的可怕：

阴沉，黑暗，毒蛇似的蜿蜒，

生活逼成了一条甬道：

一度陷入，你只可向前，

手相索着冷壁的粘潮，

在妖魔的脏腑内挣扎，

头顶不见一线的天光，

这魂魄，在恐怖的压迫下，

除了消灭更有什么愿望？

（十九年五月二十九日）

他的失败是一个单纯的理想主义者的失败。他的追求，使我们惭愧，因为我们的信心太小了，从不敢梦想他的梦想。他的失败，也应该使我们对他表示更深厚的恭敬与同情，因为偌大的世界之中，只有他有这信心，冒了绝大的危险，费了无数的麻烦，牺牲了一切平凡的安逸，牺牲了家庭的亲谊和人间的名誉，去追求，去试验一个"梦想之神圣境界"，而终于免不了惨酷的失败，也不完全是他的人生观的失败。他的失败是因为他的信仰太单纯了，而这个现实世界太复杂了，他的单纯的信仰禁不起这个现实世界的摧毁；正如易卜生的诗剧《Brand》里的那个理想主义者，抱着他的理想，在人间处处碰钉子；碰的焦头烂额，失败而死。

然而我们的志摩"在这恐怖的压迫下"，从不叫一声"我投降了"！他从不曾完全绝望，他从不曾绝对怨恨谁。他对我们说："你们不能更多的责备。我觉得我已是满头的血水，能不低头已算是好的。"（《猛虎集自序》）是的，他不曾低头。他仍旧昂起头来做人；他仍旧是他那一团的同情心，一团的爱。我们看他替朋友做事，替团体做事，他总是仍旧那样热心，仍旧那样高兴。几年的挫折，失败，苦痛，似乎使他更成熟了，更可爱了。

他在苦痛之中，仍旧继续他的歌唱。他的诗作风也更成熟了。他所谓"初期的汹涌性"固然是没有了，作品也减少了；但是他的意境变深厚了，笔致变淡远了，技术和风格都更进步了。这是读《猛虎集》的人都能感觉到的。

志摩自己希望今年是他的"一个真正的复活的机会"。他说："抬起头居然又见到了。眼睛睁开了，心也跟着开始了跳动。"

我们一班朋友都替他高兴。他这几年来想用心血浇灌的花也许是枯萎的了；但他的同情，他的鼓舞，早又在别的园里种出了无数的可爱的小树，开出了无数可爱的鲜花。他自己的歌唱有一个时代是几乎消沉了，但他的歌声引起了他的园地外无数的歌喉，嘹亮的唱，哀怨的唱，美丽的唱。这就是他的安慰，都使他高兴。

谁也想不到在这个最有希望的复活时代，他竟丢了我走了！他的《猛虎集》里有一首咏一只黄鹂的诗，现在重了，好像他在那里描写他自己的死，和我们对他的死的悲哀，等候他唱，我们静着望，怕惊了他。但他一展翅，冲破浓密，化一朵彩云：

他飞了，不见了，没了——

像是春光、火焰，像是热情。

志摩这样一个可爱的人，真是一片春光，一团火焰，一腔热情。现在难道都完了？

决不！决不！志摩最爱他自己的一首小诗，题目叫《偶然》，在他的《卞昆冈》剧本里，在那个可爱的孩子阿临死时，那个瞎子弹着三弦，唱着这首诗：

我是天空里的一片云，

偶尔投影在你的波心——

你不必讶异，

更无需欢喜——

在转瞬间消灭了踪影。

你我相逢在黑暗的海上，

你有你的，我有我的，方向。

你记得也好，

最好你忘掉，

在这交会互放的光亮！

　　朋友们，志摩是走了，但他投的影子会永远留在我们心里，他放的光亮也会永远留在人间，他不曾白来了一世。我们有了他做朋友，也可以安慰自己说不曾白来了一世。我们忘不了，和我们在那交会时互放的光亮！

　　二十年，十二月，三夜。

志摩在回忆里

郁达夫

新诗传宇宙，竟尔乘风归去，同学同庚，老友如君先宿草。

华表托精灵，何当化鹤重来，一生一死，深闺有妇赋招魂。

这是我托杭州陈紫荷先生代作代写的一副挽志摩的挽联。陈先生当时问我和志摩的关系，我只说他是我自小的同学，又是同年，此外便是他这一回的很适合他身分的死。

做挽联我是不会做的，尤其是文言的对句。而陈先生也想了许多成句，如"高处不胜寒""犹是深闺梦里人"之类，但似乎都寻不出适当的上下对，所以只成了上举的一联。这挽联的好坏如何，我也不晓得，不过我觉得文句做得太好，对仗对得太工，是不大适合于哀挽的本意的。悲哀的最大表示，是自然的目瞪口呆，僵若木鸡的那一种样子，这我在小曼夫人当初次接到志摩的凶耗的时候曾经亲眼见到过。其次是抚棺的一哭，这我在万国殡仪馆中，当日来吊的许多志摩的亲友之间曾经看到过。至于哀挽诗词的工与不工，那却是次而又次的问题了；我不想说志摩是如何如何的伟大，我不想说他是如何如何的可爱，我也不想说我因他之死而感到怎么怎么的悲哀，我只想把在记忆里的志摩来重描一遍，因而再可以想见一次他那副凡见过他一面的人谁都不容易忘去的面貌与音容。

大约是在宣统二年（一九一〇）的春季，我离开故乡的小市，去转入当时的杭府中学读书——上一期似乎是在嘉兴府中读的，终因路远之故而转入了杭府——那时候府中的监督，记得是邵伯炯先生，寄宿舍是大方伯的图书馆对面。

当时的我，是初出茅庐的一个十四岁未满的乡下少年，突然间闯入了省府的中心，周围万事看起来都觉得新异怕人。所以在宿舍里，在课堂上，我只是诚惶诚恐，战战兢兢，同蜗牛似地蜷伏着，连头都不敢伸一伸出壳来。但是同我的这一种畏缩态度正相反的，在同一级同一宿舍里，却有两位奇人在跳跃活动。

一个是身体生得很小，而脸面却是很长，头也生得特别大的小孩子。我当时自己当然总也还是一个小孩子，然而看见了他，心里却老是在想："这顽皮小孩，样子真生得奇怪。"仿佛我自己已经是一个大孩似的。还有一个日夜和他在一块，最爱做种种淘气的把戏，为同学中间的爱戴集中点的，是一个身材长得相当的高大，面上也已经满示着成年的男子的表情，由我那时候的心里猜来，仿佛是年纪总该在三十岁以上的大人——其实呢，他也不过和我们上下年纪而已。

他们俩，无论在课堂上或在宿舍里，总在交头接耳的密谈着，高笑着，跳来跳去，和这个那个闹闹，结果却终于会出其不意地做出一件很轻快很可笑很奇特的事情来吸收大家的注意的。

而尤其使我惊异的，是那个头大尾巴小，戴着金边近视眼镜的顽皮小孩，平时那样的不用功，那样的爱看小说——他平时拿在手里的总是一卷有光纸上印着石印细字的小本子——而考起来或作起文来却总是分数得得最多的一个。

象这样的和他们同住了半年宿舍，除了有一次两次也上了他们一点小当之外，我和他们终究没有发生什么密切一点的关系。后来似乎我的宿舍也换了，除了在课堂上相聚在一块之外，见面的机会更加少了。年假之后第二年的春天，我不晓为了什么，突然离去了府中，改入了一个现在似乎也还没有关门的教会学校。从此之后，一别十余年，我和这两位奇人—— 一个小孩，一个大人——终于没有遇到的机会。虽则在异乡飘泊的途中，也时常想起当日的旧事，但是终因为周围环境的迁移激变，对这微风似的少年时候的回忆，也没有多大的留恋。

民国十三四年—— 一九二三、四年——之交，我混迹在北京的软红尘里。有一天风定日斜的午后，我忽而在石虎胡同的松坡图书馆里遇见了志摩。仔细一看，他的头，他的脸，还是同中学时候一样发育得分外的大，而那矮小的身材却不同了，非常之长大了，和他并立起来，简直要比我高一二寸的样子。

他的那种轻快磊落的态度，还是和孩时一样，不过因为历尽了欧美的游程之故，无形中已经锻练成了一个长于社交的人了。笑起来的时候，可还是同十几年前的那个顽皮小孩一色无二。

从这年后，和他就时时往来，差不多每礼拜要见好几次面。他的善于座谈，敏于交际，长于吟诗的种种美德，自然而然地使他成了一个社交的中心。当时的文人学者、达官丽妹，以及中学时候的倒霉同学，不论长幼，不分贵贱，都在他的客座上可以看得到。不管你是如何心神不快的时候，只教经他用了他那种浊中带清的洪亮的声音，"喂，老×，今天怎么样？什么什么怎么样了？"的一问，你就自然会把一切的心事丢开，被他的那种快乐的光耀同化了过去。

正在这前后，和他一次谈起了中学时候的事情，他却突然的呆了一呆，张大了眼睛惊问我说：

"老李你还记得起记不起？他是死了哩！"

这所谓老李者，就是我在头上写过的那位顽皮大人，和他一道进中学的他的表哥哥。

其后他又去欧洲，去印度，交游之广，从中国的社交中心扩大而成为国际的。于是美丽宏博的诗句和清新绝俗的散文，也一年年的积多了起来。一九二七年的革命之后，北京变了北平，当时的许多中间阶级者就四散成了秋后的落叶。有些飞上了天去，成了要人，再也没有见到的机会了，有些也竟安然地在牖下到了黄泉；更有些，不死不生，仍复在歧路上徘徊着，苦闷着，而终于寻不到出路。是在这一种状态之下，有一天在上海的街头，我又忽而遇见志摩，"喂，这几年来你躲在什么地方？"

兜头的一喝，听起来仍旧是他那一种洪亮快活的声气。在路上略谈了片刻，一同到了他的寓里坐了一会，他就拉我一道到了大赉公司的轮船码头。因为午前他刚接到了无线电报，诗人太果尔回印度的船系定在午后五时左右靠岸，他是要上船去看看这老诗人的病状的。

当船还没有靠岸，岸上的人和船上的人还不能够交谈的时候，他在码头上的寒风里立着——这时候似乎已经是秋季了——静静地呆呆地对我说：

"诗人老去，又遭了新时代的摈斥，他老人家的悲哀，正是孔子的悲哀。"

因为太果尔这一回是新从美国日本去讲演回来，在日本在美国都受了一部分新人的排斥，所以心里是不十分快活的；并且又因年老之故，在路上更染了一场重病。志摩对我说这几句话的时候，双眼呆看着远处，脸色变得青灰，声音也特别的低。我和志摩来往了这许多年，在他脸上看出悲哀的表情来的事情，这实在是最初也便是最后的一次。

从这一回之后，两人又同在北京的时候一样，时时来往了。可是一则因为我的疏懒无聊，二则因为他跑来跑去的教书忙，这一两年间，和他聚谈时候也并不多。今年的暑假后，他于去北平之先曾大宴了三日客。头一天喝酒的时候，我和董任坚先生都在那里。董先生也是当时杭府中学的旧同学之一，席间我们也曾谈到了当时的杭州。在他遇难之前，从北平飞回来的第二天晚上，我也偶然的，真真是偶然的，闯到了他的寓里。

那一天晚上，因为有许多朋友会聚在那里的缘故，谈谈说说，竟说到了十二点过。临走的时候，还约好了第二天晚上的后会才兹分散。但第二天我没有去，于是就永久失去了见他的机会了，因为他的灵柩到上海的时候是已经验好了来的。

男人之中，有两种人最可以羡慕。一种是象高尔基一样，活到了六七十岁，而能写许多有声有色的回忆文的老寿星，其他的一种是如叶赛宁一样的光芒还没有吐尽的天才夭折者。前者可以写许多文学史上所不载的文坛起伏的经历，他个人就是一部纵的文学史。后者则可以要求每个同时代的文人都写一篇吊他哀他或评他骂他的文字，而成一部横的放大的文苑传。

现在志摩是死了，但是他的诗文是不死的，他的音容状貌可也是不死的，除非要等到认识他的人老老少少一个个都死完的时候为止。

一九三一年十二月十一日

附记：

上面的一篇回忆写完之后，我想想，想想，又在陈先生代做的挽联里加入了一点事实，缀成了下面的四十二字：

三卷新诗，廿年旧友，与君同是天涯，只为佳人难再得。

一声河满，九点齐烟，化鹤重归华表，应愁高处不胜寒。

一九三一年十二月十九日

（原载一九三二年一月一日《新月》第四卷第一期）

三年前的十一月十二日

沈从文

　　六点钟时天已大亮，由青岛过济南的火车，带了一身湿雾骨碌骨碌跑去。从开车起始到这时节已整八点钟，我始终光着两只眼睛。三等车车厢中的一切全被我看到了，多少脸上刻着关外风雪记号的农民！我只不曾见到我自己，却知道我自己脸色一定十分难看。我默默地注意一切乘客，想估计是不是有一个学生模样的年青人，认识徐志摩，知道徐志摩。我想把一个新闻告给他，徐志摩死了，就是那个给年青人以蓬蓬勃勃生气的徐志摩死了。我要找寻这样一个人说说话，一个没有，一个没有。

我想起他《火车擒住轨》那一首诗。

火车擒住轨，在黑夜里奔：

过山，过水，过陈死人的坟；

过桥，听钢骨牛喘似的叫，

过荒野，过门户破烂的庙；

………

睁大了眼，什么事都看分明，

但自己又何尝能支使命运？

这里那里还正有无数火车的长列在寒风里奔驰，写诗的人已在云雾里全身带着火焰离开了这个人间。想到这件事情时，我望着车厢中的小孩、妇人、大兵，以及吊着长长的脖子打盹，作成缢毙姿势的人物。从衣着上看，这是个佃农管事。好象他迟早是应当上吊的。

当我动手把车窗推上时，一阵寒风冲醒了身旁一个瘦瘪瘪的汉子，睡眼迷蒙地向窗口一望，就说："到济南还得两点钟。"说完时看了我一眼，好象知道我为什么推开这窗子吵醒了他，接着把窗口拉下，即刻又吊着颈脖睡去了。去济南的确还得两点钟！我不好意思再惊醒他了，就把那个为车中空气凝结了薄冰的车窗，抹了一阵，现出一片透明处。望到济南附近的田地，远近皆流动着一层乳白色薄雾。黑色或茶色土壤上，各装点了细小深绿的麦秧。一切是那么不可形容的温柔沉静，不可形容的美！我心想：为什么我会坐在这车上，为什么一个人忽然会死？我心中涌起了一种古怪的感情，我不相信这个人会死。我计算了一下，这一年还剩两个月，十个月内我死了四个最熟的朋友。生死虽说是大事，同时也就可以说是平常事。死了，倒下了，瘪了，烂了，便完事了。倘若这些人死去值得纪念，纪念的方法应当不是眼泪，不是仪式，不是言语。采真是在武汉被人牵至欢迎劳苦功高的什么伟人彩牌楼下斩首的，振先是在那个永远使读书人神往倾心的"桃源洞"前被捷克制自动步枪打死的，也频是给人乱枪排了，和二十七个同伴一起躺到臭水沟里的，如今却轮到一个"想飞"的人，给在云雾里烧毁了。一切痛苦的记忆综合到我的心上，起了中和作用。我总觉得他们并不当真死去。多力的，强健的，有生气的，守在一个理想勇猛精进的，全给早早的死去了。却留下多少早就应当死去了的阉鸡，懦夫，与狡猾狐鬼，愚人妄人，在白日下吃，喝，听戏，说谎，开会，著书，批评攻击与打闹！想起生者，方真正使人悲哀！

落雨了，我把鼻子贴住玻璃。想起《车眺》那首诗。

八点左右火车已进了站。下了火车，坐上一辆人力车，尽那个看来十分忠厚的车夫，慢慢的拉我到齐鲁大学。在齐鲁大学最先见到了朱经农，一问才知道北平也来了三个人，南京也来了两个人。上海还会有三四个人来。算算时间，北来车已差不多要到了。我就又匆匆忙忙坐了车赶到津浦车站去，同他们会面。在候车室里见着了梁思成、金岳霖同张奚若。再一同过中国银行，去找寻一个陈先生，这个陈先生便是照料志摩死后各事，前一天搁下了业务，带了夫人冒雨跑到飞机出事地点去，把志摩从飞机残烬中拖出，加以洗涤、装殓，且伴同志摩遗体同车回到济南的。这个人在志摩生前并不与志摩认识，却充满热情来完成这份相当辛苦艰巨的任务。见到了陈先生，且同时见到了从南京来的郭有守和张慰慈先生，我们正想弄明白出事地点在何处，预备同时前去看看。问飞机出事地点离济南多远，应坐什么车。方知道出事地点离济南约二十五里，名白马山站，有站不停车。并且明白死者遗体昨天便已运到了济南，停在城里一个小庙里了。

那位陈先生报告了一切处置经过后，且说明他把志摩搬回济南的原因。

"我知道你们会来，我知道在飞机里那个样子太惨，所以我就眼看着他们伕子把烧焦的衣服脱去，把血污洗尽，把破碎的整理归一，包扎停当，装入棺里，设法运回济南来了！"

他话说的比记下的还多一些，说到山头的形势，去铁路的远近，山下铁路南有一个什么小村落，以及向村中居民询问飞机出事时情形所得的种种。

那时正值湿雾季节，每天照例总是满天灰雾。山峦，河流，人家，一概都裹在一种浓厚湿雾里。飞机去济南差不到三十里，几分钟就应当落地。机师卫姓，济南人，对于济南地方原极熟悉。飞机既已平安超越了泰山高岭，估计时间，应当已快到济南，或者为寻觅路途，或者为寻觅机场，把飞机降低，盘旋了许久，于是掏的碰了山头发了火。着了火后的飞机，翻滚到山脚下，等待这种火光引起村子里人注意，赶过来看时，飞机各部分皆着了火，已燃烧成为一团火了。躺在火中的人呢，早完事了。两个飞机师皆已成为一段焦炭，志摩坐位在后面一点，除了衣服着火皮肤有一部分灼伤外，其他地方并不着火。那天夜里落了小雨，因此又被雨淋了一夜。

这件事直到第二天方为去失事地方较近的火车站站长知道，赶忙报告济南和南京，济南派人来查验证明后，再分别拍电报告北平、南京。济南方面陈先生派过出事地点时，是二十的中午。当二十二大清早我们到济南时，去出事时已经三天了。

我们一同过志摩停柩处时，约九点半钟，天正落小雨，地下泥滑滑的，那地方是个小庙，庙名似乎叫"福缘庵"。一进去小小院子里，满是济南人日常应用的陶器。这里是一堆钵头，那里有一堆瓦罐，正中有一堆大瓮同一堆粗碗，两廊又是一列一列长颈脖贮酒用的罂瓶。庙屋很小，房屋只有一进三间，神座上与泥地上也无处不是陶器。原来这地方是个售卖陶器的堆店。在庙中偏右墙壁下，停了一具棺材，两个缩头缩颈的本地人，正在那里烧香。

两个工人把棺盖挪开，各人皆看到那个破产的遗体了，我们低下头来无话可说。我们有什么可说？棺木里静静地躺着的志摩，戴了一顶红顶绒球青缎子瓜皮帽，帽前还嵌了一小方丝料烧成"帽正"，露出一个掩盖不尽的额角，右额角上一个李子大斜洞，这显然是他的致命伤。眼睛是微张的，他不愿意死！鼻子略略发肿。想来是火灼炙的。门牙脱尽，额角上那个小洞，皆可说明是向前猛撞的结果。这就是永远见得生气勃勃，永远不知道有"敌人"的志摩。这就是他？他是那么爱热闹的人，如今却这样一个人躺在这小庙里。安静的躺在这个小而且破的古庙里，让一堆坛坛罐罐包围着的，便是另外一时生龙活虎一般的志摩吗？他知道他在最后一刻，扮了一角什么样稀奇角色！不嫌脏，不怕静，躺到这个地方，受济南市土制香烟缭绕的门外是一条热闹街市，恰如他诗句中的"有市谣围抱"，真是一件任何人也想象不及的事情。他是个不讨厌世界的人，他欢喜这世界上一切光与色。他欢喜各种热闹，现在却离开了这个热闹世界，向另一个寒冷宁静虚无里走去了。年纪还只三十六岁！由于停棺处空间有限，亲友只能分别轮流走近棺侧看看死者。

各人都在一分凄凉沉默里温习死者生前的声音与光彩，想说话说不出口。仿佛知道这件事得用着另一个中年工人来说话了，他一面把棺木盖挪拢一点，一面自言自语的说："死了，完了，你瞧他多安静。你难受，他并不难受。"接着且告给我们飞机堕地的形式，与死者躺在机中的情形。以及手臂断折的部分，腿膝断折的部分，胁下肋条骨断折的部分。原来这人就是随同陈先生过出事地点装殓志摩的。志摩遗体的洗涤与整理皆由他一手处置。末了他且把一个小篮子里的一角残余的棉袍，一只血污泥泞透湿的袜子，送给我们看。据他说照情形算来，当飞机同山头一撞时，志摩大致即已死去，并不是撞伤后在痛苦中烧死的传闻，那是不可能的。

十一点听人说飞机骨架业已运到车站，转过车站去看飞机时，各处皆找不着，问车站中人也说不明白，因此又回头到福缘庵，前后在棺木前停下来约三个钟头。雨却越下越大，出庙时各人两脚都是从积水中通过的。

一个在铁路局作事朋友，把起运棺柩的篷车业已交涉停妥，上海来电又说下午五点志摩的儿子同他的亲戚张嘉铸可以赶到济南。上海来人若能及时赶到，棺柩就定于当天晚上十一点上车。

正当我们想过中国银行去找寻陈先生时，上海方面的来人已赶到福缘庵，朱经农夫妇也来了。陈先生也来了。烧了些冥楮，各人谈了些关于志摩前几天离上海南京时的种种，天夜下来了。我们各个这时才记起已一整天还不曾吃饭的事情，被邀到一个馆子去吃饭，作东的是济南中国银行行长某先生。

吃过了饭，另一方面起柩上车的来报告人伕业已准备完全，我同北平来的梁思成等三人急忙赶到车站上去等候，八点半钟棺柩上了车。这列车是十一点后方开行的。南行车上，伴了志摩向南的，有南京来的郭有守，上海来的张嘉铸和张慰慈同志摩的儿子徐积锴。从北平来的几个朋友留下在济南，还预备第二天过飞机出事地点看看的。我因为无相熟住处，当夜十点钟就上了回青岛的火车。在站上，车辆同建筑，一切皆围裹在细雨湿雾里。这一次同志摩见面，真算得是最后一次了。我的悲伤或者比其他朋友少一点，就只因为我见到的死亡太多了。我以为志摩智慧方面美丽放光处，死去了是不能再得的，固然十分可惜。但如他那种潇洒与宽容，不拘迂、不俗气、不小气、不势利，以及对于普遍人生万汇百物的热情，人格方面美丽放光处，他既然有许多朋友爱他崇敬他，这些人一定会把那种美丽人格移植到本人行为上来。这些人理解志摩，哀悼志摩，且能学习志摩，一个志摩死去了，这世界不因此有更多的志摩了？

纪念志摩的唯一的方法，应当扩大我们个人的人格，对世界多一分宽容，多一分爱。也就因为这点感觉，志摩死去了三年，我没有写过一句伤悼他的话。志摩人虽死去了，他的做人稀有的精神，应分能够长远活在他的朋友中间，起着良好的影响，我深深相信是必然的。

悼志摩

林徽因

　　一月十九日我们的好朋友，许多人都爱戴的新诗人，徐志摩突兀的，不可信的，残酷的，在飞机上遇险而死去。这消息在二十日的早上像一根针刺触到许多朋友的心上，顿使那一早的天墨一般地昏黑，哀恸的咽哽锁住每一个人的嗓子。

　　志摩……死……谁曾将这两个句子联在一处想过！他是那样活泼的一个人，那样刚刚站在壮年的顶峰上的一个人。朋友们常常惊讶他的活动，他那像小孩般的精神和认真，谁又会想到他死？

突然的，他闯出我们这共同的世界，沉入永远的静寂，不给我们一点预告，一点准备，或是一个最后希望的余地。这种几乎近于忍心的决绝，那一天不知震麻了多少朋友的心？现在那不能否认的事实，仍然无情地挡住我们前面。任凭我们多苦楚的哀悼他的惨死，多迫切的希翼能够仍然接触到他原来的音容，事实是不会为我们这伤悼而有些许活动的可能！这难堪的永远静寂和消沉便是死的最残酷处。

我们不迷信的，没有宗教地望着这死的帷幕，更是丝毫没有把握。张开口我们不会呼吁，闭上眼不会入梦，徘徊在理智和情感的边沿，我们不能预期后会，对这死，我们只是永远发怔，吞咽枯涩的泪；待时间来剥削着哀恸的尖锐，痂结我们每次悲悼的创伤。那一天下午初得到消息的许多朋友不是全跑到胡适之先生家里么？但是除去拭泪相对，默然围坐外，谁也没有主意，谁也不知有什么话说，对这死！

谁也没有主意，谁也没有话说！事实不容我们安插任何的希望，情感不容我们不伤悼这突兀的不幸，理智又不容我们有超自然的幻想！默然相对，默然围坐……而志摩则仍是死去没有回头，没有音讯，永远地不会回头，永远地不会再有音讯。

我们中间没有绝对信命运之说的，但是对着这不测的人生，谁不感到惊异，对着那许多事实的痕迹又如何不感到人力的脆弱，智慧的有限。世事尽有定数？世事尽是偶然？对这永远的疑问我们什么时候能有完全的把握？

在我们前边展开的只是一堆坚质的事实：

"是的，他十九晨有电报来给我……

"十九早晨，是的！说下午三点准到南苑，派车接……

"电报是九时从南京飞机场发出的……

"刚是他开始飞行以后所发……

"派车接去了，等到四点半……说飞机没有到……

"没有到……航空公司说济南有雾……很大……"只是一个钟头的差别；下午三时到南苑，济南有雾！谁相信就是这一个钟头中便可以有这么不同事实的发生，志摩，我的朋友！

他离平的前一晚我仍见到，那时候他还不知道他次晨南旅的，飞机改期过三次，他曾说如果再改下去，他便不走了的。我和他同由一个茶会出来，在总布胡同口分手。在这茶会里我们请的是为太平洋会议来的一个柏雷博士，因为他是志摩生平最爱慕的女作家曼殊斐儿的姊丈，志摩十分的殷勤，希望可以再从柏雷口中得些关于曼殊斐儿早年的影子，只因限于时间，我们茶后匆匆地便散了。晚上我有约会出去了，回来时很晚，听差说他又来过，适遇我们夫妇刚走，他自己坐了一会儿，喝了一壶茶，在桌上写了些字便走了。我到桌上一看：

"定明早六时飞行，此去存亡不卜……"我怔住了，心中一阵不痛快，却忙给他一个电话。

"你放心。"他说，"很稳当的，我还要留着生命看更伟大的事迹呢，哪能便死？……"

话虽是这样说，他却是已经死了整两周了！

现在这事实一天比一天更结实，更固定，更不容否认。志摩是死了，这个简单残酷的实际早又添上时间的色彩，一周，两周，一直的增长下去……

我不该在这里语无伦次的尽管呻吟我们做朋友的悲哀情绪。归根说，读者抱着我们文字看，也就是像志摩的请柏雷一样，要从我们口里再听到关于志摩的一些事。这个我明白，只怕我不能使你们满意，因为关于他的事，动听的，使青年人知道这里有个不可多得的人格存在的，实在太多，决不是几千字可以表达得完。谁也得承认像他这样的一个人世间便不轻易有几个的，无论在中国或是外国。

　　我认得他，今年整十年，那时候他在伦敦经济学院，尚未去康桥。我初次遇到他，也就是他初次认识到影响他迁学的狄更生先生。不用说他和我父亲最谈得来，虽然他们年岁上差别不算少，一见面之后便互相引为知己。他到康桥之后由狄更生介绍进了皇家学院，当时和他同学的有我姊丈温君源宁。一直到最近两个月中源宁还常在说他当时的许多笑话，虽然说是笑话，那也是他对志摩最早的一个惊异的印象。志摩认真的诗情，绝不含有任何矫伪，他那种痴，那种孩子似的天真实能令人惊讶。源宁说，有一天他在校舍里读书，外边下起了倾盆大雨——惟是英伦那样的岛国才有的狂雨——忽然他听到有人猛敲他的房门，外边跳进一个被雨水淋得全湿的客人。不用说他便是志摩，一进门一把扯着源宁向外跑，说快来我们到桥上去等着。这一来把源宁怔住了，他问志摩等什么在这大雨里。志摩睁大了眼睛，孩子似的高兴地说"看雨后的虹去"。源宁不止说他不去，并且劝志摩趁早将湿透的衣服换下，再穿上雨衣出去，英国的湿气岂是儿戏，志摩不等他说完，一溜烟地自己跑了。

　　以后我好奇地曾问过志摩这故事的真确，他笑着点头承认这全段故事的真实。我问：那么下文呢，你立在桥上等了多久，并且看到虹了没有？他说记不清但是他居然看到了虹。我诧异地打断他对那虹的描写，问他：怎么他便知道，准会有虹的。他得意地笑答我说："完全诗意的信仰！"

"完全诗意的信仰"，我可要在这里哭了！也就是为这"诗意的信仰"，他硬要借航空的方便达到他"想飞"的宿愿！"飞机是很稳当的，"他说，"如果要出事那是我的运命！"他真对运命这样完全诗意的信仰！

志摩我的朋友，死本来也不过是一个新的旅程，我们没有到过的，不免过分地怀疑，死不定就比这生苦，"我们不能轻易断定那一边没有阳光与人情的温慰"，但是我前边说过最难堪的是这永远的静寂。我们生在这没有宗教的时代，对这死实在太没有把握了。这以后许多思念你的日子，怕要全是昏暗的苦楚，不会有一点点光明，除非我也有你那美丽的诗意的信仰！

我个人的悲绪不竟又来扰乱我对他生前许多清晰的回忆，朋友的原谅。

诗人的志摩用不着我来多说，他那许多诗文便是估价他的天平。我们新诗的历史才是这样的短，恐怕他的判断人尚在我们儿孙辈的中间。我要谈的是诗人之外的志摩。人家说志摩的为人只是不经意的浪漫，志摩的诗全是抒情诗，这断语从不认识他的人听来可以说很公平，从他朋友们看来实在是对不起他。志摩是个很古怪的人，浪漫固然，但他人格里最精华的却是他对人的同情、和蔼，和优容；没有一个人他对他不和蔼，没有一种人，他不能优容，没有一种的情感，他绝对地不能表同情。我不说了解，因为不是许多人爱说志摩最不解人情么？我说他的特点也就在这上头。

我们寻常人就爱说了解；能了解的我们便同情，不了解的我们便很落寞乃至于酷刻。表同情于我们能了解的，我们以为很适当；不表同情于我们不能了解的，我们也认为很公平。志摩则不然，了解与不了解，他并没有过分地夸张，他只知道温存，和平，体贴，只要他知道有情感的存在，无论出自何人，在何等情况下，他理智上认为适当与否，他全能表几分同情，他真能体会原谅他人与他自己不相同处。从不会刻薄地单支出严格的迫仄的道德的天平指摘凡是与他不同的人。他这样的温和，这样的优容，真能使许多人惭愧，我可以忠实地说，至少他要比我们多数的人伟大许多；他觉得人类各种的情感动作全有它不同的，价值放大了的人类的眼光，同情是不该只限于我们划定的范围内。他是对的，朋友们，归根说，我们能够懂得几个人，了解几桩事，几种情感？哪一桩事，哪一个人没有多面的看法！为此说来志摩的朋友之多，不是个可怪的事；凡是认得他的人不论深浅对他全有特殊的感情，也是极为自然的结果。而反过来看他自己在他一生的过程中却是很少得着同情的。不止如是，他还曾为他的一点理想的愚诚几次几乎不见容于社会。但是他却未曾为这个鄙吝他给他人的同情心，他的性情，不曾为受了刺激而转变刻薄暴戾过，谁能不承认他几有超人的宽量。

志摩的最动人的特点，是他那不可信的纯净的天真，对他的理想的愚诚，对艺术欣赏的认真，体会情感的切实，全是难能可贵到极点。他站在雨中等虹，他甘冒社会的大不韪争他的恋爱自由；他坐曲折的火车到乡间去拜哈岱，他抛弃博士一类的引诱卷了书包到英国，只为要拜罗素做老师，他为了一种特异的境遇，一时特异的感动，从此在生命途中冒险，从此抛弃所有的旧业，只是尝试写几行新诗——这几年新诗尝试的运命并不太令人踊跃，冷嘲热骂只是家常便饭——他常能走几里路去采几茎花，费许多周折去看一个朋友说两句话；这些，还有许多，都不是我们寻常能够轻易了解的神秘。我说神秘，其实竟许是傻，是痴！事实上他只是比我们认真，虔诚到傻气，到痴！他愉快起来他的快乐的翅膀可以碰得到天，他忧伤起来，他的悲戚是深得没有底。寻常评价的衡量在他手里失了效用，利害轻重他自有他的看法，纯是艺术的情感的脱离寻常的原则，所以往常人常听到朋友们说到他总爱带着嗟叹的口吻说："那是志摩，你又有什么法子！"他真的是个怪人么？朋友们，不，一点都不是，他只是比我们近情，比我们热诚，比我们天真，比我们对万物都更有信仰，对神，对人，对灵，对自然，对艺术！

朋友们我们失掉的不止是一个朋友，一个诗人，我们丢掉的是个急难得可爱的人格。

至于他的作品全是抒情的么？他的兴趣只限于情感么？更是不对。志摩的兴趣是极广泛的。他始终极喜欢天文，他对天上星宿的名字和部位就认得很多，最喜暑夜观星，好几次他坐火车都是带着关于宇宙的科学的书。他曾经译过爱因斯坦的相对论，并且在一九二二年便写过一篇关于相对论的东西登在《民铎》杂志上。他常向思成说笑："任公先生的相对论的知识还是从我徐君志摩大作上得来的呢，因为他说他看过许多关于爱因斯坦的哲学都未曾看懂，看到志摩的那篇才懂了。"今夏我在香山养病，他常来闲谈，有一天谈到他幼年上

117

学的经过和美国克莱克大学两年学经济学的景况，我们不禁对笑了半天，后来他在他的《猛虎集》的"序"里也说了那么一段。可是奇怪的！他不像许多天才，幼年里上学，不是不及格，便是被斥退，他是常得优等的，听说有一次康乃尔暑校里一个极严的经济教授还写了信去克莱克大学教授那里恭维他的学生，关于一门很难的功课。我不是为志摩在这里夸张，因为事实上只有为了这桩事，今夏志摩自己便笑得不亦乐乎！

此外，他的兴趣对于戏剧绘画都极深浓，戏剧不用说，与诗文是那么接近，他领略绘画的天才也颇为可观，后期印象派的几个画家，他都有极精密的爱恶，对于文艺复兴时代那几位，他也很熟悉，他最爱鲍蒂切利和达文骞。自然他也常承认文人喜画常是间接地受了别人论文的影响，他的，就受了法兰（ROGER FRY）和斐德（WALTER PATER）的不少。对于建筑审美他常常对思成和我道歉说："太对不起，我的建筑常识全是RUSKINS那一套。"他知道我们是讨厌RUSKINS的。但是为看一个古建的残址，一块石刻，他比任何人都热心，都更能静心领略。

他喜欢色彩，虽然他自己不会作画，暑假里他曾从杭州给我几封信，他自己叫它们做"描写的水彩画"，他用英文极细致地写出西（边？）桑田的颜色，每一分嫩绿，每一色鹅黄，他都仔细地观察到。又有一次他望着我园里一带断墙半晌不语，过后他告诉我说，他正在默默体会，想要描写那墙上向晚的艳阳和刚刚入秋的藤萝。

对于音乐，中西的他都爱好，不止爱好，他那种热心便唤醒过北京一次——也许唯一的一次——对音乐的注意。谁也忘不了那一年，克拉斯拉到北京在"真光"拉一个多钟头的提琴。对旧剧他也得算"在行"，他最后在北京那几天我们曾接连地同去听好几出戏，回家时我们讨论的热毛，比任何剧评都诚恳都起劲。

谁相信这样的一个人，这样忠实于"生"的一个人，会这样早地永远地离开我们另投一个世界，永远地静寂下去，不再透些许声息！

我不敢再往下写，志摩若是有灵听到比他年轻许多的一个小朋友拿着老声老气的语调谈到他的为人不觉得不快么？这里我又来个极难堪的回忆，那一年他在这同一个的报纸上写了那篇伤我父亲惨故的文章，这梦幻似的人生转了几个弯，曾几何时，却轮到我在这风紧夜深里握吊他的惨变。这是什么人生？什么风涛？什么道路？志摩，你这最后的解脱未始不是幸福，不是聪明，我该当羡慕你才是。

丏尊先生故后追忆

王统照

我与夏先生认识虽已多年，可是比较熟悉还是前几年同在困苦环境中过着藏身隐名的生活时期。他一向在江南从未到过大江以北，我每次到沪便有几次见面，或在朋友聚宴上相逢，但少作长谈，且无过细观察性行的时机。在抗战后数年（至少有两年半），我与他可说除假日星期日外，几乎天天碰头，并且座位相隔不过二尺的距离，即不肯多讲闲话如我这样的人，也对他知之甚悉了。

夏先生比起我们这些五十上下的朋友来实在还算先辈。他今年正是六十三岁。我明明记得三十三年秋天书店中的旧编译同人，为他已六十岁，又结婚四十年，虽然物力艰难，无可"祝嘏"，却按照欧洲结婚四十年为羊毛婚的风气，大家于八月某夕分送各人家里自己烹调的两味菜肴，一齐带到他的住处——上海霞飞路霞飞坊——替他老夫妇称贺；藉此同饮几杯"老酒"，聊解心忧。事后，由章锡琛先生倡始，做了四首七律旧体诗作为纪念。因之，凡在书店的熟人，如王伯祥、徐调孚、顾均正、周德符诸位各作一首，或表祷颂，或含幽默，总之是在四围鬼蜮现形、民生艰困的孤岛上，聊以破颜自慰，也使夏先生漱髯一笑而已。我曾以多少有点诙谐的口气凑成二首。那时函件尚通内地，叶绍钧、朱自清、朱光潜、贺昌群四位闻悉此举，也各寄一首到沪以申祝贺，以寄希望。

记得贺先生的一首最为沉着，使人兴感。将近二十首的"金羊毛婚"的旧体诗辑印两纸分存（夏先生也有答诗一首在内）。因此，我确切记明他的年龄。

他们原籍是浙东"上虞"的，这县名在北方并不如绍兴、宁波、温州等处出名。然在沪上，稍有知识的江浙人士却多知悉。上虞与萧山隔江相对，与徐姚、会稽接界，是沿海的一个县份，旧属绍兴府。所以夏先生是绝无折扣的绍兴人。再则此县早已见于王右军写的曹娥碑上，所谓曹氏孝文即上虞人，好习小楷的定能记得！

不是在夏先生的散文集中往往文后有"白马湖畔"或"写于白马湖"之附记？白马湖风景幽美，是夏先生民国十几年在浙东居住并施教育的所在。以后他便移居上海，二十年来过着编著及教书生活，直至死时并未离开。他的年纪与周氏兄弟（鲁迅与启明）相仿，但来往并不密切。即在战前，鲁迅先生住于闸北，夏先生的寓处相隔不远，似是不常见面，与那位研究生物学的周家少弟（建人）有时倒能相逢。夏先生似未到北方，虽学说国语只是绍兴口音。其实这也不止他一个人，多数绍兴人虽在他处多年，终难减轻故乡的音调，鲁迅就是如此。

平均分析他的一生，教育编著各得半数。他在师范学校，高初级男女中学，教课的时间比教大学时多。惟有北伐后在新成立的暨南大学曾作过短期的中国文学系主任。他的兴趣似以教导中等学生比教大学生来得浓厚，以为自然。所以后来沪上有些大学请他兼课，他往往辞谢，情愿以书局的余闲在较好的中学教课几点。他不是热闹场中的文士，然而性情却非乖俗不近人情。傲夸自然毫无，对人太温蔼了，有时反受不甚冷峻的麻烦。

他的学生不少，青年后进求他改文字，谋清苦职业的非常多，他即不能一一满足他们的意愿，却总以温言慰安，绝无拒人的形色。反而倒多为青年们愁虑生活，替人感慨。他好饮酒也能食肉，并非宗教的纯正信徒，然而他与佛教却从四十左右发生较为亲密的关系。在上海，那个规模较大事业亦多的佛教团体，他似是"理事"或"董事"之一？他有好多因信仰上得来的朋友，与几位知名的"大师"也多认识——这是一般读夏先生文章译书的人所不易知的事。他与前年九月在泉州某寺坐化的弘一法师，从少年期即为契交。直至这位大彻大悟的近代高僧，以豪华少年艺术家、青年教师的身份在杭州虎跑寺出家之后，并没因为"清""俗"而断友谊。在白马湖，在上海，弘一法师有时可以住在夏先生的家中，这在戒律精严的他是极少的例外。抗战后几年，弘一法师避地闽南，讲经修诵，虽然邮递迟缓，然一两个月总有一二封信寄与夏先生。他们的性行迥异，然却无碍为超越一切的良友。夏先生之研究佛理有"居士"的信仰，或与弘一法师不无关系。不过，他不劝他人相信，不像一般有宗教信仰者到处传播教义，独求心之所安，并不妨碍世事。

他对于文艺另有见解，以兴趣所在，最欣赏寄托深远、清澹冲和的作品。就中国旧文学作品说：杜甫、韩愈的诗，李商隐的诗，苏东坡、黄山谷的诗；《桃花扇》《长生殿》一类的传奇；《红楼梦》《水浒》等长篇小说，他虽尊重他们，却不见得十分引起他的爱好。对于西洋文学：博大深沉如托尔斯泰；精刻痛切如要以陀思妥夫斯基；激动雄抗、生力勃变如嚣俄之戏剧、小说，拜仑之诗歌，歌德之剧作；包罗万象、文情兼茂如莎士比亚；寓意造同、高深周密如福楼拜……在夏先生看来，正与他对中国的杜甫、苏东坡诸位的著作一样。称赞那些杰作却非极相投合。他要清，要挚，又要真切，要多含蓄。

你看那本《平屋杂文》便能察觉他的个性与对文艺的兴趣所在。他不长于分析，不长于深刻激动，但一切疏宕、浮薄、叫嚣芜杂的文章，或者加重意气、矫枉过正、做作虚撑的作品，他绝不加首肯。我常感到他是掺和道家的"空虚"与佛家的"透彻"，建立了他的人生观——也在间接的酿发中成为他的文艺之观念。（虽则他也不能实行绝对的透彻如弘一法师，这是他心理上的深苦！）反之也由于看的虚空透彻——尚非"太"透彻，对于人间是悲观多乐观少；感慨多赞美少；踌躇多决定少！个性、信仰的关系，与文艺观点的不同，试以

《平屋杂文》与《华盖集》《朝花夕拾》相比，他们中间有若何辽远的距离？无怪他和鲁迅的行径、言论、思想、文字，迥然有别，各走一路。

他一生对于著作并不像那些规文章为专业者，争多竞胜，以出版为要务。他向未有长篇创作的企图，即短篇小说也不过有七八篇。小说的体裁似与他写文的兴会不相符合，所以他独以叙事抒情的散文见长。从虚空或比拟上构造人物、布局等较受拘束的方法，他不大欢喜。其实，我以为他最大的功绩还在对于中学生学习国文国语的选材、指导、启发上面。现时三十左右的青年在战前受中学教育，无论在课内课外，不读过《文心》与《国文百八课》二书的甚少。但即使稍稍用心的学生，将此二书细为阅读，总可使他的文字长进，并能增加欣赏中国文章的知识。不是替朋友推销著作，直至现在，为高初中学生学习国文国语的课外读物，似乎还当推此两本。夏先生与叶绍钧先生他们都有文字的深沉修养，又富有教读经验，合力著成，嘉惠殊多。尤以引人入胜的，是不板滞、不枯燥，以娓娓说话的文体，分析文理，讨论句段。把看似难讲的文章解得那样轻松、流利，读者在欣然以解的心情下便能了解国文或国语的优美，以及它们的各种体裁，各样变化——尤以《文心》为佳。

夏先生对此二书至少有一半以上的工力。尤其有趣的当他二位合讯《国文百八课》，也正是他们结为儿女亲家的时候。夏先生的小姐与叶先生的大儿子，都在十五六岁，经两家家长乐意，命订婚约。夏先生即在当时声明以《国文百八课》版后自己分得的版税一概给他的小姐作为嫁资。于是，以后这本书的版税并非分于两家。可谓现代文士"陪送姑娘"的一段佳话！

此外，便是那本风行一时至今仍为小学后期、初中学生喜爱读物之一的《爱的教育》。

这本由日文重译的意大利的文学教育名著，在译者动笔时也想不到竟能销行得那样多，那样引起少年的兴味。但就版税收入上说，译者获得数目颇为不少。我知道这个译本从初版至今，似乎比二十年来各书局出版白话所译西洋文学名著的任何一本都销得多。

战前创办了四年多的《中学生》杂志，他服劳最多。名义上编辑四位，由于年龄、经验，实际上夏先生便似总其成者。《中学生》的材料、编法，不但是国内唯一良佳的学生期刊，且是一般的青年与壮年人嗜读的好杂志。知识的增益，文字的优美，取材的精审，定价的低廉，出版的准期，都是它特具的优点。夏先生从初创起便是编辑中的一位要员。

浙东人尤以绍兴一带的人勤朴治生，与浙西的杭、嘉、湖浮华地带迥不相同。夏先生虽以"老日本留学生"，住在洋潮的上海二十多年，但他从未穿过一次西装，从未穿过略像"时式"的衣服。除在夏天还穿穿旧作的熟罗衫裤，白绢长衫之外，在春秋冬三季难得不罩布长衫穿身丝呢类面子的皮、棉袍子。十天倒有九天是套件深蓝色布罩袍，中国老式鞋子。到书店去，除却搭电车外，轻易连人力车都不坐。至于吃，更不讲究，"老酒"固是每天晚饭前总要吃几碗的，但下酒之物不过菜蔬、腐干、煮蚕豆、花生之类。太平洋战争起后，上海以伪币充斥物价腾高，不但下酒的简单肴品不多制办，就是酒也自然减少。夏先生原本甚俭，在那个时期，他的物质生活是如何窘苦，如何节约，可想而知。记得二十八年春间，那时一石白米大概还合法币三十几元，比之抗战那年已上涨三分之二。"洋潮"虽尚在英美的驻军与雇佣的巡捕统治之下，而日人的魔手却时时趁空伸入，幸而还有若干文化团体明地暗里在支持着抗敌的精神。有一次，我约夏先生、章先生四五人同到福州路一家大绍兴酒店中吃酒，预备花六七元。（除几斤酒外尚能叫三四样鸡肉类。）他与那家酒店较熟，一进门到二楼上，捡张方桌坐下，便作主人发令，只要发芽豆一盘，花生半斤，茶干几片。

"满好满好! 末事贵得弗像样子，吃老酒便是福气，弗要拉你多花铜钿。"

经我再三说明，我借客打局也想吃点荤菜，他方赞同，叫了一个炒鸡块、一盘糖腌虾、一碗肉菜。在他以为，为吃酒已经太厚费了! 为他年纪大，书店中人连与他年岁相仿的章锡琛都以画先生称之（夏读画音）。他每天从外面进来，坐在椅上，十有九回先轻轻叹一口气。许是上楼梯的级数较多，由于吃累? 也许由于他的舒散? 总之，几成定例，别人也不以为怪。然后，他吸半枝低价香烟，才动笔工作。每逢说到时事，说到街市现象，人情鬼蜮，敌人横暴，他从认真切感动中压不住激越的情绪! 因之悲观的心情与日并深，一切都难引起他的欣感。长期的抑郁、悲悯，精神上的苦痛，无形中损减了他身体上的健康。

在三十三年冬天，他被敌人的宪兵捕去，拘留近二十天，连章锡琛先生也同作系囚（关于这事我拟另写一文为记）。他幸能讲日语，在被审讯时免去翻译的隔阂，尚未受过体刑，但隆冬四室，多人挤处，睡草荐，吃冷米饭，那种异常生活，当时大家都替他发愁，即放出来怕会生一场疾病！然而出狱后在家休养五六天，他便重新到书店工作，却未因此横灾致生剧玻孰意反在胜利后的半年，他就从此永逝，令人悼叹！

夏先生的体质原很坚实，高个，身体胖，面膛紫黑，绝无一般文人的苍白脸色，或清瘦样子。虽在六十左右，也无佝偻老态，不过呼吸力稍弱，冬日痰吐较多而已。不是虚亏型的老病患者，或以身子稍胖，血压有关，因而致死？

过六十岁的新"老文人"，在当代的中国并无几个。除却十年前已故的鲁迅外，据我所知，只可算夏先生与周启明。别人的年龄最大也不过五十六七，总比他三位较小。

自闻这位《平屋杂文》的作者溘逝以后，月下灯前我往往记起他的言谈、动作，如在目前。除却多年的友情之外，就前四五年同处孤岛；同过大集中营的困苦生活；同住一室商讨文字朝夕晤对上说，能无"落月屋梁"之感？死！已过六十岁不算夭折，何况夏先生在这人间世上留下了深沉的足迹，值得后人忆念！所可惜的是，近十年来，你没曾过过稍稍舒适宽怀的日子，而战后的上海又是那样的混乱、纷扰，生活依然苦恼，心情上仍易悲观，这些外因固不能决定他的生存、死亡，然而我可断定他至死没曾得到放开眉头无牵无挂的境界！

这是"老文人"的看不开呢？还是我们的政治、社会，不易让多感的"老文人"放怀自适，以尽天年？

如果强敌降后，百象焕新，一切都充满着朝气，一切都有光明的前途，阴霾净扫，晴日当空。每个人，每一处，皆富有歌欢愉适的心情与气象，物产日丰，生活安定，民安政理，全国一致真诚地走上复兴大道，果使如此，给予一个精神劳动者——给予一个历经苦难的"老文人"的兴感，该有多大？如此，"生之欢喜"自易引动，而将沉郁，失望，悲悯，愁闷的情怀一扫而空，似乎也有却病销忧的自然力量。

但，却好相反！

因为丏尊先生之死，很容易牵想及此。自然，"修短随化"，"寿命使然"，而精神与物质的两面逼紧，能加重身体上的衰弱——尤其是老人——又，谁能否认？

然而夏先生与晋末间的陶靖节、南宋的陆放翁比，他已无可以自傲了！至少则"北定中原"不须"家祭"告知，也曾得在"东方的纽约"亲见受降礼成，只就这点上说，我相信他尚能瞑目！

写于一九四六年

128

悼夏丏尊先生

丰子恺

  我从重庆郊外迁居城中，候船返沪。刚才迁到，接得夏丏尊老师逝世的消息。记得三年前，我从遵义迁重庆，临行时接得弘一法师往生的电报。我所敬爱的两位教师的最后消息，都在我行旅悾偬的时候传到。这偶然的事，在我觉得很是蹊跷。因为这两位老师同样的可敬可爱，昔年曾经给我同样宝贵的教诲；如今噩耗传来，也好比给我同样的最后训示。这使我感到分外的哀悼与警惕。

  我早已确信夏先生是要死的，同确信任何人都要死的一样。但料不到如此其速。八年违教，快要再见，而终于不得再见！真是天实为之，谓之何哉！

犹忆二十六年秋，卢沟桥事变之际，我从南京回杭州，中途在上海下车，到梧州路去看夏先生。先生满面忧愁，说一句话，叹一口气。我因为要乘当天的夜车返杭，匆匆告别。我说："夏先生再见。"夏先生好像骂我一般愤然地答道："不晓得能不能再见！"同时又用凝注的眼光，站立在门口目送我。我回头对他发笑。因为夏先生老是善愁，而我总是笑他多忧。岂知这一次正是我们的最后一面，果然这一别"不能再见了"！

后来我扶老携幼，仓皇出奔，辗转长沙、桂林、宜山、遵义、重庆各地。夏先生始终住在上海。初年还常通信。自从夏先生被敌人捉去监禁了一回之后，我就不敢写信给他，免得使他受累。胜利一到，我写了一封长信给他。见他回信的笔迹依旧遒劲挺秀，我很高兴。字是精神的象征，足证夏先生精神依旧。当时以为马上可以再见了，岂知交通与生活日益困难，使我不能早归。终于在胜利后八个半月的今日，在这山城客寓中接到他的噩耗，也可说是"抱恨终天"的事！

夏先生之死，使"文坛少了一位老将"，"青年失了一位导师"，这些话一定有许多人说，用不着我再讲，我现在只就我们的师弟情缘上表示哀悼之情。

夏先生与李叔同先生（弘一法师），具有同样的才调、同样的胸怀。不过表面上一位做和尚，一位是居士而已。

犹忆三十余年前，我当学生的时候，李先生教我们图画、音乐，夏先生教我们国文。我觉得这三种学科同样的严肃而有兴趣。就为了他们二人同样的深解文艺的真谛，故能引人入胜。夏先生常说："李先生教图画、音乐，学生对图画、音乐。看得比国文、数学等更重。这是有人格作背景的原故。因为他教图画、音乐，而他所懂得的不仅是图画、音乐。他的诗文比国文先生的更好，他的书法比习字先生的更好，他的英文比英文先生的更好……这好比一尊佛像，有后光，故能令人敬仰。"这话也可说是"夫子自道"。夏先生初任舍监，后来教国文。但他也是博学多能，只除不弄音乐以外，其他诗文、绘画（鉴赏）、金石、书法、理学、佛典，以至外国文、科学等，他都懂得。因此能和李先生交游，因此能得学生的心悦诚服。

他当舍监的时候，学生们私下给他起个诨名，叫夏木瓜。但这并非恶意，却是好心。因为他对学生如对子女，率直开导，不用敷衍、欺蒙、压迫等手段。学生们最初觉得忠言逆耳，看见他的头大而圆，就给他起这个诨名。但后来大家都知道夏先生是真爱我们，这绰号就变成了爱称而沿用下去。凡学生有所请愿，大家都说："同夏木瓜讲，这才成功。"他听到请愿，也许暗呜叱咤咤地骂你一顿，但如果你的请愿合乎情理，他就当作自己的请愿，而替你设法了。

他教国文的时候，正是"五四"将近。我们做惯了"太王留别父老书""黄花主人致无肠公子书"之类的文题之后，他突然叫我们做一篇"自述"。而且说："不准讲空话，要老实写。"有一位同学，写他父亲客死他乡，他"星夜匍伏奔丧"。夏先生苦笑着问他："你那天晚上真个是在地上爬去的？"引得大家发笑，那位同学脸孔绯红。又有一位同学发牢骚，赞隐遁，说要"乐琴书以消忧，抚孤松而盘桓"。夏先生厉声问他："你为什么来考师范学校？"弄得那人无言可对。这样的教法，最初被顽固守旧的青年所反对。他们以为文章不用古典，不发牢骚，就不高雅。竟有人说："他自己不会做古文（其实做得很好），所以不许学生做。"但这样的人，毕竟是少数。多数学生，对夏先生这种从来未有的、大胆的革命主张，觉得惊奇与折服，好似长梦猛醒，恍悟今是昨非。这正是五四运动的初步。

李先生做教师，以身作则，不多讲话，使学生衷心感动，自然诚服。譬如上课，他一定先到教室，黑板上应写的，都先写好（用另一黑板遮住，用到的时候推开来）。然后端坐在讲台上等学生到齐。譬如学生还琴时弹错了，他举目对你一看，但说："下次再还。"有时他没有说，学生看了他一眼，自己请求下次再还。他话很少，说时总是和颜悦色的。但学生非常怕他、敬爱他。夏先生则不然，毫无矜持，有话直说。学生便嬉皮笑脸，同他亲近。偶然走过校庭，看见年纪小的学生弄狗，他也要管："为啥同狗为难！"放假日子，学生出门，夏先生看见了便喊："早些回来，勿可吃酒啊！"学生笑着连说："不吃，不吃！"赶快走路。走得远了，夏先生还要大喊："铜钿少用些！"学生一方面笑他，一方面实在感激他、敬爱他。

夏先生与李先生对学生的态度，完全不同。而学生对他们的敬爱，则完全相同。这两位导师，如同父母一样。李先生的是"爸爸的教育"，夏先生的是"妈妈的教育"。夏先生后来翻译的《爱的教育》，风行国内，深入人心，甚至被取作国文教材。这不是偶然的事。

我师范毕业后，就赴日本。从日本回来就同夏先生共事，当教师，当编辑。我遭母丧后辞职闲居，直至逃难。但其间与书店关系仍多，常到上海与夏先生相晤。故自我离开夏先生的绛帐，直到抗战前数日的诀别，二十年间，常与夏先生接近，不断地受他的教诲。其时李先生已经做了和尚，芒鞋破体，云游四方，和夏先生仿佛是两个世界的人。但在我觉得仍是以前的两位导师，不过所导的范围由学校扩大为人世罢了。

李先生不是"走投无路，遁入空门"的，是为了人生根本问题而做和尚的。他是真正做和尚，他是痛感于众生疾苦而"行大丈夫事"的。夏先生虽然没有做和尚，但也是完全理解李先生的胸怀的。他是赞善李先生的行大丈夫事的。只因种种尘缘的牵阻，使夏先生没有勇气行大丈夫事。夏先生一生的忧愁苦闷，由此发生。

凡熟识夏先生的人，没有一个不晓得夏先生是个多忧善愁的人。他看见世间的一切不快、不安、不真、不善、不美的状态，都要皱眉，叹气。他不但忧自家，又忧友，忧校，忧店，忧国，忧世。朋友中有人生病了，夏先生就皱着眉头替他担忧；有人失业了，夏先生又皱着眉头替他着急；有人吵架了，有人吃醉了，甚至朋友的太太要生产了，小孩子跌跤了……夏先生都要皱着眉头替他们忧愁。学校的问题，公司的问题，别人都当作例行公事处理的，夏先生却当作自家的问题，真心地担忧。国家的事，世界的事，别人当作历史小说看的，在夏先生都是切身问题，真心地忧愁，皱眉，叹气。故我和他共事的时候，对夏先生凡事都要讲得乐观些，有时竟瞒过他，免得使他增忧。他和李先生一样的痛感众生的疾苦。但他不能和李先生一样行大丈夫事，他只能忧伤终老。在"人世"这个大学校里，这二位导师所施的仍是"爸爸的教育"与"妈妈的教育"。

朋友的太太生产，小孩子跌跤等事，都要夏先生担忧。那么，八年来水深火热的上海生活，不知为夏先生增添了几十万斛的忧愁！忧能伤人，夏先生之死，是供给忧愁材料的社会所致使，日本侵略者所促成的！

以往我每逢写一篇文章，写完之后总要想："不知这篇东西夏先生看了怎么说。"因为我的写文，是在夏先生的指导、鼓励之下学起来的。今天写完了这篇文章，我又本能地想："不知这篇东西夏先生看了怎么说。"两行热泪，一齐沉重地落在这原稿纸上。

一九四六年五月一日于重庆客寓

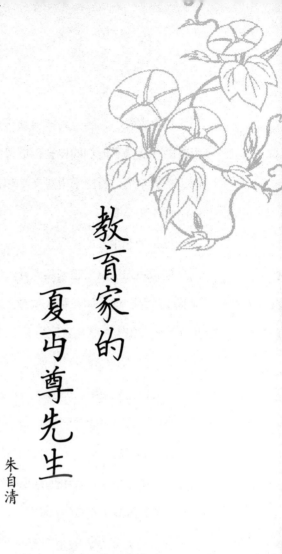

教育家的夏丏尊先生

朱自清

　　夏丏尊先生是一位理想家。他有高远的理想，可并不是空想，他少年时倾向无政府主义，一度想和几个朋友组织新村，自耕自食，但是没有实现。他办教育，也是理想主义的。最足以表现他的是浙江上虞白马湖的春晖中学，那时校长是已故的经子渊先生（亨颐）。但是他似乎将学校的事全交给了夏先生。是夏先生约集了一班气味相投的教师，招来了许多外地和本地的学生，创立了这个中学。他给学生一个有诗有画的学术环境，让他们按着个性自由发展。学校成立了两年，我也去教书，刚一到就感到一种平静亲和的氛围气，是别的学校没有的。我读了他们的校刊，觉得特别亲切有味，也跟别的校刊大不同。我教着书，看出学生对文学和艺术的欣赏力和表现力都比别的同级的学校高得多。

但是理想主义的夏先生终于碰着实际的壁了。他跟他的多年的老朋友校长经先生意见越来越差异，跟他的至亲在学校任主要职务的意见也不投合。他一面在私人关系上还保持着对他们的友谊和亲谊；一面在学校政策上却坚执着他的主张，他的理论，不妥协，不让步。他不用强力，只是不合作。终于他和一些朋友都离开了春晖中学。朋友中匡互生等几位先生便到上海创办立达学园，可是夏先生对办学校从此灰心了。但他对教育事业并不灰心，这是他安身立命之处，于是又和一些朋友创办开明书店，创办《中学生杂志》，写作他所专长的国文科的指导书籍。《中学生杂志》和他的书的影响，是大家都知道的。他是始终献身于教育，献身于教育的理想的人。

夏先生是以宗教的精神来献身于教育的。他跟李叔同先生是多年好友。他原是学工的，他对于文学和艺术的兴趣，也许多少受了李先生的影响。他跟李先生有杭州省立第一师范学校同事，校长就是经子渊先生。李先生和他都在实践感化教育，的确收了效果。我从受过他们的教的人可以亲切的看出。后来李先生出了家，就是弘一师。夏先生和我说过，那时他也认真的考虑过出家。他虽然到底没有出家，可是受弘一师的感动极大，他简直信仰弘一师。自然他对佛教也有了信仰，但不在仪式上。他是热情的人，他读《爱的教育》，曾经流了好多泪。他翻译这本书，是抱着佛教徒了愿的精神在动笔的，从这件事上可以见出他将教育和宗教打成一片。这也正是他的从事教育事业的态度。他爱朋友，爱青年，他关心他们的一切。在春晖中学时，学生给他一个绰号叫做"批评家"，同事也常和他开玩笑，说他有"支配欲"。其实他只是太关心别人了，忍不住参加一些意见罢了。他的态度永远是亲切的，他的说话也永远是亲切的。

夏先生才真是一位诲人不倦的教育家。

一九四六年七月五日作

悼夏丏尊先生

郑振铎

夏丏尊先生（1886-1946）死了，我们再也听不到他的叹息，他的悲愤的语声了；但静静的想着时，我们仿佛还都听见他的叹息，他的悲愤的语声。

他住在沦陷区里，生活紧张而困苦，没有一天不在愁叹着。是悲天？是悯人？

胜利到来的时候，他曾经很天真的高兴了几天。我们相见时，大家都说道："好了，好了！"个个人的脸上似乎都泯没了愁闷：耀着一层光彩。他也同样的说道："好了，好了！"

然而很快的，便又陷入愁闷之中。他比我们敏感，他似乎失望、愁闷得更迅快些。

他曾经很高兴的写过几篇文章，提出些正面的主张出来。但过了一会，便又沉默下去，一半是为了身体逐渐衰弱的关系。

他是一个自由主义者，反对一切的压迫和统制。他最富于正义感。看不惯一切的腐败、贪污的现象。他自己曾经说道："自恨自己怯弱，没有直视苦难的能力，却又具有着对于苦难的敏感。"又道："记得自己幼时，逢大雷雨躲入床内；得知家里要杀鸡就立刻逃避；看戏时遇到《翠屏山》《杀嫂》等戏，要当场出彩，预先俯下头去，以及妻每次产时，不敢走入产房，只在别室中闷闷地听着妻的呻吟声，默祷她安全的光景。"（均见《平屋杂文》）这便是他的性格。他表面上很恬淡，其实，心是热的；他仿佛无所褒贬，其实，心里是泾渭分得极清的。在他淡淡的谈话里，往往包含着深刻的意义。他反对中国人传统的调和与折衷的心理。他常常说，自己是一个早衰者，不仅在身体上，在精神上也是如此。他有一篇《中年人的寂寞》：

"我已是一个中年的人。一到中年，就有许多不愉快的现象，眼睛昏花了，记忆力减退了，头发开始秃脱而且变白了，意兴、体力甚么都不如年青的时候，常不禁会感觉得难以名言的寂寞的情味。尤其觉得难堪的是知友的逐渐减少和疏远，缺乏交际上的温暖的慰藉。"在《早老者的忏悔》里，他又说道：

"我今年五十，在朋友中原比较老大。可是自己觉得体力减退，已好多年了。三十五六岁以后，我就感到身体一年不如一年，工作起不得劲，只得是恹恹地勉强挨，几乎无时不觉到疲劳，甚么都觉得厌倦，这情形一直到如今。十年以前，我还只四十岁，不知道我年龄的，都以我是五十岁光景的人，近来居然有许多人叫我'老先生'。论年龄，五十岁的人应该还大有可为，古今中外，尽有活到了七十八十，元气很盛的。可是我却已经老了，而且早已老了。"

这是他的悲哀，但他并不因此而消极，正和他的不因寂寞而厌世一样。他常常愤慨，常常叹息，常常悲愁。他的愤慨、叹息、悲愁，正是他的入世处。他爱世、爱人、尤爱"执着"的有所为的人，和狷介的有所不为的人，他爱年轻人；他讨厌权威，讨厌做作、虚伪的人。他没有机心，表里如一。他藏不住话，有什么便说什么，所以大家都称他"老孩子"。他的天真无邪之处，的确够得上称为一个"孩子"的。

他从来不提防什么人。他爱护一切的朋友，常常担心他们的安全与困苦。我在抗战时逃避在外，他见了面，便问道："没有什么么？"我在卖书过活，他又异常关切的问道："不太穷困么？卖掉了可以过一个时期吧。"

"又要卖书了么？"他见我在抄书目时问道。

我点点头，向来不作乞怜相，装作满不在乎的神气，有点倔强，也有点傲然，但见到他的皱着眉头，同情的叹气时，我几乎也要叹出气来。

他很远的挤上了电车到办公的地方来，从来不肯坐头等，总是挤在拖车里。我告诉他，拖车太颠太挤，何妨坐头等，他总是不改变态度，天天挤，挤不上，再等下一部。有时等了好几部还挤不上。到了办公的地方，总是叹了一口气后才坐下。

"丐翁老了。"朋友们在背后都这末说。我们有点替他发愁，看他显著的一天天的衰老下去。他的营养是那末坏，家里的饭菜不好，吃米饭的时候很少；到了办公的地方时，也只是以一块面包当作午餐。那时候，我们也都吃着烘山芋、面包、小馒头或羌饼之类作午餐，但总想有点牛肉、鸡蛋之类伴着吃，他却从来没有过；偶然是涂些果酱上去，已经算是很奢侈了。我们有时高兴上小酒馆去喝酒，去邀他，他总是不去。

在沦陷时代。他曾经被敌人的宪兵捉去过。据说，有他的照相，也有关于他的记录。他在宪兵队里，虽没有被打，上电刑或灌水之类，但睡在水门汀上，吃着冷饭，他的身体因此益发坏下去。敌人们大概也为他的天真而恳挚的态度所感动吧，后来，对待他很不坏。比别人自由些，只有半个月便被放了出来。

他说，日本宪兵曾经问起了我："你有见到郑某某吗？"他撒了谎，说道："好久好久不见到他了。"其实，在那时期，我们差不多天天见到的。他是那末爱护着他的朋友！

他回家后，显得更憔悴了。不久，便病倒。我们见到他，他也只是叹气，慢吞吞的说着经过。并不因自己的不幸的遭遇而特别觉得愤怒。他永远是悲天悯人的——连他自己也在内。

在晚年，他有时觉得很起劲，为开明书店计划着出版辞典，同时发愿要译《南藏》。他担任的是《佛本生经》（"Jataka"）的翻译，已经译成了若干，有一本仿佛已经出版了。我有一部英译本的"Jataka"，他要借去做参考，我答应了他，可惜我不能回家，托人去找，遍找不到。等到我能够回家，而且找到"Jataka"时。他已经用不到这部书了。我见到它，心里便觉得很难过，仿佛做了一件不可补偿的事。

他很耿直，虽然表面上是很随和。他所厌恨的事，隔了多少年，也还不曾忘记。有一次，在一个宴会上遇到了一个他在杭州第一师范学校教书时代的浙江教育厅长，他便有点不奈烦，叨叨的说着从前的故事。我们都觉得窘，但他却一点也不觉得。

他是爱憎分明的！

他从事于教育很久，多半在中学里教书。他的对待学生们从来不采取严肃的督责的态度。他只是恳挚的诱导着他们。

……我入学之后，常听到同学们谈起夏先生的故事，其中有一则我记得最牢，感动得最深的，是说夏先生最初在一师兼任舍监的时候，有些不好的同学，晚上熄灯，点名之后，偷出校门，在外面荒唐到深夜才回来。夏先生查到之后，并不加任何责罚，只是恳切的劝导，如果一次两次仍不见效。于是夏先生第三次就守候着他，无论怎样夜深都守候着他，守候着了，夏先生对他仍旧不加任何责罚，只是苦口婆心，更加恳切地劝导他，一次不成，二次，二次不成，三次……总要使得犯过者真心悔过，彻底觉悟而后已。

——许志行《不堪回首悼先生》

他是上海立达学园的创办人之一，立达的几位教师对于学生们所应用的也全是这种恳挚的感化的态度。他在国立暨南大学做过国文系

142

主任，因为不能和学校当局意见相同，不久，便辞职不干。此后，便一直过着编译的生活，有时，也教教中学。学生们对于他，印象都非常深刻，都敬爱着他。

他对于语文教学，有湛深的研究。他和刘薰宇合编过一本《文章作法》，和叶绍钧合编过《文章讲话》《阅读与写作》及《文心》，也像做国文教师时的样子，细心而恳切的谈着作文的心诀。他自己作文很小心，一字不肯苟且；阅读别人的文章时，也很小心，很慎重，一字不肯放过。从前《中学生》杂志有过"文章病院"一栏，批评着时人的文章，有发必中，便是他在那里主持着的。他自己也动笔写了几篇东西。

古人说"文如其人"。我们读他的文章，确有此感。我很喜欢他的散文，每每劝他编成集子。《平屋杂文》一本，便是他的第一个散文集子。他毫不做作，只是淡淡的写来，但是骨子里很丰腴。虽然是很短的一篇文章，不署名的，读了后，也猜得出是他写的。在那里，言之有物，是那末深切的混和着他自己的思想和态度。

他的风格是朴素的，正和他为人的朴素一样。他并不堆砌，只是平平的说着他自己所要说的话。然而，没有一句多余的话，不诚实的话，字斟句酌，决不急就。在文章上讲，是"盛水不漏"，无懈可击的。

他的身体是病态的胖肥，但到了最后的半年，显得瘦了，气色很灰暗。营养不良，恐怕是他致病的最大原因。心境的忧郁，也有一部分的因素在内。友人们都说他"一肚皮不合时宜"。在这样一团糟的情形之下，"合时宜"的都是些何等人物，可想而知。怎能怪丐尊的牢骚太多呢!

想到这里，便仿佛听见他的叹息，他的悲愤的语声在耳边响着。他的忧郁的脸、病态的身体，仿佛还在我们的眼前出现。然而他是去了! 永远的去了，那悲天悯人的语调是再也听不到了!

如今是，那末需要由叹息、悲愤里站起来干的人，他如不死，可能会站起来干的。这是超出于友情以外的一个更大的损失。

一九四六年

两法师

叶圣陶

在到功德林去会见弘一法师的路上，怀着似乎从来不曾有过的洁净的心情，也可以说带着渴望，不过与希冀看一出著名的电影剧等的渴望并不一样。

弘一法师就是李叔同先生，我最初知道他在民国初年。那时上海有一种《太平洋报》，其艺术副刊由李先生主编，我对于副刊所载他的书画篆刻都中意。以后数年，听人说李先生已经出了家，在西湖某寺。游西湖时，在西泠印社石壁上见到李先生的"印藏"。去年子恺先生刊印《子恺漫画》，丐尊先生给它作序文，说起李先生的生活，我才知道得详明些。就从这时起，知道李先生现在称"弘一"了。

于是不免向子恺先生询问关于弘一法师的种种。承他详细见告。十分感兴趣之余，自然来了见一见的愿望，就向子恺先生说了。"好的，待有机缘，我同你去见他。"子恺先生的声调永远是这样朴素而真挚的。以后遇见子恺先生，他常常告诉我弘一法师的近况：记得有一次给我看弘一法师的来信，中间有"叶居士"云云，我看了很觉惭愧，虽然"居士"不是什么特别的尊称。

前此一星期，饭后去上工，劈面来三辆人力车。最先是个和尚，我并不措意。第二是子恺先生，他惊喜似地向我点头。我也点头，心里就闪电般想起"后面一定是他"。人力车夫跑得很快，第三辆一霎经过时，我见坐着的果然是个和尚，清癯的脸，颔下有稀疏的长髯。我的感情有点激动，"他来了！"这样想着，屡屡回头望那越去越远的车篷的后影。

第二天，就接到子恺先生的信，约我星期日到功德林去会见。

是深深尝了世间味，探了艺术之宫的，却回过来过那种通常以为枯寂的持律念佛的生活，他的态度该是怎样，他的言论该是怎样，实在难以悬揣。因此，在带着渴望的似乎从来不曾有过的洁净的心情里，还搀着些惝恍的成份。

走上功德林的扶梯，被侍者导引进那房间时，近十位先到的恬静地起立相迎。靠窗的左角，正是光线最明亮的地方，站着那位弘一法师，带笑的容颜，细小的眼眸子放出晶莹的光。丐尊先生给我介绍之后，叫我坐在弘一法师的侧边。弘一法师坐下来之后，就悠然数着手里的念珠。我想一颗念珠一声"阿弥陀佛"吧，本来没有什么话要向他谈，见这样更沉入近乎催眠状态的凝思，言语是全不需要了。可怪的是在座一些人，或是他的旧友，或是他的学生，在这难得的会晤时，似乎该有好些抒情的话与他谈，然而不然，大家也只默然不多开口。未必因僧俗殊途，尘净异致，而有所矜持吧。或许他们以为这样默对一二小时，已胜于十年的晤谈了。

晴秋的午前的时光在恬然的静默中经过，觉得有难言的美。

随后又来了几位客，向弘一法师问几时来的，到什么地方去那些话。他的回答总是一句短语，可是殷勤极了，有如倾诉整个心愿。

因为弘一法师是过午不食的，十一点钟就开始聚餐。我看他那曾经挥洒书画、弹奏钢琴的手郑重地夹起一荚豇豆来，欢喜满足地送入口中去咀嚼的那种神情，真惭愧自己平时的乱吞胡咽。

"这碟子是酱油吧？"

以为他要酱油，某君想把酱油碟子移到他前面。

"不，是这个日本的居士要。"

果然，这位日本人道谢了，弘一法师于无形中体会到他的愿欲。

石岑先生爱谈人生问题，著有《人生哲学》，席间他请弘一法师谈些关于人生的意见。

"惭愧，"弘一法师虔敬地回答，"没有研究，不能说什么。"

以学佛的人对于人生问题没有研究，依通常的见解，至少是一句笑话，那么，他有研究而不肯说么？只看他那殷勤真挚的神情，见得这样想时就是罪过，他的确没有研究。研究云者，自己站在这东西的外面，而去爬剔、分析、检察这东西的意思。像弘一法师，他一心持律，一心念佛，再没有站到外面去的余裕。哪里能有研究呢？

我想，问他像他这样的生活，觉得达到了怎样一种境界，或者比较落实一点儿。然而健康的人不自觉健康，哀乐的当时也不能描状哀乐，境界又岂是说得出的？我就把这意思遣开，从侧面看弘一法师的长髯及眼边细密的皱纹，出神久之。

饭后，他说约定了去见印光法师，谁愿意去可同去。印光法师这个名字知道得很久了，并且见过他的文抄，是现代净土宗的大师，自然也想见一见。同去者计七八人。

决定不坐人力车，弘一法师拔脚就走，我开始惊异他步履的轻捷。他的脚是赤着的，穿一双布缕缠成的行脚鞋。这是独特健康的象征啊，同行的一群人哪里有第二双这样的脚。

惭愧，我这年轻人常常落在他背后。我在他背后这样想：

他的行止笑语，真所谓纯任自然，使人永不能忘，然而在这背后却是极严谨的戒律。丏尊先生告诉我，他曾经叹息中国的律宗有待振起，可见他是持律极严的。他念佛，他过午不食，都为的持律。但持律而到达非由"外铄"的程度，人就只觉得他一切纯任自然了。

似乎他的心非常之安，躁忿全消，到处自得；似乎他以为这世间十分平和，十分宁静，自己处身其间，甚而至于会把它淡忘。这因为他把所谓万象万事划开了一部分，而生活在留着的一部分内之故。这也是一种生活法，宗教家大概采用这种生活法。

他与我们差不多处在不同的两个世界。就如我，没有他的宗教的感情与信念，要过他那样的生活是不可能的，然而我自以为有点儿了解他，而且真诚地敬服他那种纯任自然的风度。哪一种生活法好呢？

这是愚笨的无意义的问题。只有自己的生活法好，别的都不行，夸妄的人却常常这么想。友人某君曾说他不曾遇见一个人他愿意把自己的生活与这个人对调的，这是踌躇满志的话。人本来应当如此，否则浮漂浪荡，岂不像没舵之舟。然而某君又说尤其要紧的是同时得承认别人也未必愿意与我对调。这就与夸妄的人不同了；有这么一承认，非但不菲薄别人，并且致相当的尊敬，彼此因观感而潜移默化的事是有的。虽说各有其生活法，究竟不是不可破的坚壁，所谓圣贤者转移了什么什么人就是这么一回事。但是板着面孔专事菲薄别人的人决不能转移了谁。

到新闸太平寺，有人家借这里办丧事，乐工以为吊客来了，预备吹打起来，及见我们中间有一个和尚，而且问起的也是和尚，才知道误会，说道："他们都是佛教里的。"

寺役去通报时，弘一法师从包袱里取出一件大袖，僧衣来（他平时穿的，袖子与我们的长衫袖子一样），恭而敬之地穿上身，眉字间异样地静穆。我是欢喜四处看望的，见寺役走进去的沿街的那个房间里，有个躯体硕大的和尚刚洗了脸，背部略微佝着，我想这一定就是了。果然，弘一法师头一个跨进去时，就对这位和尚屈膝拜伏，动作严谨且安详，我心里肃然，有些人以为弘一法师该是和尚里的浪漫派，看见这样可知完全不对。

印光法师的皮肤呈褐色，肌理颇粗，一望而知是北方人：头顶几乎全秃，发光亮；脑额很阔；浓眉底下一双眼睛这时虽不戴眼镜，却用戴了眼镜从眼镜上方射出眼光来的样子看人，嘴唇略微皱瘪，大概六十左右了。弘一法师与印光法师并肩而坐，正是绝好的对比，一个是水样的秀美、飘逸；一个是山样的浑朴、凝重。

弘一法师合掌恳请了，"几位居士都欢喜佛法，有曾经看了禅宗的语录的，今来见法师，请有所开示，慈悲，慈悲。"

对于这"慈悲，慈悲"感到深长的趣味。

"嗯，看了语录，看了什么语录？"印光法师的声音带有神秘味，我想这话里或者就藏着机锋吧。没有人答应。弘一法师就指石岑先生，说这位先生看了语录的。

石岑先生因说也不专看哪几种语录，只曾从某先生研究过法相宗的义理。

这就开了印光法师的话源。他说学佛须要得实益，徒然嘴里说说，作几篇文字，没有道理；他说人眼前最紧要的事情是了生死，生死不了，非常危险；他说某先生只说自己才对，别人念佛就是迷信，真不应该。他说来声色有点儿严厉，间以呵喝。我想这触动他旧有的忿忿了。虽然不很清楚佛家的"我执""法执"的涵蕴是怎样，恐怕这样就有点儿近似。这使我未能满意。

弘一法师再作第二次恳请，希望于儒说佛法会通之点给我们开示。

印光法师说二者本一致，无非教人父慈子孝兄友弟恭，等等。不过儒家说这是人的天职，人若不守天职就没有办法。佛家用因果来说，那就深奥得多。行善就有福，行恶就吃苦。人谁愿意吃苦呢？他的话语很多，有零星的插话，有应验的故事，从其间可以窥见他的信仰与欢喜。他显然以传道者自任，故遇有机缘不惮尽力宣传；宣传家必有所执持又有所排抵，他自也不免。弘一法师可不同，他似乎春原上一株小树，毫不愧怍地欣欣向荣，却没有凌驾旁的卉木而上之的气概。

在佛徒中，这位老人的地位崇高极了，从他的文抄里，见有许多的信徒恳求他的指示，仿佛他就是往生净土的导引者。这想来由于他有根深的造诣，不过我们不清楚，但或者还有别一个原因。一般信徒觉得那个"佛"太渺远了，虽然一心皈依，总不免感到空虚；而印光法师却是眼睛看得见的，认他就是现世的"佛"，虔敬崇奉，亲接謦，这才觉得着实，满足了信仰的欲望。故可以说，印光法师乃是一般信徒用意想来装塑成功的偶像。

弘一法师第三次"慈悲，慈悲"地恳求时，是说这里有讲经义的书，可让居士们"请"几部回去。这个"请"字又有特别的味道。

房间的右角里，袋钉作似的，线袋、平袋的书堆着不少。不禁想起外间纷纷飞散的那些宣传品。由另一位和尚分派，我分到黄智海演述的《阿弥陀经白话解释》，大圆居士说的《般若波罗密多心经口义》，李荣祥编的《印光法师嘉言录》三种。中间《阿弥陀经白话解释》最好，详明之至。

于是，弘一法师又屈膝拜伏，辞别。印光法师颠着头，从不大敏捷的动作上显露他的老态。待我们都辞别了走出房间，弘一法师伸两手，郑重而轻捷地把两扇门拉上了。随即脱下那件大袖的僧衣，就人家停放在寺门内的包车上，方正平帖地把它摺好包起来。

弘一法师就要回到江湾子恺先生的家里，石岑先生予同先生和我就向他告别。这位带有通常所谓仙气的和尚，将使我永远怀念了。

我们三个在电车站等车，滑稽地使用着"读后感"三个字，互诉对于这两位法师的感念。就是这一点，已足证我们不能为宗教家了，我想。

　　一九二一年十月八日作，刊于《民铎》九卷一号，署名圣陶；一九三一年六月十七日作小记："据说，佛家教规，受戒者对于白衣是不答礼的，对于皈依弟子也不答礼；弘一法师是印光法师的皈依弟子，故一方敬礼甚恭，一方颔头受之。"一九八一年十一月二十二日修改。

怀念李叔同先生

丰子恺

距今二十九年前，我十七岁的时候，最初在杭州的浙江省立第一师范学校里见到李叔同先生，即后来的弘一法师。那时我是预科生，他是我们的音乐教师。我们上他的音乐课时，有一种特殊的感觉：严肃。摇过预备铃，我们走向音乐教室，推进门去，先吃一惊：李先生早已端坐在讲台上。以为先生总要迟到而嘴里随便唱着、喊着，或笑着、骂着而推进门去的同学，吃惊更是不小。他们的唱声、喊声、笑声、骂声以门槛为界限而忽然消灭。接着是低着头，红着脸，去端坐在自己的位子里。端坐在自己的位子里偷偷地仰起头来看看,看见李先生的高高的瘦削的上半身穿着整洁的黑布马褂,露出在讲桌上,宽广得可以走马的前额,细长的凤眼,隆正的鼻梁,形成威严的表情。扁平而阔的嘴唇两端常有深涡,显示和爱的表情。这副相貌,用"温而厉"三个字来描写,大概差不多了。讲桌上放着点名簿、讲义,以及他的教课笔记簿、粉笔。钢琴衣解开着,琴盖开着,谱表摆着,琴头上又放着一只时表,闪闪的金光直射到我们的眼中。黑板(是上下两块可以推动的)上早已清楚地写好本课内所应写的东西(两块都写好,上块盖着下块,用下块的把上块推开)。在这样布置的讲台上,李先生端坐着。坐到上课铃响出(后来我们知道他这脾气,上音乐课必早到。故上课铃响时,同学早已到齐),他站起身来,深深地一鞠躬,课就开始了。这样地上课,空气严肃得很。

有一个人上音乐课时不唱歌而看别的书,有一个人上音乐时吐痰在地板上,以为李先生不看见的,其实他都知道。但他不立刻责备,等到下课后,他用很轻而严肃的声音郑重地说:"某某等一等出去。"于是这位某某同学只得站着。等到别的同学都出去了,他又用轻而严肃的声音向这某某同学和气地说:"下次上课时不要看别的书。"或者:"下次痰不要吐在地板上。"说过之后他微微一鞠躬,表示"你出去罢"。出来的人大都脸上发红。又有一次下音乐课,最后出去的人无心把门一拉,碰得太重,发出很大的声音。他走了数十步之后,李先生走出门来,满面和气地叫他转来。等他到了,李先生又叫他进教室来。进了教室,李先生用很轻而严肃的声音向他和气地说:"下次走出教室,轻轻地关门。"就对他一鞠躬,送他出门,自己轻轻地把门关了。最不易忘却的，是有一次上弹琴课的时候。我们是师范生，每人都要学弹琴，全校有五六十架风琴及两架钢琴。风琴每室两架，给学生练习用；钢琴一架放在唱歌教室里，一架放在弹琴教室里。上弹琴课时，十数人为一组，环立在琴旁，看李先生范奏。有一次，正在范奏的时候，有一个同学放了一个屁，没有声音，却是很臭。钢琴及李先生十数同学全部沉浸在亚莫尼亚气体中。同学大都掩鼻或发出讨厌的声音。李先生眉头一皱，管自弹琴（我想他一定屏息着）。弹到后来，亚莫尼亚气散光了，他的眉头方才舒展。教完以后，下课铃响了。李先生立起来一鞠躬，表示散课。散课以后，同学还未出门，李先生又郑重地宣告："大家等一等去，还有一句话。"大家又肃立了。李先生又用很轻而严肃的声音和气地说："以后放屁，到门外去，不要放在室内。"接着又一鞠躬，表示叫我们出去。同学都忍着笑，一出门来，大家快跑，跑到远处去大笑一顿。

李先生用这样的态度来教我们音乐，因此我们上音乐课时，觉得比上其他一切课更严肃。同时对于音乐教师李叔同先生，比对其他教师更敬仰。那时的学校，首重的是所谓"英、国、算"，即英文、国文和算学。在别的学校里，这三门功课的教师最有权威，而在我们这师范学校里，音乐教师最有权威，因为他是李叔同先生的缘故。

李叔同先生为甚么能有这种权威呢？不仅为了他学问好，不仅为了他音乐好，主要的还是为了他态度认真。李先生一生的最大特点是"认真"。他对于一件事，不做则已，要做就非做得彻底不可。

他出身于富裕之家，他的父亲是天津有名的银行家。他是第五位姨太太所生。他父亲生他时，年已七十二岁。他坠地后就遭父丧，又逢家庭之变，青年时就陪了他的生母南迁上海。在上海南洋公学读书奉母时，他是一个翩翩公子。当时上海文坛有著名的沪学会，李先生应沪学会征文，名字屡列第一。从此他就为沪上名人所器重，而交游日广，终以"才子"驰名于当时的上海。所以后来他母亲死了，他赴日本留学的时候，作一首《金缕曲》，词曰："披发佯狂走。莽中原，暮鸦啼彻，几株衰柳。破碎河山谁收拾，零落西风依旧。便惹得离人消瘦。行矣临流重太息，说相思刻骨双红豆。愁黯黯，浓于酒。漾情不断淞波溜。恨年来絮飘萍泊，遮难回首。二十文章惊海内，毕竟空谈何有！听匣底苍龙狂吼。长夜西风眠不得，度群生那惜心肝剖。是祖国、忍孤负？"读这首词，可想见他当时豪气满胸，爱国热情炽盛。他出家时把过去的照片统统送我，我曾在照片中看见过当时在上海的他：丝绒碗帽，正中缀一方白玉，曲襟背心，花缎袍子，后面挂着胖辫子，底下缀带扎脚管，双梁厚底鞋子，头抬得很高，英俊之气，流露于眉目间。真是当时上海一等的翩翩公子。这是最初表示他的特性，凡事认真。他立意要做翩翩公子，就彻底的做一个翩翩公子。

后来他到日本，看见明治维新的文化，就渴慕西洋文明。他立刻放弃了翩翩公子的态度，改做一个留学生。他入东京美术学校，同时又入音乐学校。这些学校都是模仿西洋的，所教的都是西洋画和西洋音乐。李先生在南洋公学时英文学得很好。到了日本，就买了许多西洋文学书。他出家时曾送我一部残缺的原本《莎士比亚全集》，他对我说："这书我从前纲读过，有许多笔记在上面，虽然不全，也是纪念物。"由此可想见他在日本时，对于西洋艺术全面进攻，绘画、音乐、文学、戏剧都研究。后来他在日本创办春柳剧社，纠集留学同志，共演当时西洋著名的悲剧《茶花女》（小仲马著）。他自己把腰束小，扮作茶花女，粉墨登场。这照片，他出家时也送给我，一向归我保藏，直到抗战时为兵火所毁。现在我还记得这照片：卷发，白的上衣；白的长裙拖着地面，腰身小到一把，两手举起托着后头，头向右歪侧，眉峰紧蹙，眼波斜睇，正是茶花女自伤命薄的神情。另外还有许多演剧的照片，不可胜记。这春柳剧社后来迁回中国，李先生就脱出，由另一班人去办，便是中国最初的"话剧"社。由此可以想见，李先生在日本时，是彻头彻尾的一个留学生。我见过他当时的照片：高帽子、硬领、硬袖、燕尾服、史的克、尖头皮鞋，加之长身、高鼻，没有脚的眼镜夹在鼻梁上，竟活像一个西洋人。这是第二次表示他的特性：凡事认真。学一样，像一样。要做留学生，就彻底地做一个留学生。

他回国后，在上海太平洋报社当编辑。不久，就被南京高等师范请去教图画、音乐。后来又应杭州师范之聘，同时兼任两个学校的课，每月中半个月住南京，半个月住杭州。两校都请助教，他不在时由助教代课，我就是杭州师范的学生。这时候，李先生已由留学生变为"教师"，这一变，变得真彻底：漂亮的洋装不穿了，却换上灰色粗布袍子、黑布马褂、布底鞋子。金丝边眼镜也换了黑的钢丝边眼镜。他是一个修养很深的美术家，所以对于仪表很讲究。虽然布衣，却很称身，常常整洁。他穿布衣，全无穷相，而另具一种朴素的美。你可想见，他是扮过茶花女的，身材生得非常窈窕。穿了布衣，仍是一个美男子。"淡妆浓抹总相宜"，这诗句原是描写西子的，但拿来形容我们的李先生的仪表，也很适用。今人侈谈"生活艺术化"，大都好奇立异，非艺术的。李先生的服装，才真可称为生活的艺术化。他一时代的服装，表出着一时代的思想与生活。各时代的思想与生活判然不同，各时代的服装也判然不同。布衣布鞋的李先生，与洋装时代的李先生、曲襟背心时代的李先生，判若三人。这是第三次表示他的特性：认真。

我二年级时，图画归李先生教。他教我们木炭石膏模型写生。同学一向描惯临画，起初无从着手。四十余人中，竟没有一个人描得像样的。后来他范画给我们看。画毕把范画揭在黑板上。同学们大都看着黑板临摹。只有我和少数同学，依他的方法从石膏模型写生。我对于写生，从这时候开始发生兴味。我到此时，恍然大悟：那些粉本原是别人看了实物而写生出来的。我们也应该直接从实物写生入手，何必临摹他人依样画葫芦呢？于是我的画进步起来。此后李先生与我接近的机会更多。因为我常去请他教画，又教日本文。以后的李先生的生活，我所知道的较为详细。他本来常读性理的书，后来忽然信了道教，案头常常放着道藏。那时我还是一个毛头青年，谈不到宗教。李先生除绘事外，并不对我谈道。但我发见他的生活日渐收敛起来，仿佛一个人就要动身赴远方时的模样。他常把自己不用的东西送给我。他的朋友日本画家大野隆德、河合新藏、三宅克已等到西湖来写生时，他带了我去请他们吃一次饭，以后就把这些日本人交给我，叫我引导他们（我当时已能讲普通应酬的日本话）。他自己就关起房门来研究道学。有一天，他决定入大慈山去断食，我有课事，不能陪去，由校工闻玉陪去。数月之后，我去望他。见他躺在床上，面容消瘦，但精神很好，对我讲话，同平时差不多。他断食共十七日，由闻玉扶起来，摄一个影，影片上端由闻玉题字："李息翁先生断食后之像，侍子闻玉题。"这照片后来制成明信片分送朋友。像的下面用铅字排印着："某年月日，入大慈山断食十七日，身心灵化，欢乐康强——欣欣道人记。"李先生这时候已由"教师"一变而为"道人"了。学道就断食十七日，也是他凡事"认真"的表示。

但他学道的时候很短。断食以后，不久他就学佛。他自己对我说，他的学佛是受马一浮先生指示的。出家前数日，他同我到西湖玉泉去看一位程中和先生。这程先生原来是当军人的，现在退伍，住在玉泉，正想出家为僧。李先生同他谈得很久。此后不久，我陪大野隆德到玉泉去投宿，看见一个和尚坐着，正是这位程先生。我想称他"程先生"，觉得不合。想称他法师又不知道他的法名（后来知道是弘伞）。一时周章得很。我回去对李先生讲了，李先生告诉我，他不久也要出家为僧，就做弘伞的师弟。我愕然不知所对。过了几天，他果然辞职，要去出家。出家的前晚，他叫我和同学叶天瑞、李增庸三人到他的房间里，把房间里所有的东西送给我们三人。第二天，我们三人送他到虎跑，我们回来分得了他的"遗产"，再去望他时，他已光着头皮，穿着僧衣，俨然一位清癯的法师了。我从此改口，称他为"法师"。法师的僧腊二十四年。这二十四年中，我颠沛流离，他一贯到底，而且修行功愈进愈深。当初修净土宗，后来又修律宗。律宗是讲究戒律的。一举一动，都有规律，严肃认真之极。这是佛门中最难修的一宗。数百年来，传统断绝，直到弘一法师方才复兴，所以佛门中称他为"重兴南山律宗第十一代祖师"。他的生活非常认真。举一例说：有一次我寄一卷宣纸去，请弘一法师写佛号。宣纸多了些，他就来信问我，余多的宣纸如何处置？又有一次，我寄回件邮票去，多了几分。他把多的几分寄还我。以后我寄纸或邮票，就预先声明：余多的送与法师。有一次他到我家。我请他藤椅子里坐。他把藤椅子轻轻摇动，然后慢慢地坐下去。起先我不敢问。后来看他每次都如此，我就启问。法师回答我说："这椅子里头，两根藤之间，也许有小虫伏着。突然坐下去，要把它们压死，所以先摇动一下，慢慢地坐下去，好让它们走避。"读者听到这话，也许要笑。但这正是做人极度认真的表示。

如上所述，弘一法师由翩翩公子一变而为留学生，又变而为教师，三变而为道人，四变而为和尚。每做一种人，都做得十分像样。好比全能的优伶：起青衣像个青衣，起老生像个老生，起大面又像个大面……都是"认真"的缘故。

现在弘一法师在福建泉州圆寂了。噩耗传到贵州遵义的时候，我正在束装，将迁居重庆。我发愿到重庆后替法师画像一百帧，分送各地信善，刻石供养。现在画像已经如愿了。我和李先生在世间的师弟尘缘已经结束，然而他的遗训——认真——永远铭刻在我心头。

一九四三年四月，弘一法师圆寂后一百六十七日，作于四川五通桥客寓。

丁在君这个人

胡适

傅孟真先生的《我所认识的丁文江先生》，是一篇很大的文章，只有在君当得起这样一篇好文章。孟真说：

"我以为在君确是新时代最良善最有用的中国人之代表，他是欧化中国过程中产生的最高的菁华；他是用科学知识作燃料的大马力机器；他是抹杀主观，为学术为社会为国家服务者，为公众之进步及幸福而服务者。"

这都是最确切的评论，这里只有"抹杀主观"四个字也许要引起他的朋友的误会。在君是主观很强的人，不过孟真的意思似乎只是说他"抹杀私意""抹杀个人的利害"。意志坚强的人都不能没有主观，但主观是和私意私利绝不相同的。王文伯先生曾送在君一个绰号，叫做"the conclus-ionist"，可译做"一个结论家"。这就是说，在君遇事总有他的"结论"，并且往往不放松他的"结论"。一个人对于一件事的"结论"多少总带点主观的成分，意志力强的人带的主观成分也往往比较一般人要多些。这全靠理智的训练深浅来调剂。在君的主观见解是很强的，不过他受的科学训练较深，所以他在立身行道的大关节目上终本愧是一个科学时代的最高产儿。而他的意志的坚强又使他忠于自己的信念，知了就不放松，就决心去行，所以成为一个最有动力的现代领袖。

在君从小不喜欢吃海味，所以他一生不吃鱼翅、鲍鱼、海参。我常笑问他：这有什么科学的根据？他说不出来，但他终不破戒。但是他有一次在贵州内地旅行，到了一处地方，他和他的跟人都病倒了。本地没有西医，在君是绝对不信中医的，所以他无论如何不肯请中医诊治，他打电报到贵阳去请西医，必须等贵阳的医生赶到了他才肯吃药。医生还没有赶到，他的跟人已病死了，人都劝在君先服中药，他终不肯破戒。我知道他终身不曾请教过中医，正如他终身不肯拿政府干薪，终身不肯因私事旅行借用免票坐火车一样的坚决。

我常说，在君是一个欧化最深的中国人，是一个科学化最深的中国人。在这一点根本立场上，眼中人物真没有一个人能比上他。这也许是因为他十五岁就出洋，很早就受了英国人生活习惯的影响的缘故。他的生活最有规则：睡眠必须八小时，起居饮食最讲究卫生，在外面饭馆里吃饭必须用开水洗杯筷；他不喝酒，常用酒来洗筷子；夏天家中吃无皮的水果，必须在滚水里浸二十秒钟。他最恨奢侈，但他最注重生活的舒适和休息的重要，差不多每年总要寻一个歇夏的地方，很费事的布置他全家去避暑。这是大半为他的多病的夫人安排的，但自己也必须去住一个月以上。他的弟弟、侄儿、内侄女，都往往同去，有时还邀朋友去同住。他绝对服从医生的劝告：他早年有脚痒病，医生说赤脚最有效，他就终身穿有多孔的皮鞋，在家常赤脚，在熟朋友家中也常脱袜子，光着脚谈天，所以他自称"赤脚大仙"。他吸雪茄烟有二十年了，前年他脚指有点发麻，医生劝他戒烟，他立刻就戒烟绝了。这种生活习惯都是科学化的习惯。别人偶一为之，不久就感觉不方便，或怕人讥笑，就抛弃了。在君终身奉行，从不顾社会的骇怪。

他的立身行己，也都是科学化的，代表欧化的最高层。他最恨人说谎，最恨人懒惰，最恨人滥举债，最恨贪污。他所谓"贪污"，包括拿干薪，用私人，滥发荐书，用公家免票来做私家旅行，用公家信笺来写私信，等等。他接受淞沪总办之职时，我正和他同住在上海客利饭店，我看见他每天接到不少的荐书。他叫一个书记把这些荐信都分类归档，他就职后，需要用某项人时，写信通知有荐信的人定期来受考试，考试及格了，他都雇用；不及格的，他一一通知他们的原荐人。他写信最勤，常怪我案上堆积无数未覆的信。他说："我平均写一封信费三分钟，字是潦草的，但朋友接着我的回信了。你写信起码要半点钟，结果是没有工夫写信。"蔡子民先生说在君"案无留牍"，这也是他的欧化的精神。

罗文干先生常笑在君看钱太重，有寒伧气。其实这正是他的小心谨慎之处。他用钱从来不敢超过他的收入，所以能终身不欠债，所以能终身不仰面求人，所以能终身保持一个独立的清白之身。他有时和朋友打牌，总把输赢看得很重，他手里有好牌时，手心常出汗，我们常取笑他，说摸他的手心可以知道他的牌。罗文干先生是富家子弟出身，所以更笑他寒伧。及今思之，在君自从留学回来，担负一个大家庭的求学经费，有时候每年担负到三千元之多，超过他的收入的一半，但他从无怨言，也从不欠债，宁可抛弃他的学术生活去替人办煤矿，他不肯用一个不正当的钱。这正是他的严格的科学化的生活规律不可及之处。我们嘲笑他，其实是我们穷书生而有阔少爷的脾气，真不配批评他。

在君的私生活和他的政治生活是一致的。他的私生活的小心谨慎就是他的政治生活的预备。民国十一年，他在《努力周报》第七期上（署名"宗淹"）曾说，我们若想将来做政治生活，应做这几种预备：

第一，是要保存我们"好人"的资格。消极的讲，就是不要"作为无益"；积极的讲，是躬行克己，把责备人家的事从我们自己做起。

第二，是要做有职业的人，并且增加我们职业上的能力。

第三，是设法使得我们的生活程度不要增高。

第四，就我们认识的朋友，结合四五个人，八九个人的小团体，试做政治生活的具体预备。

看前面的三条，就可以知道在君处处把私生活看作政治生活的修养。民国十一年他和我们几个人组织"努力",我们的社员有两个标准:一是要有操守,二是要在自己的职业上站得住。他最恨那些靠政治吃饭的政客。他当时有一句名言:"我们是救火的,不是趁火打劫的。"(《努力》第六期)他做淞沪总办时,一面整顿税收,一面采用最新式的簿记会计制度。他是第一个中国大官卸职时半天办完交代的手续的。

在君的个人生活和家庭生活,孟真说他"真是一位理学大儒"。在君如果死而有知,他读了这句赞语定要大生气的!他幼年时代也曾读过宋明理学书,但他早年出洋以后,最得力的是达尔文、赫胥黎一流科学家的实事求是的精神训练。他自己曾说:科学……是教育同修养最好的工具。因为天天求理,时时想破除成见,不但使学科学的人有求真理的能力,而且有爱真理的诚心。无论遇见甚么事,都能平心静气去分析研究,从复杂中求单简,从紊乱中求秩序;拿论理来训练他的意想,而意想力愈增;用经验来指示他的直觉,而直觉力愈活。了然于宇宙生物心理种种的关系,才能够真知道生活的乐趣,这种活泼泼地心境,只有拿望远镜仰察过天空的虚漠,用显微镜俯视过生物的幽微的人,方能参领的透彻,又岂是枯坐谈禅妄言玄理的人所能梦见?(《努力》第四十九期,《玄学与科学》)这一段很美的文字,最可以代表在君理想中的科学训练的人生观。他最不相信中国有所谓"精神文明",更不佩服张君劢先生说的"自孔孟以至宋元明之理学家侧重内生活之修养,其结果为精神文明"。民国十二年四月中在君发起"科学与玄学"的论战,他的动机其实只是要打倒那时候"中外合璧式的玄学"之下的精神文明论。他曾套顾亭林的话来骂当日一班玄学崇拜者：今之君子，欲速成以名于世，语之以科学，则不愿学，语之以柏格森杜里舒之玄学，则欣然矣，以其袭而取之易也。（同上）

这一场的论战现在早已被人们忘记，因为柏格森杜里舒的玄学又早已被一批更时髦的新玄学"取而代之"了。然而我们在十三四年后回想那一场战的发难者，他终身为科学戮力，终身奉行他的科学的人生观，运用理智为人类求真理，充满着热心为多数谋福，最后在寻求知识的工作途中，歌唱着"为语麻姑桥下水，出山要比在山清"，悠然的死了——这样一个人，不是东方的内心修养的理学所能产生的。

丁在君一生最被人误会的是他在民国十五年的政治生活。孟真在他的长文里，叙述他在淞沪总办任内的功绩，立论最公平。他那时期的文电，现在都还保存在一个好朋友的家里，将来作他传记的人（孟真和我都有这种野心）必定可以有详细公道的记载给世人看，我们此时可以不谈。我现在要指出晚只是在君的政治兴趣。十年前，他常说："我家里没有活过五十岁的，我现在快四十岁了，应该趁早替国家做点事。"这是他的科学迷信，我们常常笑他。其实他对政治是素来有极深的兴趣的。他是一个有干才的人，绝不像我们书生放下了笔杆就无事可办，所以他很自信有替国家做事的能力。他在民国十二年有一篇《少数人的责任》的讲演（《努力》第六十七期），最可以表示他对于政治的自信力和负责任的态度。他开篇就说：我们中国政治的混乱，不是因为国民程度幼稚，不是因为政客官僚腐败，不是因为武人军阀专横；是因为"少数人"没有责任心，而且没有负责任的能力。

他很大胆的说：中年以上的人，不久是要死的；来替代他们的青年，所受的教育，所处的境遇，都是同从前不同的。只要有几个人，有不折不回的决心，拔山蹈海的勇气，不但有知识而且有能力，不但有道德而且要做事业，风气一开，精神就要一变。

他又说：只要有少数里面的少数，优秀里面的优秀，不肯束手待毙，天下事不怕没有办法的……最可怕的是一种有知识有道德的人不肯向政治上去努力。

他又告诉我们四条下手的方法，其中第四条最可注意。他说：要认定了政治是我们唯一的目的，改良政治是我们唯一的义务。不要再上人家当，说改良政治要从实业教育着手。

这是在君的政治信念。他相信，政治不良，一切实业教育都办不好。所以他要我们少数人挑起改良政治的担子来。然而在君究竟是英国自由教育的产儿，他的科学训练使他不能相信一切坏的革命的方式。他曾说：我们是救火的，不是趁火打劫的。

其实他的意思是要说，我们是来救人的，不是来放火的。照他的教育训练看来，用暴力的革命总不免是"放火"，更不免要容纳无数"趁火打劫"的人。所以他只能期待"少数里的少数，优秀里优秀"起来担负改良政治责任，而下能提倡那放火式的大革命。

然而民国十五六年之间，放火式的革命到底来了，并且风靡了全国。在那个革命大潮流里，改良主义者的丁在君当然成了罪人了。在那个时代，在君曾对我说："许子将说曹孟德可以做'治世之能臣，乱世之奸雄'；我们这班人恐怕只可以做'治世之能臣，乱世之饭桶'罢！"

这句自嘲的话，也正是在君自赞的话。他毕竟自信是"治世之能臣"。他不是革命的材料，但他所办的事，无一事不能办的顶好。他办一个地质研究班，就可以造出许多奠定地质学的台柱子；他办一个地质调查所，就能在极困难的环境之下造成一个全世界知名的科学研究中心；他做了不到一年的上海总办，就能建立起一个大上海市的政治，财政，公共卫生的现代式基础；他做了一年半的中央研究院的总干事，就把这个全国最大的科学研究机关重新建立在一个合理而持久的基础之上。他这二十多年的建设成绩是不愧负他的科学训练的。

在君的为人是最可敬爱，最可亲爱的。他的奇怪的眼光，他的虬起的德国威廉皇帝式的胡子，都使小孩子和女人见了害怕。他对不喜欢的人，总是斜着头，从眼镜的上边看他，眼睛露出白珠多，黑珠少，怪可嫌的！我曾对他说："从前史书上说阮籍能作青白眼，我向来不懂得。自从认得了你，我方明白了'白眼对人'是怎样一回事！"他听了大笑。其实同他熟了，我们都只觉得他是一个最和蔼慈祥的人。他自己没有儿女，所以他最喜欢小孩子，最爱同小孩子玩，有时候他伏在地上作马给他们骑。他对朋友最热心，待朋友如同自己的弟兄儿女一样。他认得我不久之后，有一次他看见我喝醉了酒，他十分不放心，不但劝我戒酒，还从《尝试集》里挑了我的几句戒酒诗，请梁任公先生写在扇子上送给我。（可惜这把扇子丢了！）十多年前，我病了两年，他说我的家庭生活太不舒适，硬逼我们搬家。他自己替我们看定了一所房子，我的夫人嫌每月八十元的房租太贵，那时我不在北京，在君和房主说妥，每月向我的夫人收七十元，他自己代我垫付十元！这样热心爱管闲事的朋友是世间很少见的。他不但这样待我，他待老辈朋友，如梁任公先生，如葛利普先生，都是这样亲切的爱护，把他们当作他最心爱的小孩子看待！

他对于青年学生，也是这样的热心：有过必规劝，有成绩则赞不绝口。民国十八年，我回到北平，第一天在一个宴会上遇见在君，他第一句话就说："你来，你来，我给你介绍赵亚会！这是我们地质学古生物学新出的一个天才，今年得地质奖学金的！"他那时脸上的高兴、快乐是使我很感动的。后来赵亚会先生在云南被土匪打死了，在君哭了许多次，到处为他出力征募抚恤金。他自己担任亚会的儿子的教育责任，暑假带他同去歇夏，自己督责他补工课。他南迁后，把他也带到南京转学，使他可以时常督教他。

在君是个科学家，但他很有文学天才，他写古文白话文都是很好的。他写的英文可算是中国人之中的一把高手，比许多学英国文学的人高明的多多。他也爱读英法文学书，凡是罗素，威尔士，J.M. Keynes的新著作，他都全购读。他早年喜欢写中国律诗，近年听了我的劝告，他不作律诗了，有时还作绝句小诗，也都清丽可喜。朱经农先生的纪念文里有在君得病前一日的《衡山纪游诗》四首，其中至少有两首是很好的。他去年在莫干山做了一首骂竹子的五言诗，被林语堂先生登在《宇宙风》上，是大家知道的。

民国二十年，他在秦王岛避暑，有一天去游北戴河，作了两首怀我的诗，其中一首云：

峰头各采山花戴，海上同看明月生。

此乐如今七寒暑，问君何日践新盟。

后来我去秦王岛住了十天，临别时在君用元微之送白乐天的诗韵作了两首诗送我：

留君至再君休怪，十日留连别更难。
从此听涛深夜坐，海天漠漠不成欢！

逢君每觉青来眼，顾我而今白到须。
此别原知旬日事，小儿女态未能无。

这三首诗都可以表现他待朋友的情谊之厚。今年他死后，我重翻我的旧日记，重读这几首诗，真有不堪回忆之感，我也用元微之的原韵，写了这两首诗纪念他：

明知一死了百愿，无奈余哀欲绝难！
高谈看月听涛坐，从此终生无此欢！

爱惜能作青白眼，妩媚不嫌虬怒须。
捧出心肝侍朋友，如此风流一代无。

这样一个朋友，这样一个人，是不会死的。他的工作，他的影响，他的流风遗韵，是永远留在许多后死的朋友的心里的。

廿五，二，九夜。

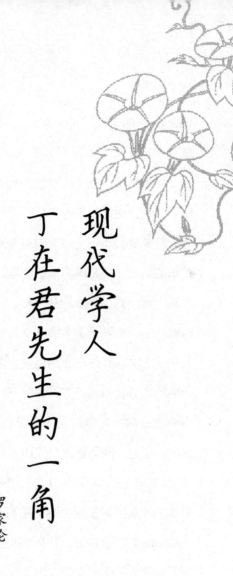

现代学人

丁在君先生的一角

罗家伦

　　一位学人对于他所学的科学像丁在君（文江）先生这样的尽忠，真是很少；而且对于朋友能实践其在学术上帮忙的诺言，像他所采取的这般作风，更是少见。

　　我和在君以前并不相识。一九二二年至一九二三年间，国内发生科学与玄学的论战，我在美国才看到好几篇他的文章。虽然他的论点大体是根据德国的马赫（Ernest Mach）和英国的皮尔生（Karl

Pearson）的学说，可是他思想的清晰，笔锋的犀利，字句的谨严，颇有所向无敌之概。后来我在英国的时候，正遇着上海发生五卅惨案。由于华工在日本内外纱厂被杀酿成风潮，而英国派大军在上海登陆，演变为更大规模的惨剧。当时我激于义愤，和英国国会里工党议员联络要他们纠正上海英国军警的暴行。他们在国会会场不断地提出严厉的质询。可是国内来的文电，都是充满了感情发泄的词句，而缺少对于事件真相平静的叙述和法理的判断，所以极少可用的材料。此时恰巧有一个三千多字的英文长电转到我手里。这电报是由胡适、罗文干、丁文江和颜任光四位先生署名的，以很爽朗锋利的英文，叙说该案的内容，暴露英方军警的罪行，如老吏断狱，不但深刻，而且说得令人心服。每字每句不是深懂英国人心理的作者，是一定写不出来的。于是，我集款把它先印了五千份，加一题目为《中国的理由》（"China's Case"）分送英国朝野。我由友人代约亲访工党后台最有实力的英国职工联合总会（Trade Union Congress）秘书长席屈林（Citrine）和他详谈，并将此电原件给他看，结果争取到他的同情。他并且要我添印若干份，由他分发给他工联中的小单位。因此工党议员加入为中国说话的更多，在英国国会里发生了更大的影响。事后我才知道，这篇文章是在君起草的，他真是懂得英国人心理的人。

我初回国时，旧同学卢晋侯在上海请我吃饭，我于席上才初次和在君见面。那时候他是淞沪商埠的总办，督办是孙传芳。我是反孙传芳的人，所以不便多谈。一九二八年我到北平任国立清华大学校长。那时候在君一手经营的地质调查所，有半年以上不曾领到经费，所里为地质学工作的人员，几乎无以为生，所长翁文灏也不在例外。其中

172

最困难的是一位著名的美国地质学权威葛利普（Grabau）教授。他本来是哥伦比亚地质系主任，负国际间重望，抱了移植地质学到中国来的热忱，来到北平教学和研究。他本职是北京大学教授，同时负指导研究的责任，而不兼薪。那时候北大也和地质调查所一样，薪水欠得一塌糊涂。他早把美国的生活水准，降得和中国教授一样，但是半年以上的欠薪，使他真活不下去了。我平素对于科学的地理学，颇为热心。初长清华时，即添办一个地理学系，聘翁文灏任该系主任。为了我素来尊重葛利普教授的学问和人格，于是致送月薪六百元的聘书请他在清华地理系担任教授。果然葛利普真值得我尊重，他答应到清华来教课，但是他拒绝接受六百元一月的专任教授全薪。他的理由是北京大学虽然若干个月不送薪水给他，他都不能因北大穷了，就丢了北大，而来清华做专任教授。经再三解说，他仅接受二百八十元一月的车马费。这种外国学者的高风亮节，及其所持道义的标准，不但值得我们佩服，而且应该为中国学术界所效法。以上这些措施，都出乎我的自动，因此在旁边看冷眼的在君，颇为欣赏。他继续看见我对于清华一连串大刀阔斧的改革和对于学术事业的见解，在背后也常有好评。大概他最初以为我是一个具有暴徒性的革命人物、缺少英国式绅士的修养，估计很低，后来偶然发现我有比他所估计的较为不同一点的成分，所以又特别高估一点罢。果然我有一次使他几乎又回复对我的旧观念上去。我在清华半年之内，不曾和他会过面。有一天晚上我到北海静心斋历史语言研究所去看老友傅孟真，我一进他的卧室，看见他顿觉高兴，乃以手杖向他弥陀佛典型的肚子上扣了一杖，这是我们老同学相见常闹的玩意儿。想不到在君正在房里和孟真谈天，我不曾看见，于是在君大惊失色，瞠目而起。后经孟真解释，知道是我们少年时期的故态复萌，于是彼此大笑。这一件趣事，是孟真以后常对人讲的。略记于此，以纪念两位亡友。

当我做中央大学校长的时候，他正做中央研究院的总干事。有一天他特地来看我，他很郑重地和我说，他认为中国大学里至少应有三个很好的地质学系：一个在北方，一个在长江流域，一个在珠江流域，分别造就各地的地质人才，并且就地发展地质考察工作。他说："北方已经有了北京大学的地质学系，而且成绩很好，不必担心了。广东的中山大学当时的主持者恐怕无此兴趣。现在你主持中央大学，我希望你能够把中央大学的地质系办成第一流的地质学系。我想你一定有这魄力能够做到的。"我当时明白地告诉他，我非常愿意，并且立刻对他说："若是你能到中央大学来做地质学系主任，我正是求之不得，现在可否请你答应下来。"他告诉我他接受蔡先生的聘书担任中央研究院的工作，不但不能辞，也不能兼，他情愿从旁帮忙。我于是说道："中国人开口就说从旁帮忙，实际上这四个字就是推托的话。试问你自己不参加，如何可以从旁帮忙？"他说："我答应你从旁帮忙，一定可以做到实际帮忙的地步，决不推诿。"我说："那也总得有个方式，才能使你与闻系务。"经讨论后，我聘他为中大地质学系名誉教授，出席系务会议，关于该系应兴应革的事宜，随时和我直接商量，因为当时中大地质系主任李学清是他的学生，所以我们考虑的结果，认为这样安排，也可以行得通。这个办法，他接受了。

我最初以为他在中央研究院是个统赞全局的忙人，恐怕不见得能分多少心力到中大地质学系上面来。想不到该系每次系务会议，他一定参加，而且凡是他有所见所闻足以改善地质学系的，无不随时告诉我。那时候国际联盟送给中央大学有三位客座教授，一位是瑞士人叫巴理加斯（Parijas）是地质学家，一位是德国人叫韦思曼（Wissmann）是地理学家，另一位是教英文学的。聘任期间均将届满，他不但劝我把前两位留下来，并且为我写信给他所认识的外国朋友，在国际联盟中任职的，请他们设法帮忙。这些通信都是他自动为我写了，事后才告诉我的。结果巴理加斯因为他本人的原因不曾留住，韦思曼则由中大自己出薪水留下来了。有一次我到中央研究院去看在君，想不到他打了赤脚正在为我写信给一位德国地质学教授斯提来（Stille），问他是否有好的中国学生，经他指导研究而学有成就，可以回国教书的。在君对我说，斯提莱是德国构造地质学的权威，以严格著名的，在他手下训练出来的学生，水准一定不会差。所以他先写信去探询一下，如果有此项人才，他再告诉我。这件事很值得称许，因为这表示在君对于在国外留学的青年人才是何等的注意。他对于国际间地质科学这一门的人事情形很熟悉，对于其研究的动态当然也很明了。在君的这种举动，有过好几次，其目的总是要吸收新的血液，来加强这个学系。

更有一件事为我所忘记不了的，就是他对于原在该系一位教授的忠告。中大地质学系有一位郑原怀教授，曾在哈佛大学研究经济地质学，得有博士学位。自从南京改为首都以后，房地产的价格大涨，郑先生和他的太太对于房地产的经营发生兴趣，因此对于地质研究工作松懈下来了。在君为此亲自去看郑先生，开门见山地对他说："我知道你在哈佛学得很好，经济地质这学问，是中大也是中国所需要的。

可是你为什么两年以来毫无研究的成绩表现出来？你知道一个学科学的人，若是不务本行，分心在其他工作上，便很快的就会落伍。我为你，并且为中央大学的地质学系，很诚恳的劝你不能再是如此。若是你不赶快改弦更张，我便要请罗校长下学年不再聘你。"他这番爽朗而诚恳的话，把郑先生感动了，欣然接受了他的忠告，教学从此认真，在下学年内便有二篇论文发表，而且是相当实在的。可惜一年多以后，他因为犯伤寒症过世了。郑先生能受善言，勇于自反，使我佩服。他不幸早逝，也是学术界一个损失。至于像在君这种的作风，则绝对不是中国士大夫传统的乡愿习惯里可以产生的。这决不是霸道，因为王道也不该养成乡愿；这是西洋科学家按照原理原则来处事的方式。这种爽朗忠诚的格调，实在足以挽救中国政治社会乃至学术界的颓风，最应该为大家效法的。在君在这个角度上的表现，特别值得佩服，应当尽力提倡。

在君作古了！"我思古人，实获我心！"

哭佩弦

郑振铎

　　从抗战以来，接连的有好几位少年时候的朋友去世了。哭地山、哭六逸、哭济之，想不到如今又哭佩弦（即朱自清1898–1948）了。在朋友们中，佩弦的身体算是很结实的。矮矮的个子，方面微圆的脸，不怎么肥胖，但也决不瘦。一眼望过去，便是结结实实的一位学者。说话的声音，徐缓而有力。不多说废话，从不开玩笑，纯然是忠厚而笃实的君子。写信也往往是寥寥的几句，意尽而止。但遇到讨论什么问题的时候，却滔滔不绝。他的文章，也是那么的不蔓不枝，恰到好处，增加不了一句，也删节不掉一句。

他做什么事都负责到底。他的《背影》，就可作为他自己的一个描写。他的家庭负担不轻，但他全力的负担着，不叹一句苦。他教了三十多年的书，在南方各地教，在北平教；在中学里教，在大学里教。他从来不肯马马虎虎的教过去。每上一堂课，在他是一件大事。尽管教得很熟的教材，但他在上课之前，还须仔细的预备着。一边走上课堂，一边还是十分的紧张。记得在清华大学的时候，有一次我在他办公室里坐着，见他紧张的在翻书。我问道："下一点钟有课吗？"

"有的，"他说道，"总得要看看。"

像这样负责的教员，恐怕是不多见的。他写文章时，也是以这样的态度来写。写得很慢，改了又改，决不肯草率的拿出去发表。我上半年为《文艺复兴》的《中国文学研究》向他要稿子，他寄了一篇《好与巧》来，这是一篇结实而用力之作。但过了几天，他又来了一封快信，说，还要修改一下，要我把原稿寄回给他。我寄了回去。不久，修改的稿子来了，增加了不少有力的例证。他就是那么不肯马马虎虎地过下去！

他的主张，向来是老成持重的。

将近二十年了，我们同在北平。有一天，在燕京大学南大地一位友人处晚餐。我们热烈地辩论着"中国字"是不是艺术的问题。向来总是"书画"同称。我却反对这个传统的观念。大家提出了许多意见。有的说，艺术是有个性的，中国字有个性，所以是艺术。又有的说，中国字有组织，有变化，极富于美术的标准。我却极力的反对着他们的主张。我说，中国字有个性，难道别国的字就表现不出个性了吗？要说写得美，那么，梵文和蒙古文写得也是十分匀美的。这样的辩论，当然是不会有结果的。

临走的时候，有一位朋友还说，他要编一部《中国艺术史》，一定要把中国书法的一部分放进去。我说，如果把"书"也和"画"同样的并列在艺术史里，那么，这部艺术史一定不成其为艺术史的。

当时，有十二个人在座。九个人都反对我的意见。只有冯芝生和我意见全同。佩弦一声也不言语。我问道："佩弦，你的主张怎么样呢？"

他郑重的说道："我算是半个赞成的吧。说起来，字的确是不应该成为美术。不过，中国的书法，也有他长久的传统的历史。所以，我只赞成一半。"

这场辩论，我至今还鲜明的在眼前。但老成持重、一半和我同调的佩弦却已不在人间，不能再参加那么热烈的争论了。

这样的一位结结实实的人，怎么会刚过五十便去世了呢？我说"结结实实"，这是我十多年前的印象。在抗战中，我们便没有见过。在抗战中，他从北平随了学校撤退到后方。他跟着学生徒步跑，跑到长沙，又跑到昆明。还照料着学校图书馆里搬出来的几千箱的书籍。这一次的长征，也许使他结结实实的身体开始受了伤。

在昆明联大的时候，他的生活很苦。他的夫人和孩子们都不能在身边，为了经济的拮据，只能让他们住在成都。听说，食米的恶劣，使他开始有了胃病。他是一位有名的衣履不周的教授之一。冬天，没有大衣，把马夫用毡子裹在身上，就作为大衣；而在夜里，这一条毡子便又作为棉被用。

有人来说，佩弦瘦了，头上也有了白发。我没有想象到佩弦瘦到什么样子。我的印象中，他始终是一位结结实实的矮个子。

胜利以后，大家都复员了，应该可以见到。但他为了经济的关系，适从内地到北平去，并没有经过南方。我始终没有见到瘦了后的佩弦。

在北平，他还是过得很苦，他并没有松下一口气来。

暑假后，是他应该休息的一年。我们都盼望他能够到南边来游一趟，谁知道在假期里他便一瞑不视了呢？我永远不会再有机会见到瘦了后的佩弦了！

佩弦虽然在胜利三年后去世，其实他是为抗战而牺牲者之一。那么结结实实的身体，如果不经过抗战的这一个阶段的至窘极苦的生活，他怎么会瘦弱了下去而死了呢？他的致死的病是胃溃疡，与肾脏炎。积年的吃了多沙粒与稗子的配给米，是主要的原因。积年的缺乏营养与过度的工作，使他一病便不起。尽管有许多人发了国难财，胜利财，乃至汉奸们也发了财而逍遥法外，许多瘦子都变成了肥头大脸的胖子，但像佩弦那样的文人、学者与教授，却只是天天的瘦下去，以至于病倒而死。就在胜利后，他们过的还是那么苦难的日子，与可悲愤的生活。

在这个悲愤苦难的时代，连老成持重的佩弦，也会是充满了悲愤的。在报纸上，见到有佩弦签名的有意义的宣言不少。他曾经对他的学生们说："给我以时间，我要慢慢的学。"他在走上一条新的路上来了。可惜的是，他正在走着，他的旧伤痕却使他倒了下去。

他花了整整的一年工夫，编成《闻一多全集》。他既担任着这一个工作，他便勤勤恳恳的专心一志的负责到底的做着。《一多全集》的能够出版，他的力量是最大的，他所费的时间也最多。我们读到他的《一多全集》的序，对于他的"不负死友"的精神，该怎样的感动。

一多刚刚走上一条新的路，便死了。如今佩弦又是这样。过了中年的人要蜕变是不容易的。而过了中年的人经过了这十多年的折磨之后，又是多么脆弱啊！佩弦的死，不仅是朋友们该失声痛哭，哭这位忠厚笃实的好友的损失，而且也是中国的一个重大的损失，损失了那么一位认真而诚恳的教师，学者与文人！

卅七年八月十七日写于上海

敬悼佩弦先生

吴组缃

　　近年来，心情常在焦躁沉郁之中，做人也不知不觉地格外简淡起来。因为无善可陈，话也不知道从哪里说起，许多的师和友，久已音书断绝。虽然心里总是怀念着他们。

　　还是抗战胜利的那年夏天，和朱先生在成都匆匆见了一面，这以后信也没写过一封。恐怕我现在在哪里他都未必知道。八月十二日报载朱先生胃病又发，正在医院里行手术。我就觉得不很好。因为我知道他"拖"着十二指肠溃疡的病在身已经多年了，若不是到了严重地步，是不会进医院去开刀的。果然，第二天报上就传来他的死讯了，说行过手术之后转成肾脏炎，因为体力太弱，终于不救。

朱先生的死，细想起来真是所谓"势所必至"：以他那样认真不苟的人，处在这样的时世和境况，拖上了这样的病，不能休息，不能医治，只是听天由命地拖着，那结果早就可以预料的。看到报上所传的噩耗，当时只悲慨地说："唉，他才只五十一岁啊！"但心里实在没有感到多大的震惊。

叫我大大震惊了的，倒是在成都的那次会面。那时朱太太带着小孩住在成都，先生趁着暑假从昆明回来。我路过成都，从叶圣陶先生那里打听到他们的住处，特意去看他们。那地方可不容易找，是在望江楼附近名叫报恩寺的一座小尼庵的院落里。他们住着几间没有地板的小瓦屋，简陋，但很整洁。我先看见一位小弟弟，紧凑的个儿，清秀的苹果脸，穿着黑洋布褂裤，在小巷寮檐下阴处一张小竹凳上坐着，聚精会神地看书。看这小弟弟的形貌神态，简直是个具体而微的当年的朱先生。我走了许多冤枉路，找得满身汗，这一下知道找对了。但等到朱先生从屋里走了出来，霎时间我可愣住了。他忽然变得那等憔悴和萎弱，皮肤苍白松弛，眼睛也失了光彩，穿着白色的西裤和衬衫，格外显出了瘦削劳倦之态。十一年没见面，又逢着这艰苦的抗战时期，变，是谁也要变的，但朱先生怎样变成这样了啊！我没有料到，骤然吃了一惊，心下不禁重甸甸的。

朱先生一手拿着书，一手握着笔，穿得衣履整饬，想必正在房里用功。看见我，很高兴，慌乱的拖着椅子，让我到房里坐。一会儿工夫，又来了六七位男男女女的客人，他们都喊他"朱大哥"，坐满了屋子，大声地说笑着。朱先生各方面应酬着，作古正经，一点不肯懈怠。我在那些客人前面，是个生人，于是他还不时"张罗"我参加谈话，像他做文章，不肯疏忽了一笔。但我看到他多么疲乏，他的眼睛可怜地眨动着，黑珠作晦暗色，白珠黄黝黝的，眼角的红肉球球凸露了出来。他在凳上正襟危坐着，一言一动都使人觉得他很吃力。客人散了之后，朱先生和朱太太留我吃午饭。朱先生吃得很少，说吃多了就发胃病，而且只能吃面食。

我知道他患了胃病，是余冠英兄的信上告诉的。我也患过严重的胃痉挛病，属于神经性的，痛起来面无人色，话也说不出，满床乱滚。但一不痛，就食欲亢进；吃了东西，又是痛。后来承阳翰笙先生介绍，服了一瓶鹿茸精，掉了两颗大牙，病却从此没发了。当时我曾主观地设想朱先生的胃病和我的相同，把病状和治法写信告诉了他。他回信说："我也要试试看。"又一次的信说："我的胃病时好时坏，难在有恒的小心。但以后得努力，不然日子久了，拖坏了身体，到了不大能工作的地步，那就糟了。"但以后的信上就没再提过胃病。我还当他慢慢好了。这次见面，才知道他患的是十二指肠溃疡，不但没有好，而且已经把人拖成了这样。

吃过饭，他废了午睡，同我谈到两三点钟，叫我多多"囤积"生活经验，将来写些出来，又谈他自己研究和写作的计划。而后一路出街，同去看了几个人，参加几处聚会。吃完晚饭散席不久，就大雨滂沱，我料他那天老远的赶回家一定淋得浑身透湿。

"这个病，目前我没办法，只好不要去管它。"这是当时他轻描淡写地说的一句话，到现在还清清楚楚留在我耳里。他好像对他的病满不在乎。但显然的，他原先信上说的"有恒的小心"和"以后得努力"的话，这次不再提起，而且根本抛开不顾了。我明白他那句轻松的话里的沉重意味，当时什么话也没说。

还在小学时，我就在新杂志上读过朱先生的诗文。俞平伯、朱自清，那是当时齐名的两位新诗人。民国十八年我进清华，知道朱先生任此间中国文学系主任。当时我们青年学生持一种奇怪的信条，以为求学当拿一科作为太太，另外一科作为爱人。我是把文学当作爱人的，因为我从小喜欢它，进的却是经济系。入校后最初半年，虽同在一个园子里，我没有和朱先生识过面，也没有想到去拜访他。这年冬季，一天刚忙完大考，和同学到大礼堂门前晒太阳，

慢慢的台阶上一层层挤了近百的人。有些喜欢胡闹的，每见面前路上有人走来，大家就齐生对他喊"一二一，左右左"，此时那人的脚步即无法抵御，不自禁合上节拍，走成练兵操的步伐，对着这人多势众，惟有窘得狼狈而逃。正在这样笑闹着，大路上来了一位矮矮的个儿，脸色丰腴红润，挟了大叠书在手，踅着短而快的步子，头也不抬的匆匆走了近来。同学们照例向他喊起"一二一"。最初他还不在意，仍是一本正经的走着。但随即他就理会到了，一时急得不知所措，慌张的摘一摘呢帽子向台阶上连连点着头，满面通红的逃开了。这人很年轻，看去比我们大不了多少。我还当他是高班的同学。但是他走过之后，有些同学耸耸肩头，顽皮的伸舌头了。其中一位告诉我，这就是朱自清先生。

到第二年，我受了余冠英同学的怂恿，决定和"爱人"结婚，正式转入中国文学系。我到图书馆下面系办公室去找朱先生办手续。

他仔仔细细看我的成绩单，看了很久，说："可以，我准许你。"于是拿起钢笔签了字。他座位的前后左右书架上都是一叠叠横摆着的书，多半是新书，很少线装的。他的案头也摊着好几本。面前有篇正写着的稿子，娟秀的小字，涂改得乱七八糟。他的矮小的个儿埋在座位里，精神很饱满，态度极庄严，但面孔发红，透着点忙乱神气，一点不老成。我想，大约这就是他的友人们所说的"永远的旅人的颜色"罢。

直到我离开学校，我记得一共选了朱先生三门课。一门是"诗选"，用《古诗源》作教本：实在没有什么可讲解的，但很花我们时间。我们得一首首背诵，上了班不时要默写。此外还得拟作，"拟曹子建名都篇""拟西洲曲"，还和同班合作"拟柏梁体"。朱先生改得可仔细，一字未惬，他也不肯放过。有一句好的，他也要打双圈。常常使我们拿到本子，觉得对他不起，因为我们老是不免有点鬼混。另外两门，一是"歌谣"，一是"新文学研究"。给我印象较深的是"新文学研究"。发的讲义有大纲，有参考书目，厚厚的一大叠。我们每星期得交一次读书报告。这种报告上若有什么可取的意见，发还的时候，他就告诉你说："你这段话，我摘抄了下来，请你允许我。"他讲课也真卖劲。我现在想到朱先生讲书，就看见他一手拿着讲稿，一手拿着块叠起的白手帕，一面讲，一面看讲稿，一面用手帕擦鼻子上的汗珠。他的神色总是不很镇定，面上总是泛着红。他讲的大多援引别人的意见，或是详细的叙述一个新作家的思想与风格。他极少说他自己的意见，偶尔说及，也是嗫嗫嚅嚅的，显得要再三斟酌的词句，惟恐说溜了一个字。但说不上几句，他就好像觉得已经越出了范围，极不妥当，赶快打住。于是，连连用他那叠起的白手帕抹汗珠。

有一天，同学发现他的讲演里漏了他自己的作品，因而提出质问。他就面红耳赤，非常慌张而且不好意思。半晌，他才镇静了自己，说："这恐怕很不重要，我们没有时间来讲到，而且也很难讲。"有些同学不肯罢休，坚要他讲一讲。他看让不掉，就想了想，端庄严肃地说："写的都是些个人的情绪，大半是的。早年的作品，又多是无愁之愁。没有愁，偏要愁，那是活该。就让他自个儿愁去罢。"就是这几句，我所录的大致没错。

他所讲的，若发现有错误，下次上班必严重的提出更正，说："对不起，请原谅我……请你们翻出笔记本改一改。"但往往他所要更正的，我们并未记下来。因为在我们看来，那实在不关重要。举个例说罢，他所讲的作家，照例要介绍几句籍贯和生平。一回，讲到刚出的小说作家张天翼，他介绍说："这是位很受人注意的新作家，听说是浙江人，住在杭州……"第二次他更正道："请原谅我，我上次说张天翼是浙江人，恐怕错了。有人说他是江苏人。还弄不清楚，你们暂时空着罢。"后来我到了南京，恰好认识了天翼，知道，他原籍湖南，父母住浙江，姊姊嫁江苏，他自己两省都长住过，还能说一口地道的湘乡话。我赶快写信告诉了朱先生，朱先生回信谢谢我。

在校数年，我很少单独去访朱先生。他总是那么庄敬不苟，又爱脸红，对我们学生也过于客气。比如说，他称呼我，总是"吴先生"，总是"您"，听着实在有点使人发窘和不安（直到成都那次会画，他才叫我"组缃"）。是后来余冠英兄接了家眷来，住在北院朱先生寓处隔壁的房子里，我常常到冠英兄家去谈天打桥牌，有时顶头碰着朱先生。我到他房里坐过几次。那时朱先生新结婚。朱先生对太太说话，也是非常客气，满口"请您""请您"的，真所谓"相敬如宾"。那所房子我们取名"四个斋"，因为朱太太名竹隐，余太太名竹因，二竹已是四个"个"字，而朱余两夫妇又是四个人，他们合住着那所房子。在这"四个斋"里和朱先生的谈话，我现在记得几则。

一次是谈茅盾先生的《子夜》。那时《子夜》刚出版，朱先生推崇备至，说取材，思想和气魄，都是中国新文学划时代的巨制。这才是站在时代最尖端的作品，没有办法，我们只有跟它走。"写小说，真不容易。我一辈子都写不成小说，不知道从哪里下笔。也铺展不开，也组织不起来。不只长篇，连短篇也是。"这样的话，我不止听他说过一次。有人提到他的《笑的历史》和《别》。他似乎很生气地说："那是什么！"随即就脸红起来。另一次谈及刚出版的郭沫若先生的《创造十年》，朱先生笑着说："他说我这里有块疤。"用手摸摸他右鬓上面那块没长头发的大疤。但觉得这说得不好，于是，脸又红了。还有一次是鲁迅先生到了北平，朱先生特意进城去请他到清华来讲演。他拿着清华中国文学会的请函去的，但结果碰了钉子回来。朱先生满头汗，不住用手帕抹着，说："他不肯来。大约他对清华印象不好，也许是抽不出时间。他在城里有好几处讲演，北大和师大。"停停又说，"只好这样罢，你们进城去听他讲罢。反正一样的。"

朱先生工作的地处就是系办公室。除了吃饭、上课和休息，他总在那围着满架图书的座位里"埋"着。我到这里找他，多是为选课的事；他劝我多选外文系的课；劝我读第二年英文；我读了两年法文也是他鼓励的。但对别的同学，我知道他并不向此方面指引。想是因材施教的意思，他是决不牵着同学的鼻子向一方面走的。

有一天，他坐在座位上非常生气。是有一位同学打电话到他家里，说有几本要看的书找不着，叫他立刻到图书馆书库帮他找一找。此意固然冒昧，大概说的话更不客气。"这是妄人，不理他！"他很厌恶狂妄不近情理的人。

后来为编年刊，向他索稿。到约定的时间去取，他还没有写完。于是叫我坐下等一等。我看见他埋头写着，很是着急，稿纸上涂了许多黑团团。终于脱稿了，把稿子交给我，指着说："你看看这几句。"我记得那几句大意是："诸位若因毕了业，就自以为了不得，那可不成。"等等。

我毕业那年，家境坏了，本想找个饭碗。照规例，要就业的到系里登记，外间来信要人，即为斟酌介绍。我登记之后，朱先生替我接洽好了两三次事，但到时心里又不甘愿，回说还是不想就业。那时我可以免考入研究院，就在学校里再赖了一年。可是拖着太太和女儿，靠研究院数十元津贴和一点不可指望的稿金，实在不易维持。于是，朱先生又替我接洽职业。那是在寒假中，说河南有个大学要教员，后来打听，又说不是。记得一天早晨奇冷无比，我遇见朱先生冒着吹得倒人的大风到邮局里打电报通知那学校说我不去了。

朱先生主持的清华中国文学系，定立的方针是用新的观点研究旧时代文学，创造新时代文学。但这也不能立刻就做得合乎理想的。朱先生最感苦痛的是多年为系务缠住，自己没法用功。听说他年年打恭作揖，要求准许他放掉系主任之职。他说："你看我什么学问也没有，什么也拿不出来，我实在非用用功不可了。"但我知道，除了休假，他一直到死都没有摆脱系务。

抗战期间，他从昆明写给我的一封信上说：

"我这些年担任系务，越来越腻味。去年因胃病摆脱了联大一部分系务，但还有清华的缠着。行政不论范围大小，都有些烦麻琐碎，耽误自己的工作很大。我又是个不愿马虎的人，因此就更苦了自己。况且清华国文系从去年下半年起，就只剩了一个学生。虽不一定是我的责任，但我总觉得乏味。今年请求休假，一半为的摆脱系务，一半为的补读基本书籍。一向事忙，许多早该读的书都还没有细心读过。我是四十多了，再迟怕真来不及了。"

下面说到他的工作计划：

"我的兴趣本在诗，现在是偏向宋诗。我是个散文的人，所以也偏爱散文化的诗。另一方面，我的兴趣又在散文的发展。今年预定的工作，便是散文发展的第一个时期，从金甲文到群经诸子。这个范围也够大的，但我只想作两个题目。我还有一方面的倾向，就是中国文学批评史中问题的研究，还有语文意见的研究。这些其实都是关联着的。

"写作方面，我想写一部关于语文意义的书，已定下名字，叫'语文影'。已经发表过一些。第一篇得罪了人，挨了许多骂。但我用阿Q的方法对付他们，一概来个不理，事情也就过去了。还想写一部，想叫做'世情书'。但担心自己经验太狭，还不敢下手。有人说中国现代，散文里缺少所谓Formalessay。这部书就想试试这一种体裁。但还得多读书，广经验，才敢起手尝试。"

这信正是他带着严重的十二指肠溃疡的病，在我所传闻的，为了避空袭，背着仅有的一卷被子，进城去上课，住了几夜，又背着被子回乡下寓处那样的生活中写给我的。长有二千字，在此不必全部抄引了。

我不舍作评论，关于朱先生在文艺学术方面的成就，这里也不能道及。以上我只拉杂琐屑的把我所见的他"这个人"细略叙述了出来。我要指明的是，他不是那等大才磅礴的人，他也不像那等人们心目中的所谓大师。用他自己的话说："我是大时代中一名小卒，是个平凡不过的人。"（见《背影序》）是的，他的为人，他的作品，在默示我们，他毫无什么了不得之处。你甚至会觉得他渺小，世俗。但是他虔敬不苟，诚恳无伪。他一点一滴地做，踏踏实实地做，用了全付力量，不断地前进，不肯懈怠了一点。也许做错了，他会改正的；也许力量小了，他会努力的。说他"老好"也罢，"随和"也罢，他可一直忠于自己的思想与感情，一直忠于社会与时代。他把牢了大处——

知识阶级的文人，如果再能够，自觉的努力发现下去，再多扩大些，再多认识些，再多表现，传达，或暴露些，那么，他们会渐渐的终于无形的参加了政治社会的改革的。那时他们就确实站在平民的立场，做这个时代的人了。（见《标准与尺度》）

下面我再摘抄民国二十三年他二十六岁时所作的长诗《毁灭》中的末段：

从此我不再仰眼看青天，

不再低头看白水，

只谨慎着我双双的脚步；

我要一步步踏在土泥上，

打上深深的脚印！

虽然这些印迹是极微细的，

且必将磨灭的；

虽然这迟迟的行步！

不称那迢迢无尽的程途，

但现在平常而渺小的我，

早看到一个个分明的脚步，

便有十分的欣悦——

那些远远远远的

是再不能，也不想理会的了。

别耽搁罢，

走！走！走！

（原载一九四八年九月《文讯》第九卷第三期）

范爱农

鲁迅

　　在东京的客店里，我们大抵一起来就看报。学生所看的多是《朝日新闻》和《读卖新闻》，专爱打听社会上琐事的就看《二六新闻》。一天早晨，辟头就看见一条从中国来的电报，大概是：

　　"安徽巡抚恩铭被 Jo Shiki Rin 刺杀，刺客就擒。"

　　大家一怔之后，便容光焕发地互相告语，并且研究这刺客是谁，汉字是怎样三个字。但只要是绍兴人，又不专看教科书的，却早已明白了。这是徐锡麟，他留学回国之后，在做安徽候补道，办春巡警事务，正合于刺杀巡抚的地位。

大家接着就预测他将被极刑，家族将被连累。不久，秋开瑾姑娘在绍兴被杀的消息也传来了，徐锡麟是被挖了心，给恩铭的亲兵炒食净尽。人心很愤怒。有几个人便秘密地开一个会，筹集川资；这时用得着日本浪人了，撕乌贼鱼下酒，慷慨一通之后，他便登程去接徐伯荪的家属去。

照例还有一个同乡会，吊烈士，骂满洲；此后便有人主张打电报到北京，痛斥满政府的无人道。会众即刻分成两派：一派要发电，一派不要发。我是主张发电的，但当我说出之后，即有一种钝滞的声音跟着起来：

"杀的杀掉了，死的死掉了，还发什么屁电报呢。"

这是一个高大身材，长头发，眼球白多黑少的人，看人总像在渺视。他蹲在席子上，我发言大抵就反对。我早觉得奇怪，注意着他的了，到这时才打听别人：说这话的是谁呢，有那么冷？认识的人告诉我说：他叫范爱农，是徐伯荪的学生。

我非常愤怒了，觉得他简直不是人，自己的先生被杀了，连打一个电报还害怕，于是，便坚执地主张要发电，同时争起来。结果是主张发电的居多数，他屈服了。其次要引人来拟电稿。

"何必推举呢？自然是主张发电的人罗……"他说。

我觉得他的话又在针对我，无理倒也并非无理的：但我便主张这一篇悲壮的文章必须深知烈士生平的人做，因为他比别人关系更密切，心里更悲愤，做出来就一定更动人。于是，又争起来。结果是他不做，我也不做，不知谁承认做去了；其次是大家走散，只留下一个拟稿的和一两个干事，等候做好之后去拍发。

从此，我总觉得这范爱农离奇，而且很可恶。天下可恶的人，当初以为是满人，这时才知道还在其次；第一倒是范爱农。中国不革命则已，要革命，首先就必须将范爱农除去。

然而这意见后来似乎逐渐淡薄，到底忘却了，我们从此也没有再见面。直到革命的前一年，我在故乡做教员，大概是春末时候罢，忽然在熟人的客座上看见了一个人，互相熟视了不过两三秒钟，我们便同时说：

"哦哦，你是范爱农！"

"哦哦，你是鲁迅！"

不知怎地我们便都笑了起来，是互相的嘲笑和悲哀。他眼睛还是那样，然而奇怪，只这几年，头上却有了白发了，但也许本来就有，我先前没有留心到。他穿着很旧的布马褂，破布鞋，显得很寒素。谈起自己的经历来，他说他后来没有了学费，不能再留学，便回来了。回到故乡之后，又受着轻蔑，排斥，迫害，几乎无地可容。现在是躲在乡下，教着几个小学生糊口。但因为有时觉得很气闷，所以也趁了航船进城来。

他又告诉我现在爱喝酒，于是，我们便喝酒。从此他每一进城，必定来访我，非常相熟了，我们醉后常谈些愚不可及的疯话，连母亲偶然听到了也发笑。一天，我忽而记起在东京开同乡会时的旧事，便问他：

"那一天你专门反对我，而且故意似的，究竟是什么缘故呢？"

"你还不知道？我一向就讨厌你的—— 不但我，我们。"

"你那时之前，早知道我是谁么？"

"怎么不知道。我们到横滨，来接的不就是子英和你么？你看不起我们，摇摇头，你自己还记得么？"

我略略一想，记得的，虽然是七八年前的事。那时是子英来约我的，说到横滨去接新来留学的同乡。汽船一到，看见一大堆，大概一共有十多人，一上岸便将行李放到税关上去候查检，关吏在衣箱中翻来翻去，忽然翻出一双绣花的弓鞋来，便放下公事，拿着仔细地看，我很不满，心里想，这些鸟男人，怎么带这东西来呢。自己不注意，那时也许就摇了摇头。检验完毕，在客店小坐之后，即须上火车。不料这一群读书人又在客车上让起坐位来了，甲要乙坐在这位上，乙要丙去坐，揖让未终，火车已开，车身一摇，即刻跌倒了三四个。我那时也很不满，暗地里想：连火车上的坐位，他们也要分出尊卑来……自己不注意，也许又摇了摇头。然而那群雍容揖让的人物中就有范爱农，却直到这一天才想到。岂但他呢，说起来也惭愧，这一群里，还有后来在安徽战死的陈伯平烈士，被害的马宗汉烈士；被囚在黑狱里，到革命后才见天日而身上永带着匪刑的伤痕的也还有一两人。而我都茫无所知，摇着头将他们一并运上东京了。徐伯荪虽而我们同船来，却不在这车上，因为他在神户就和他的夫人坐车走了陆路了。

我想我那时摇头大约有两回，他们看见的不知道是那一回。让坐时喧闹，检查时幽静，一定是在税关上的那一回了，试问爱农，果然是的。

"我真不懂你们带这东西做什么，是谁的？"

"还不是我们师母的？"他瞪着他多白的眼。

"到东京就要假装大脚，又何必带这东西呢？"

"谁知道呢？你问她去。"

到冬初，我们的景况更拮据了，然而还喝酒，讲笑话。忽然是武昌起义，接着是绍兴光复。第二天，爱农就上城来，戴着农夫常用的毡帽，那笑容是从来没有见过的。

"老迅，我们今天不喝酒了。我要去看看光复的绍兴。我们同去。"

我们便到街上去走了一通，满眼是白旗。然而，貌虽如此，内骨子是依旧的，因为还是几个旧乡绅所组织的军政府，什么铁路股东是行政司长，钱店掌柜是军械司长……这军政府也到底不长久，几个少年一嚷，王金发带兵从杭州进来了，但即使不嚷或者也会来。他进来以后，也就被许多闲汉和新进的革命党所包围，大做王都督。在衙门里的人物，穿布衣来的，不上十天也大概换上皮袍子了，天气还并不冷。

我被摆在师范学校校长的饭碗旁边，王都督给了我校款二百元。爱农做监学，还是那件布袍子，但不大喝酒了，也很少有工夫谈闲天。他办事，兼教书，实在勤快得可以。

"情形还是不行，王金发他们。"一个去年听过我的讲义的少年来访问我，慷慨地说，"我们要办一种报来监督他们。不过发起人要借用先生的名字。还有一个是子英先生，一个是德清先生。为社会，我们知道你决不推却的。"

我答应他了。两天后便看见出报的传单，发起人诚然是三个。五天后便见报，开首便骂军政府和那里面的人员；此后是骂都督，都督的亲戚，同乡，姨太太……

这样地骂了十多天，就有一种消息传到我的家里来，说都督因为你们诈取了他的钱，还骂他，要派人用手枪来打死你们了。

别人倒还不打紧。第一个着急的是我的母亲，叮嘱我不要再出去。但我还是照常走，并且说明，王金发是不来打死我们的，他虽然绿林大学出身，而杀人却不很轻易。况且我拿的是校款，这一点他还能明白的，不过说说罢了。

果然没有来杀。写信去要经费，又取了二百元。但仿佛有些怒意，同时传令道：再来要，没有了！

不过爱农得到了一种新消息，使我很为难，原来所谓"诈取"者，并非指学校经费而言，是指另有送给报馆的一笔款。报纸上骂了几天之后，王金发便叫人送去了五百元。于是乎，我们的少年们便开起会议来，第一个问题是：收不收？决议曰：收。第二个问题是：收了之后骂不骂？决议曰：骂。理由是：收钱之后，他是股东；股东不好，自然要骂。

我即刻到报馆去问这事的真假。都是真的。略说了几句不该收他钱的话，一个名为会计的便不高兴了，质问我道：

"报馆为什么不收股本？"

"这不是股本……"

"不是股本是什么？"

我就不再说下去了，这一点世故是早已知道的，倘我再说出连累我们的话来，他就会面斥我太爱惜不值钱的生命，不肯为社会牺牲，或者明天在报上就可以看见我怎样怕死发抖的记载。

然而事情很凑巧，季弗写信来催我往南京了。爱农也很赞成，但颇凄凉，说：

"这里又是那样，住不得，你快去罢……"

我懂得他无声的话，决计往南京。先到都督府去辞职，自然照准，派来了一个拖鼻涕的接收员，我交出账目和余款一角又两铜元，不是校长了。后任是孔教会会长傅力臣。报馆案是我到南京后两三个星期了结的，被一群兵们捣毁。子英在乡下，没有事；德清适值在城里，大腿上被刺了一尖刀。他大怒了。自然，这是很有些痛的，怪他不得。他大怒之后，脱下衣服，照了一张照片，以显示一寸来宽的刀伤，并且做一篇文章叙述情形，向各处分送，宣传军政府的横暴。我想，这种照片现在是大约未必还有人收藏着了，尺寸太小，刀伤缩小到几乎等于无，如果不加说明，看见的人一定以为是带些疯气的风流人物的裸体照片，倘遇见孙传芳大帅，还怕要被禁止的。

我从南京移到北京的时候，爱农的学监也被孔教会会长的校长设法去掉了。他又成了革命前的爱农。我想为他在北京寻一点小事做，这是他非常希望的，然而没有机会。他后来便到一个熟人的家里去寄食，也时时给我信，景况愈困穷，言辞也愈凄苦。终于又非走出这熟人的家不可，便在各处飘浮。不久，忽然从同乡那里得到一个消息，说他已经掉在水里，淹死了。

我疑心他是自杀。因为他是浮水的好手，不容易淹死的。

夜间独坐在会馆里，十分悲凉，又疑心这消息并不确，但无端又觉得这是极其可靠的，虽然并无证据。一点法子都没有，只做了四首诗，后来曾在一种日报上发表，现在是将要忘记完了。只记得一首里的六句, 起首四句是: "把酒论天下, 先生小酒人, 大圜犹酩酊, 微醉合沉沦。" 中间忘掉两句, 末了是 "旧朋云做尽, 余亦等轻尘。"

后来我回故乡去, 才知道一些较为详细的事, 爱农先是什么事也没得做, 因为大家讨厌他。他很困难, 但还喝酒, 是朋友请他的。他已经很少和人们来往, 常见的只剩下几个后来认识的较为年轻的人了, 然而他们似乎也不愿意多听他的牢骚, 以为不如讲笑话有趣。

"也许明天就收到一个电报, 拆开来一看, 是鲁迅来叫我的。" 他时常这样说。

一天, 几个新的朋友约他坐船去看戏, 回来已过夜半, 又是大风雨, 他醉着, 却偏要到船舷上去小解。大家劝阻他, 也不听, 自己说是不会掉下去的。但他掉下去了, 虽然能浮水, 却从此不起来。

第二天打捞尸体, 是在菱荡里找到的, 直立着。

我至今不明白他究竟是失足还是自杀。

他死后一无所有, 遗下一个幼女和他的夫人。有几个人想集一点钱作他女孩将来的学费的基金, 因为一经提议, 即有族人来争这笔款的保管权——其实还没有这笔款, 大家觉得无聊, 便无形消散了。

现在不知他唯一的女儿景况如何？倘在上学, 中学已该毕业了罢。

十一月十八日。

关于范爱农

周作人

　　偶然从书桌的抽屉里找出一个旧的纸护书来，检点里边零碎纸片的年月，最迟的是民国六年三月的快信收据，都是我离绍兴以前的东西，算来已经过了二十一年的岁月了。从前有一张太平天国的收条，记得亦是收藏在这里的，后来送了北京大学的研究所国学门，不知今尚存否。现在我所存的还有不少资料，如祖父少时所作艳诗手稿，父亲替人代作祭文草稿，在我都觉可珍重的，实在也是先人唯一的手迹了，除了书籍上尚有一二题字以外。但是这于别人有甚么关系呢，可以不必絮说。护书中又有鲁迅的《哀范君三章》手稿，我的抄本附自作诗一首，又范爱农来信一封。（为行文便利起见，将诗写在前头，其实，当然是信先来的。又鲁迅这里本该称豫才，却也因行文便利计而改称了。）这几叶废纸对于大家或者不无一点兴趣，假如读过鲁迅的《朝花夕拾》的人不曾忘记，末了有一篇叫作《范爱农》的文章。

鲁迅的文章里说在北京听到爱农溺死的消息以后，一点法子都没有。只做了四首诗，后曾在一种日报上发表，现在将要忘记了，只记得一首里的六句，起首四句是："把酒论天下，先生小酒人。大圜犹酩酊，微醉合沉沦。"中间忘掉两句，末了是："旧朋云散尽，余亦等轻尘。"日本改造社译本此处有注云：

"此云中间忘掉两句，今《集外集》中有《哭范爱农》一首。其中间有两句乃云，出谷无穷夜，新宫自在春。"原稿却又不同，今将全文抄录于下，以便比较。

《哀范君三章》

其一

风雨飘摇日，余怀范爱农。华颠萎寥落，白眼看鸡虫。世味秋荼苦，人间直道穷。奈何三月别，遽尔失畸躬。

其二

海草国门碧，多年老异乡。狐狸方去穴，桃偶尽登场。故里彤云恶，炎天凛夜长。独沉清冽水，能否洗愁肠。

其三

把酒论当世，先生小酒人，大圜犹酩叮，微醉自沉伦。此别成终古，从兹绝绪言。故人云散尽，我亦等轻尘。

题目下原署真名姓，涂改为黄棘二字，稿后附书四行，其文云：

"我于爱农之死为之不怡累日，至今未能释然。昨忽成诗三章，随手写之，而忽将鸡虫做人，真是奇绝妙绝，辟历一声……今录上，希大鉴定家鉴定，如不恶乃可登诸《民兴》也。天下虽未必仰望已久，然我亦岂能已于言乎。二十三日，树又言。"这是信的附片，正张已没有了，不能知道是哪一月，但是在我那抄本上却有点线索可寻。抄本只有诗三章，无附言，因为我这是抄了去送给报馆的，末了却附了我自己的一首诗。

《哀爱农先生》

天下无独行，举世成萎靡。皓皓范夫子，生此寂寞时。傲骨遭俗忌，屡见蝼蚁欺。坎壈终一世，毕生清水湄。会闻此人死，令我心伤悲。峨峨使君辈，长生亦若为。

这诗不足道，特别是敢做五古，实在觉得差得很，不过那是以前的事，也没法子追悔，而且到底和范君有点相干，所以录了下来。但是还有重要的一点，较有用处的乃是题目下有小注"壬子八月"四个字，由此可以推知上边的"二十三日"当是七月，爱农的死也即在这七月里吧。据《朝花夕拾》里说，范君尸体在菱荡中找到，也证明是在秋天，虽然实在是蹲踞而并非如书上所说的直立着。我仿佛记得他们是看月去的，同去的大半是民兴报馆中人，族叔仲翔君确是去的，惜已久归道山，现在留在北方的只有宋紫佩君一人，想他还记得清楚，得便当一问之也。所谓在一种日报上登过，即是这《民兴报》，又四首乃三首之误，大抵作者写此文时在广州，只凭记忆，故有参差，旧日记中当有记录可据，但或者待语不具录亦未可知，那么这一张底稿也就很有留存的价值了。

爱农的信是三月二十七号从杭州千胜桥沈寓所寄，有杭省全盛源记信局的印记，上批"局资例"，杭绍间信资照例是十二文，因为那时是民国元年，民间信局还是存在。原信系小八行书两张，其文如下。

"豫才先生大鉴：晤经子渊，暨接陈子英函，知大驾已自南京回。听说南京一切措施与杭绍鲁卫，如此世界，实何生为，盖吾辈生成傲骨，未能随波逐流，惟死而已，端无生理。弟于旧历正月二十一日动身来杭，自知不善趋承，断无谋生机会，未能抛得西湖去，故来此小作句留耳。现因承蒙傅励臣函邀担任师校监学事，虽然允他，拟阳月抄返绍一看，为偷生计，如可共事，或暂任数月。罗扬伯居然做第一科。课长，足见实至名归，学养优美。朱幼溪亦得列入学务科员，何莫非志趣过人，后来居上，羡煞羡煞。令弟想已来杭，弟拟明日前往一访。相见不远，诸容面陈，专此敬请著安。弟范斯年叩，廿七号。《越铎》事变化至此，恨恨，前言调和，光景绝望矣。又及。"

这一封信里有几点是很可注意的。绝望的口气，是其一。挖苦的批评，是其二。信里与故事里人物也有接触之处，如傅励臣即孔教会会长之傅力臣，朱幼溪即接收学校之科员，《越铎》即骂都督的日报，不过所指变化却并不是报馆案，乃是说内部分裂，《民兴》即因此而产生。鲁迅诗云，桃偶尽登场，又云，白眼看鸡虫，此盖为范爱农悲剧之本根，他是实别被挤得穷极而死也。鲁迅诗后附言中于此略有所说及，但本系游戏的厦辞，释明不易，故且从略，即如天下仰望已久一语，便是一种典故，原出于某科员之口头，想镜水稽山间曾亲闻此语者尚不乏其人欤。信中又提及不佞，则因尔时承浙江教育司令为视学，唯因家事未即赴任，所以范君杭州见访时亦未得相见也。

　　《朝花夕拾》里说爱农戴着毡帽，这是绍兴农夫常用的帽子，用毡制成球状，折作两层如碗，卷边向上，即可戴矣。王府井大街的帽店中今亦有售者，两边不卷，状如黑羊皮冠，价须一圆余，非农夫所戴得起，但其质地与颜色则同，染色不良，戴新帽少顷前额即现乌青，两者亦无所异也。改造社译本乃旁注毡字曰皮罗独，案查大槻文彦著《言海》，此字系西班牙语威路达之音读，汉语天鹅绒，审如所云则爱农与绍兴农夫所戴者常是天鹅绒帽，此事颇有问题，爱农或尚无不可，农夫如闰土之流实万万无此雅趣耳。改造社译本中关于陈子英有注云："姓陈名濬，徐锡麟之弟子，当时留学东京。"此亦不甚精确。子英与伯苏只是在东湖密谋革命时的同谋者，同赴日本，及伯苏在安庆发难，子英已回乡，因此乃再逃往东京，其时当在争电报之后。又关于王金发有注云："真姓名为汤寿潜。"则尤大误。王金发本在嵊县为绿林豪客，受光复会之招加入革命，亦徐案中人物，辛亥绍兴光复后来主军政，自称都督，改名王逸，但越人则唯知有王金发而已。二次革命失败后，朱瑞为浙江将军承袁世凯旨诱金发至省城杀之，人民虽喜得除得一害，然对于朱瑞之用诈杀降亦弗善也。汤寿潜为何许人，大抵在杭沪的人总当知道一点，奈何与王金发相溷。改造社译本注多有误，如乎地木见于《花镜》，即日本所谓薮柑子，注以为出于内蒙古某围场，又如揍字虽是北方方言，却已见于《七侠五义》等书，普通也只是打的意思耳，而注以为系猥亵语，岂误为草字音乎。因讲范爱农而牵连到译本的注，今又牵连到别篇上去，未免有缠夹之嫌，逐即住笔。计七年二月十三日。

（一九三八年二月作，选自《药味集》）

忆刘半农君

鲁迅

这是小峰出给我的一个题目。

这题目并不出得过分。半农去世，我是应该哀悼的，因为他也是我的老朋友。但是，这是十来年前的话了，现在呢，可难说得很。

我已经忘记了怎么和他初次会面，以及他怎么能到了北京。他到北京，恐怕是在《新青年》投稿之后，由蔡孑民先生或陈独秀先生去请来的，到了之后，当然更是《新青年》里的一个战士。他活泼，勇敢，很打了几次大仗。譬如罢，答王敬轩的双簧信，"她"字和"它"字的创造，就都是的。这两件，现在看起来，自然是琐屑得很，但那是十多年前，单是提倡新式标点，就会有一大群人"若丧考妣"，恨不得"食肉寝皮"的时候，所以的确是"大仗"。现在的二十左右的青年，大约很少有人知道三十年前，单是剪下辫子就会坐牢或杀头的了。然而这曾经是事实。

但半农的活泼，有时颇近于草率，勇敢也有失之无谋的地方。但是，要商量袭击敌人的时候，他还是好伙伴，进行之际，心口并不相应，或者暗暗的给你一刀，他是决不会的。倘若失了算，那是因为没有算好的缘故。

《新青年》每出一期，就开一次编辑会，商定下一期的稿件。其时最惹我注意的是陈独秀和胡适之。假如将韬略比作一间仓库罢，独秀先生的是外面竖一面大旗，大书道："内皆武器，来者小心！"但那门却开着的，里面有几枝枪、几把刀，一目了然，用不着提防。适之先生的是紧紧的关着门，门上粘一条小纸条道："内无武器，请勿疑虑。"这自然可以是真的，但有些人——至少是我这样的人——有时总不免要侧着头想一想。半农却是令人不觉其有"武库"的一个人，所以我佩服陈、胡，却亲近半农。

所谓亲近，不过是多谈闲天，一多谈，就露出了缺点。几乎有一年多，他没有消失掉从上海带来的才子必有"红袖添香夜读书"的艳福的思想，好容易才给我们骂掉了。但他好像到处都这么的乱说，使有些"学者"皱眉。有时候，连到《新青年》投稿都被排斥。他很勇于写稿，但试去看旧报去，很有几期是没有他的。那些人们批评他的为人，是：浅。

不错，半农确是浅。但他的浅，却如一条清溪，澄澈见底，纵有多少沉渣和腐草，也不掩其大体的清。倘使装的是烂泥，一时就看不出它的深浅来了；如果是烂泥的深渊呢，那就更不如浅一点的好。

但这些背后的批评，大约是很伤了半农的心的，他的到法国留学，我疑心大半就为此。我最懒于通信，从此我们就疏远起来了。他回来时，我才知道他在外国抄古书，后来也要标点《何典》，我那时还以老朋友自居，在序文上说了几句老实话，事后，才知道半农颇不高兴了，"驷不及舌"，也没有法子。另外还有一回关于《语丝》的彼此心照的不快活。五六年前，曾在上海的宴会上见过一回面，那时候，我们几乎已经无话可谈了。

近几年，半农渐渐的据了要津，我也渐渐的更将他忘却。但从报章上看见他禁称"蜜斯"之类，却很起了反感：我以为这些事情是不必半农来做的。从去年来，又看见他不断的做打油诗，弄烂古文，回想先前的交情，也往往不免长叹。我想，假如见面，而我还以老朋友自居，不给一个"今天天气……哈哈哈"完事，那就也许会弄到冲突的罢。

不过，半农的忠厚，是还使我感动的。我前年曾到北平，后来有人通知我，半农是要来看我的，有谁恐吓了他一下，不敢来了。这使我很惭愧，因为我到北平后，实在未曾有过访问半农的心思。

现在他死去了，我对于他的感情，和他生时也并无变化。我爱十年前的半农，而憎恶他的近几年。这憎恶是朋友的憎恶，因为我希望他常是十年前的半农，他的为战士，即使"浅"罢，却于中国更为有益。我愿以愤火照出他的战绩，免使一群陷沙鬼将他先前的光荣和死尸一同拖入烂泥的深渊。

八月一日。

半农纪念

周作人

七月十五日夜我们来到东京，次日定居本乡菊坂町。二十日我同妻出去，在大森等处跑了一天，傍晚回寓，却见梁宗岱先生和陈女士已在那里相候。谈次，陈女士说在南京看见报载刘半农先生去世的消息，我们听了觉得不相信，徐耀辰先生在座，也说这恐怕又是别一个刘复吧，但陈女士说报上说的不是刘复而是刘半农，又说北京大学给他照料治丧，可见这是不会错的了。我们将离开北京的时候，知道半农往绥远方面旅行去了，前后不过十日，却又听说他病死了已有七天了。世事虽然本来是不可测的，但这实在来得太突然，只觉得出意外，惘然若失而外，别无什么话可说。

半农和我是十多年的老朋友，这回半农的死对于我是一个老友的丧失，我所感到的也是朋友的哀感，这很难得用笔墨记录下来。朋友的交情可以深厚，而这种悲哀总是淡泊而平定的，与夫妇子女间沉挚激越者不同，然而这两者却是同样的难以文字表示得恰好。假如我同半农要疏一点，那么我就容易说话，当作一个学者或文人去看，随意说一番都不要紧。很熟的朋友都只作一整个人看，所知道的又太多了，要想分析想挑选了说极难着手，而且褒贬稍差一点分量，心里完全明了，就觉得不诚实，比不说还要不好。荏苒四个多月过去了，除了七月二十四日写了一封信给刘半农的女儿小惠女士外，什么文章都没有写，虽然有三四处定期刊物叫我写纪念的文章，都谢绝了，因为实在写不出。九月十四日，半农死后整两个月，在北京大学举行追悼会，不得不送一副挽联，我也只得写这样平凡的几句话去：

十六年尔汝旧交，追忆还在卯字号，

廿余日驰驱大漠，归来竟作丁令威。

这是很空虚的话，只是仪式上所需的一种装饰的表示而已。学校决定要我充当致辞者之一，我也不好拒绝，但是我仍是明白我的不胜任，我只能说说临时想出来的半农的两种好处。其一是半农的真。他不装假，肯说话，不投机，不怕骂，一方面却是天真烂漫，对什么人都无恶意。其二是半农的杂学。他的专门是语音学，但他的兴趣很广博，文学美术他都喜欢，做诗，写字，照相，搜书，讲文法，谈音乐。有人或者嫌他杂，我觉得这正是好处，方面广，理解多，于处世和治学都有用，不过在思想统一的时代，自然有点不合适。我所能说者也就是极平凡的这寥寥几句。

前日阅《人间世》第十六期，看见半农遗稿《双凤凰专斋小品文》之五十四，读了很有所感。其题目曰《记砚兄之称》，文云：

余与知堂老人每以砚兄相称，不知者或以为儿时同窗友也。其实余二人相识，余已二十六，岂明已三十三。时余穿鱼皮鞋，犹存上海少年滑头气，岂明则蓄浓髭，戴大绒帽，披马夫式大衣，俨然一俄国英雄也。越十年，红胡入关主政，北新封，语丝停，李丹忧捕，余与岂明同避菜厂胡同一友人家。小厢三槛，中为膳食所，左为寝室，席地而卧，右为书室，室仅一桌，桌仅一砚。寝，食，相对枯坐而外，低头共砚写文而已，砚兄之称自此始。居停主人不许多友来视，能来者余妻岂明妻而外，仅有徐耀辰兄传递外间消息，日或三四至也。时民国十六，以十月二十四日去，越一星期归，今日思之，亦如梦中矣。

这文章写得颇好，文章里边存着作者的性格，读了如见半农其人。民国六年春间我来北京，在《新青年》上初见半农的文章，那时他还在南方，留下一种很深的印象，这是几篇《灵霞馆笔记》，觉得有清新的生气，这在别人笔下是没有的。现在读这篇遗文，恍然记及十七年前的事，清新的生气仍在，虽然更加上一点苍老与着实了。但是时光过得真快，鱼皮鞋子的故事在今日活着的人里，只有我和玄同还知道吧，而菜厂胡同一节说起来也有车过腹痛之感了。前年冬天半农同我谈到蒙难纪念，问这是哪一天，我查旧日记，恰巧民国十六年中间有几个月不曾写，于是查对《语丝》末期出版月日等，查出这是在十月二十四日，半农就说下回要大举请客来作纪念，我当然赞成他的提议，去年十月不知道怎么一混大家都忘记了，今年夏天半农在电话里还说起，去年可惜忘记了，今年一定要举行，今年一定要举行，然而半农在七月十四日就死了，计算到十月二十四日恰是一百天。

昔时笔祸同蒙难，菜厂幽居亦可怜。

算到今年逢百日，寒泉一盏荐君前。

这是我所作的打油诗，九月中只写了两首，所以在追悼会上不曾用，今日半农此文，便拿来题在后面。所云菜厂在北河沿之东，是土肥原的旧居，居停主人即土肥原的后任某少佐也。秋天在东京本想去访问一下，告诉他半农的消息，后来听说他在长崎，没有能见到。

还有一首打油诗，是拟近来很时髦的例阳体的，结果自然是仍旧拟不像，其辞曰：

漫云一死恩仇讽，海上微闻有笑声。

空向刀山长作揖，阿旁牛首太狰狞。

半农从前写过一篇《作揖主义》，反招了许多人的咒骂。我看他实在并不想侵犯别人。但是人家总喜欢骂他，仿佛在他死后还有人骂。本来骂人没有什么要紧，何况又是死人，无论骂人或颂扬人，里边所表示出来的反正都是自己，我们为了交谊的关系，有时感到不平，实在是一种旧的惯性，倒还是看了自己反省要紧。譬如我现在来写纪念半农的文章，固然并不想骂他，就是空虚地说上好些好话，于半农了无损益，只是自己出乖露丑。所以我今日只能说这些闲话，说的还是自己，至多是与半农的关系罢了，至于目的虽然仍是纪念半农。半农是我的老朋友之一，我很惮惜他的死。在有些不会赶时髦结识新相好的人，老朋友的丧失实在是最可悼惜的事。

民国二十三年十一月三十日，于北平苦茶庵记。

（一九三四年十一月作，选自《苦茶随笔》）

怀废名

周作人

　　余识废名在民十以前，于今将二十年，其间可记事颇多，但细思之又空空洞洞一片，无从下笔处。废名之貌奇古，其额如螳螂，声音苍哑，初见者每不知其云何。所写文章甚妙，但此是隐居西山前后事，《莫须有先生传》与《桥》皆是，只是不易读耳。废名曾寄住余家，常往来如亲属，次女若干亡十年矣，今日循俗例小作法事，废名如在北平，亦必来赴，感念今昔，弥增怅触。余未能如废名之悟道，写此小文，他日如能觅路寄予一读，恐或未必印可也。

以上是民国二十六年十一月末所写，题曰《怀废名》，但是留得底稿在，终于未曾抄了寄去。于今又已过了五年了，想起要写一篇同名的文章，极自然的便把旧文抄上，预备拿来做个引子，可是重读了一遍之后，觉得可说的话大都也就有了，不过或者稍为简略一点，现在所能做的只是加以补充，也可以说是作笺注罢了。关于认识废名的年代，当然是在他进了北京大学之后，推算起来应当是民国十一年考进预科，两年后升入本科，中间休学一年，至民国十八年才毕业。但是在他来北京之前，我早已接到他的几封信，其时当然只是简单的叫冯文炳，在武昌当小学教师，现在原情存在故纸堆中，日记查找也很费事，所以时日难以确知，不过推想起来这大概总是在民九民十之交吧，距今已是二十年以上了。废名眉棱骨奇高，是最特别处。在《莫须有先生传》第四章中房东太太说："莫须有先生，你的脖子上怎么那么多的伤痕？"这是他自己讲到的一点，此盖由于瘰疬，其声音之低哑或者也是这个缘故吧。

废名最初写小说，登在胡适之的《努力周报》上，后来结集为《竹林的故事》，为新潮社文艺丛书之一。这《竹林的故事》现在没有了，无从查考年月，但我的序文抄存在《谈龙集》里，其时为民国十四年九月，中间说及一年多前答应他做序，所以至迟这也就是民国十二年的事吧。废名在北京大学进的是英文学系，民国十六年张大元帅入京，改办京师大学校，废名失学一年余，及北大恢复乃复入学。废名当初不知是住公寓还是寄宿舍，总之在那失学的时代也就失所寄托，有一天写信来说，近日几乎没得吃了。恰好章矛尘夫妇已经避难南下，两间小屋正空着，便招废名来住。后来在西门外一个私立中学走教国文，大约有半年之久，移住西山正黄旗村里，至北大开学再回城内。这一期间的经验与他的写作很有影响，村居，读莎士比亚，我所推荐的《吉诃德先生》，李义山诗，这都是构成《莫须有先生传》的分子。从西山下来的时候，也还寄住在我们家里，以后不知是哪一年，他从故乡把妻女接了出来，在地安门里租屋居住，其时在北京大学国文学系做讲师，生活很是安定，到了民国二十五六年，不知怎的忽然又将夫人和子女打发回去，自己一个人住在雍和宫的喇嘛庙里。当然大家觉得他大可不必，及至卢沟桥事件发生，又很羡慕他，虽然他未必真有先知。废名于那年的冬天南归，因为故乡是拉锯之地，不能在大南门的老屋里安住，但在附近一带托迹，所以时常还可彼此通信，后来渐渐消息不通，但是我总相信他仍是在那一个小村庄里隐居，教小学生念书，只是多"静坐沉思"，未必再写小说了吧。

翻阅旧日稿本，上边抄存两封给废名的信，这可以算是极偶然的事，现在却正好利用，重录于下。其一云："石民君有信寄在寒斋，转寄或恐失落，信封又颇大，故拟暂图存，俟见面时交奉。星期日林公未来，想已南下矣。旧日友人各自上飘游之途，回想《明珠》时代，深有今昔之感。自知如能将此种怅惘除去，可以近道，但一面也不无珍惜之意：觉得有此怅惘，故对于人间世未能恕置，此虽亦是一种苦，目下却尚不忍即舍去也。匆匆。九月十五日。"时为民国二十六年，其时废名盖尚在雍和宫。这里提及《明珠》，顺便想说明一下。废名的文艺的活动大抵可以分几个段落来说。甲是《努力周报》时代，其成绩可以《竹林的故事》为代表。乙是《语丝》时代，以《桥》为代表。丙是《骆驼草》时代，以《莫须有先生》为代表。以上都是小说。丁是《人间世》时代，以《读论语》这一类文章为主。戊是《明珠》时代，所作都是短文。那时是民国二十五年冬天，大家深感到新的启蒙运动之必要，想再来办一个小刊物，恰巧《世界日报》的副刊《明珠》要改编，便接受了来，由林庚编辑，平伯、废名和我帮助写稿，虽然不知道读者觉得如何，在写的人则以为是颇有意义的事。但是报馆感觉得不大经济，于二十六年元旦又断行改组，所以林庚主编的《明珠》只办了三个月，共出了九十二号，其中废名写了很不少，十月九篇，十一二月各五篇，里边颇有些好文章好意思。例如十月份的《三竿两竿》、《陶渊明爱树》、《陈亢》，十一月份的《中国文章》、《孔门之文》，我都觉得很好。《三竿两竿》起首云："中国文章，以六朝人文章为最不可及。"《中国文章》也劈头就说道："中国文章里简直没有厌世派的文章，这是很可惜的事。"后边又说，"我尝想，中国后来如果不是受了一点佛教影响，文艺里的空气恐怕更陈腐，文章里恐怕更要损失好些好看的字面。"这些话虽然说的太简单，但意思极正确，是经过好多经验思索而得的，里边有其颠扑不破的地方。废名在北大读莎士比亚，读哈代，转过来读本国的杜甫、李商隐、《诗经》、《论语》、《老子》、《庄子》，渐及佛经，在这一时期我觉得他的思想最是圆满，只可惜不曾更多所述著，这以后似乎更转入神秘不可解的一路去了。

我的第二封信已在废名走后的次年，时为民国二十七年三月，其文云："偶写小文，录出呈览。此可题曰《读大学中庸》，题目甚正经，宜为世所喜，惜内容稍差，盖太老实而平凡耳。椎亦正以此故，可以抄给朋友们一看，虽是在家入亦不打诳语，此鄙人所得之一点滴的道也。日前寄一二信，想已达耶，匆匆不多赘。三月六日晨，知堂白。"所云前寄一二信悉未存底,唯《读大学中庸》一文系三月五日所写,则抄在此信稿的前面,今亦抄录于后:"近日想看《礼记》,因取郝兰皋笺本读之,取其简洁明了也。读《大学》《中庸》各一过,乃不觉惊异。文句甚顺口,而意义皆如初会面,一也。意义还是很难懂,懂得的地方也只是些格言,二也。《中庸》简直多是玄学,不佞盖犹未能全了物理,何况物理后学乎。《大学》稍可解,却亦无甚用处,平常人看看想要得点受用,不如《论语》多多矣。不知道世间何以如彼珍重,殊可惊诧,此其三也。从前书房里念书,真亏得小孩们记得住这些。不佞读《下中》时是十二岁了,愚钝可想,却也背诵过来,反覆思之,所以能成诵者,岂不正以其不可解故那。"此文也就只是《明珠》式的一种感想小篇,别无深义,寄去后也不记得废名覆信云何,只在笔记一叶之末录有三月十四日黄梅发信中数语云:"学生在乡下常无书可读,写字乃借改男的笔砚,乃近来常觉得自己有学问,斯则奇也。"寥寥的几句话,却很可看出他特殊的谦逊与自信。废名常同我们谈莎士比亚、庾信、杜甫、李义山。《桥》下篇第十八章中有云:"今天的花实在很灿烂——李义山咏牡丹诗有两句我很喜欢,我是梦中传彩笔,欲书花叶寄朝云。你想,红花绿叶,其实在夜里都布置好了——朝云一刹那见。"此可为一例。随后他又谈《论语》、《庄子》,以及佛经,特别是佩服涅槃经,不过讲到这里,我是不懂玄学的,所以就觉得不大能懂,不能有所评述了。废名南归后曾寄示所写小文一二篇,均颇有佳处,可惜一时找不出,也有很长的信讲到所谓道,我觉得不能赞一辞,所以回信中只说些别的事情,关于道字了不提及,废名见了大为失望,于致平伯信中微露其意，但即是平伯亦未敢率尔与之论道也。

关于废名的这一方面的逸事，可以略记一二。废名平常颇佩服其同乡熊十力翁，常与谈论儒道异同等事，等到他着手读佛书以后，却与专门学佛的熊翁意见不合，而且多有不满之意。有余君与熊翁同住在二道桥，曾告诉我说，一日废名与熊翁论僧肇，大声争论，忽而静止，则二人已扭打在一处，旋见废名气哄哄的走出，但至次日，乃见废名又来，与熊翁在讨论别的问题矣。余君云系亲见，故当无错误。废名自云喜静坐深思，不知何时乃忽得特殊的经验，跃坐少顷，便两手自动，作种种姿态，有如体操，不能自己，仿佛自成一套，演毕乃复能活动。鄙人少信，颇疑是一种自己催眠，而废名则不以为然。其中学同窗有力僧者，甚加赞叹，以为道行之果，自己坐禅修道若干年，尚未能至，而废名偶尔得之，可为幸矣。废名虽不深信，然似亦不尽以为妄。假如是这样，那么这道便是于佛教之上又加了老庄以外的道教分子，于不佞更是不可解，照我个人的意见说来，废名谈中国文章与思想确有其好处，若舍而谈道，殊为可惜。废名曾撰联语见赠云，微言欣其知之为海，道心恻于人不胜天。今日找出来抄录于沈，泼名所赞虫是过量，倡他实在冤知贫我铭意思之一人，现在想起来，不但有今昔之感，亦觉得至可怀念也。

三十二年三月十五日，记于北京

知堂先生

废名

　　林语堂先生来信问我可否写一篇《知堂先生》刊在《今人志》，我是一则以喜，一则以惧。喜者这个题目于我是亲切的，惧则正是陶渊明所云："惧或乖谬，有亏大雅君子之德，所以战战兢兢，若履深薄云尔。"我想我写了可以当面向知堂先生请教，斯又一乐也。这是数日以前的事，一直未能下笔。前天往古槐书屋看平伯，我们谈了好些话，所谈差不多都是对于知堂先生的向往，事后我一想，油然一喜，我同平伯的意见完全是一致的，话似乎都说得有意思，我很可惜回来没有把那些谈话都记录下来，那或者比着意写一篇文章要来得中意一点也未可知。我们的归结是这么的一句：知堂先生是一个唯物论者。知堂先生是一个躬行君子。我们从知堂先生可以学得一些道理，日常生活之间我们却学不到他的那个艺术的态度。平伯以一个思索的神气说道："中国历史上曾有像他这样气分的人没有？"我们两人都回答不了。"渐近自然"四个字大约能以形容知堂光生，然而这里一点神秘没有，他好像拿了一本自然教科书做参考。中国的圣经圣传，自古以及如今，都是以治国平天下为己任的，这以外大约没有别的事情可做，唯女子与小孩的问题，又烦恼了不少的风雅之士。我常常从知堂先生的一声不响之中，不知不觉的想起了这许多事，简直有点惶恐。我们很容易陷入流俗而不自知，我们与野蛮的距离有时很难说，而知堂先生之修身齐家，直是以自然为怀，虽欲赞叹之而不可得也。偶然读到《人间世》所载《苦荼庵小文·题魏慰晨先生家书后》有云："为父或祖者尽瘁以教养子孙而不责其返报，但冀其历代益以聪强耳，此自然之道，亦人道之至也。"在这个祖宗罪业深重的国家，此知者之言，亦仁者之言也。

我们常不免是抒情的，知堂先生总是合礼，这个态度在以前我尚不懂得。十年以来，他写给我辈的信札，从未有一句教训的调子，未有一句情热的话，后来将今日偶然所保存者再拿起来一看，字里行间，温良恭俭，我是一旦豁然贯通之，其乐等于所学也。在事过情迁之后，私人信札有如此耐观者，此非先生之大德乎。我常记得当初在《新月杂志》读了他的《志摩纪念》一文，欢喜慨叹，此文篇末有云："我只能写可有可无的文章，而纪念亡友又不是可以用这种文章来敷衍的，而纪念刊的收稿期又迫切了，不得已还只得写，结果还只能写出一篇可有可无的文章，这使我不得不重又叹息。"无意间流露出来的这一句叹息之声，其所表现的人生之情与礼，在我直是读了一篇寿世的文章。他同死者生平的交谊不是抒情的，而生死之前，至情乃为尽礼。知堂先生待人接物，同他平常作文的习惯，一样的令我感兴趣，他作文向来不打稿子，一遍写起来了，看一看有错字没有，便不再看，算是完卷，因为据他说起稿便不免于重抄，重抄便觉得多无是处，想修改也修改不好，不如一遍写起倒也算了。他对于自己是这样的宽容，对于自己外的一切都是这样的宽容，但这其间的威仪呢，恐怕一点也叫人感觉不到，反而感觉到他的谦虚。然而文章毕竟是天下之事，中国现代的散文，从开始以迄现在，据好些人的闲谈，知堂先生是最能耐读的了。

那天平伯曾说到"感觉"二字，大约如"冷暖自如"之感觉，因为知堂先生的心情与行事都有一个中庸之妙，这到底从哪里来的呢？平伯乃踌躇着说道："他大约是感觉？"我想这个意思是的，知堂先生的德行，与其说是伦理的，不如说是生物的。有如鸟类之羽毛，鹄不日浴而白，乌不日黔而黑，黑也白也，都是美的，都是卫生的。然而自然无知，人类则自作聪明，人生之健全而同乎自然，非善知识者而能之欤。平伯的话令我记起两件事来，第一我记起七八年前在《语丝》上读到知堂先生的《两个鬼》这一篇文章，当时我尚不甚了然，稍后乃领会其意义，他在这篇文章的开头说：在我们的心头住着 DuDaimone，可以说是两个——鬼。我踌躇着说鬼，因为他们并不是人死所化的鬼，也不是宗教上的魔，善神与恶神，善天使与恶天使。

他们或者应该说是一种神，但这似乎太尊严一点了，所以还是委屈他们一点称之曰鬼。

这两个是什么呢？其一是绅士鬼。其二是流氓鬼。据王学的朋友们说人是有什么良知的，教士说有灵魂，维持公理的学者也说凭着良心，但我觉得似乎都没有这些，有的只是那两个鬼，在那里指挥我的一切的言行。这是一种双头政治，而两个执政还是意见不甚协和的，我却像一个钟摆在这中间摇着。有时候流氓占了优势，我便跟了他去彷徨，什么大街小巷的一切隐密无不知悉，酗酒、斗殴、辱骂，都不是做不来的，我简直可以成为一个精神上的"破脚骨"。但是在我将真正撒野，如流氓之"开天堂"等的时候，绅士大抵就出来高叫："带住，着即带住！"说也奇怪，流氓平时不怕绅士，到得他将要撒野，一听绅士的吆喝，不知怎的立刻一溜烟地走了。可是他并不走远，只在弄头弄尾探望，他看绅士领了我走，学习对淑女们的谈吐与仪容，渐渐地由说漂亮话而进于摆臭架子，于是他又赶出来大骂云云……这样的说法，比起古今的道德观念来，实在是一点规矩也没有，却也未必不最近乎事理，是平伯所说的感觉，亦是时人所病的"趣味"二字也。

再记起去年我偶尔在一个电影场上看电影，系中国影片，名叫《城市之夜》，一个码头工人的女儿为得要孝顺父亲而去做舞女，我坐在电影场上，看来看去，悟到古今一切的艺术，无论高能的、低能的，总而言之都是道德的，因此也就是宣传的，由中国旧戏的脸谱以至于欧洲近代所谓不道德的诗文，人生舞台上原来都是负担着道德之意识。当下我很有点闷室，大有呼吸新鲜空气之必要。这个新鲜空气，大约就是科学的。于是我想来想去，仿佛自己回答自己，这样的艺术，一直未存在。佛家经典所提出的"业"，很可以做我的理想的艺术的对象，然而他们的说法仍是诗而不是小说，是宣传的而不是记载的，所以是道德的而不是科学的。我原是自己一时糊涂的思想，后来同知堂先生闲谈，他不知道我先有一个成见，听了我的话，他不完全的说道："科学其实也很道德。"我听了这句话，自己的心事都丢开了，仿佛这一句平易的话说得知堂先生的道境，他说话的神气真是一点也不费力，令人可亲了。

二十三年七月

高梦旦先生小传

胡适

民国十年的春末夏初，高梦旦先生从上海到北京来看我。他说，他现在决定辞去商务印书馆编译所所长的事，他希望我肯去做他的继任者。他说："北京大学固然重要，我们总希望你不会看不起商务印书馆的事业。我们的意思确是十分诚恳的。"

那时我还不满三十岁，高先生已是五十多岁的人了。他的谈话很诚恳，我很受感动。我对他说："我决不会看不起商务印书馆的工作。一个支配几千万儿童的知识思想的机关，当然比北京大学重要多了。我所虑的只是怕我自己干不了这件事。"当时我答应他夏天到上海商务印书馆去住一两个月，看看里面的工作，并且看看我自己配不配接受梦旦先生的付托。

那年暑假期中，我在上海住了四十五天，天天到商务印书馆编译所去，高先生每天把编译所各部分的工作指示给我看，把所中的同事介绍和我谈话。每天他家中送饭来，我若没有外面的约会，总是和他同吃午饭。我知道他和馆中的老辈张菊生先生、鲍咸昌先生、季拔可先生，对我的意思都很诚恳。但是我研究的结果，我始终承认我的性情和训练都不配做这件事。我很诚恳的辞谢了高先生。他问我意中有谁可任这事。我推荐王云五先生，并且介绍他和馆中各位老辈相见。他们会见了两次之后，我就回北京去了。

我走后，高先生就请王云五先生每天到编译所去，把所中的工作指示给他看，和他从前指示给我看一样。一个月之后，高先生就辞去了编译所所长，请王先生继他的任，他自己退居出版部部长，尽心尽力的襄助王先生做改革的事业。

民国十九年，玉云五先生做了商务印书馆的总理。民国二十一年一月，商务印书馆的闸北各厂都被日本军队烧毁了。兵祸稍定，王先生决心要做恢复的工作。高先生和张菊生先生本来都已退休了，当那危急的时期，他们每天都到馆中来襄助王先生办事。两年之中，王先生苦心硬干，就做到了恢复商务印书馆的奇绩。

我特记载这个故事，因为我觉得这是一件美谈。王云五先生是我的教师，又是我的朋友，我推荐他自代，这并不足奇怪。最难能的是高梦旦先生和馆中几位老辈，他们看中了一个少年书生，就要把他们毕生经营的事业付托给他。后来又听信这个少年人的几句话，就把这件重要的事业付托给了一个他们平素不相识的人。这是老成人为一件大身业求付托人的苦心，是大政治家谋国的风度。这是值得大书深刻，留给世人思念的。

高梦旦先生，福建长乐县人，原名凤谦，晚年只用他的表字"梦旦"为名。"梦旦"是在梦梦长夜里想望晨光的到来，最足以表现他一生追求光明的理想。他早年自号"崇有"，取晋人裴一《崇有论》之旨，也最可以表现他一生崇尚实事痛恨清谈的精神。

因为他期望光明，所以他最能欣赏也最能了解这个新鲜的世界。因为他崇尚实事，所以他不梦想那光明可以立刻来临，他知道进步是一点一滴的积聚成的，光明是一线一线的慢慢来的。最要紧的条件只是人人尽他的一点一滴的责任，贡献他一分一秒的光明。高梦旦先生晚年发表了几件改革的建议，标题引一个朋友的一句话："都是小问题，并且不难办到。"这句引语最能写出他的志趣。他一生做的事，三十年编纂小学教科书，三十年提倡他的十三个月的历法，三十年提倡简笔字，提倡电报的改革，提倡度量衡的改革，都是他认为不难做到的小问题。他的赏识我，也是因为我一生只提出一两个小问题，锲而不舍的做去，不敢好高骛远，不敢轻谈根本改革，够得上做他的一个小同志。

高先生的做人，最慈祥，最热心，他那古板的外貌里藏着一颗最仁爱暖热的心。在他的大家庭里，他的儿子、女儿都说："吾父不仅是一个好父亲，实兼一个友谊至笃的朋友。"他的侄儿、侄女们都说："十一叔是圣人。"这个圣人不是圣庙里陪吃冷猪肉的圣人，是一个处处能体谅人，能了解人，能帮助人，能热烈的、爱人的、新时代的圣火。他爱朋友，爱社会，爱国家，爱世界。他爱真理，崇拜自由，信仰科学。因为他信仰科学，所以他痛恨玄谈，痛恨中医。因为他爱国家社会，所以他爱护人才真如同性命一样。他爱敬张菊生先生，就如同爱敬他的两个哥哥一样。他爱惜我们一班年轻的朋友，就如同他爱护他自己的儿女一样。

他的最可爱之处，是因为他最能忘了自己。他没有利心，没有名心，没有胜心。人都说他冲澹，其实他是浓挚热烈。在他那浓挚热烈的心里，他期望一切有力量而又肯努力的人都能成功胜利，别人的成功胜利都使他欢喜安慰，如同他自己的成功胜利一样。因为浓挚热烈，所以冲澹的好像没有自己了。

蔡先生的回忆

陈西滢

　　蔡先生与稚晖先生是我生平所师事的两个人。"高山仰止，景行行止，虽不能至，然心向往之"，这几句诗，完全可以表出我对于两位先生的情绪。在黑暗中摸索前进的人生的旅途上，他们是悬在天际的巨大的两颗明星，所以虽然有时会迷途，有时不免脚下绊倒，可是由于星光的照耀，仍然可以起来，仍然可以向正确的方面前进。

　　蔡先生与吴先生，在我心中，常常是连系在一起，不容易分开的。蔡先生去世的消息传出后，有一天夜间不能入睡，回想起蔡先生与自己的关系，处处地方便连带的想到吴先生。可是很奇怪的，蔡先生与吴先生虽同样的给我以不可磨灭的印象，而细细追想起来，我与蔡先生的接触，实在是很少。

知道蔡先生却很早。因为在六七岁的时候，曾经在上海泥城桥爱国学社里上过几个月学，可以说是蔡先生与吴先生的学生。那时候住在吴先生的家中，天天见到，可是蔡先生却只听到过名字。至于是不是认识，甚至于是不是见过，现在已经完全想不起来了。

以后看到蔡先生的名字，是在吴先生自英法写给先父等几个老朋友的数千字长信里面。这样的长信，一连大约有两封或三封，里面叙述事物很多，所以也当常会提到蔡孑民在柏林怎样怎样。那时候的"蔡孑民"还只是一个名字。

武昌起义之后，吴先生与蔡先生都是先后回国。在他们未到以前，他们的一位朋友，商务印书馆主编《辞源》的陆炜士先生，常常对先父等说，将来修清史，只有"稚晖与鹤卿"。那时候已经十五六岁了，知道鹤卿就是以翰林公而提倡革命的蔡孑民。听了陆先生的谈话又知道蔡先生是文章家。

蔡先生回国后住在上海的时候，似乎曾经跟了吴先生到他的府上去过。但是除上一所一楼一底的房子之外，什么也不记得。也许这一楼一底的房子还记忆的错误，实在不曾去拜访过也说不定。但是那时候一个印象是相当清楚的。也可以说是蔡先生给我的第一个印象。大约是在张园举行的许多群众大会之一吧，蔡先生的演讲是在那里第一次听到。他的演讲，声音不高，而且是绍兴口音的官话，内容是朴质的说理，不打动听众的情感，所以他在台上说话，台下的人交头接耳的交谈，甚至于表示不耐烦。所以演讲辞更不能听到。蔡先生的演说也就很快的完毕了。十年以后听众对蔡先生的态度不同了，演辞不至于听不见，然而他演说态度、声音与内容似乎与我第一个印象没有多大的出入。蔡先生不能说是一位雄辩家。

再会见蔡先生，是在十年后的伦敦。那时候蔡先生是五四运动、新文化运动的策源地北京大学校长，到欧洲去游历。在伦敦摄政街的中国饭店里，北大学生开了一个欢迎会。名义上虽是北大学生，可是原先与北大没有关系的也多人在场，我自己便是一个。此外，记得起的还有张奚若、钱乙藜、张道藩。在场的北大教员有章行严与刘半农两位，学生则有傅孟真、徐志摩、徐彦之、刘光一等。那时我新买了一个照相机，初学照相。即在中国饭店的楼上照了两张团体相。这相片到抗战以前还存在，现在可无法找得到了。

蔡先生在伦敦时的故事，现在只记得二三个，大约因为稍微带些幽默，所以至今没有忘掉。有一次伦敦大学政治学教授社会心理学者怀拉斯请蔡先生到他家去茶叙，座中有他的夫人与女儿。陪蔡先生去的是志摩与我两人。起先我们任翻译。忽然志摩说蔡先生在法国住好久，能说法语。怀夫人与小姐大高兴，即刻开始与先生作法语谈话。一句句法文箭也似的向先生射去，蔡先生不知怎样回答。我为了解围，说蔡先生在法国只是作寓公，求学是在德国，所以德文比法文好。怀夫人、怀小姐不能说德语，只好依旧作壁上观。怀拉斯说他从前到过德国，可是德话好久不说已不大能说了。他与蔡先生用德文交谈了几句话。我记得怀指窗外风景说SCHON，蔡先生说IE-BRACBON，可是这样的片言只字的交换，没有法子，怀先生说还是请你们来翻译吧。

一次，我与志摩陪蔡先生参观一个油画院。里面有约翰孙博士的一张油画像。我与志摩说起约翰孙博士的谈吐、骨气、生活状态，很像中国的吴先生。在出门的时候，蔡先生选购了几张画片，微笑着的说"英国的吴先生的画像也不可不买一张"！

最难忘的一次是某晚在旅馆中蔡先生的房间里。一向总是有第三人在一处。此时第三人却因事出去了，房内只有我与蔡先生两个人。那时与蔡先生还不知己，自己又很怕羞。要是他做他自己的事倒好了。可是蔡先生却恭恭敬敬陪我坐着，我提了两三个谈话的头，蔡先生只一言半语便回答了。两个人相对坐着，没有谈话。心中着急，更想不出话来。这样的坐也许不到半点钟，可是在那时好像有几点钟似的。幸而第三人来了，方才解了当时的围。

民国二十一年冬与吴先生同船由法回国，到了上海，得北大之聘，又与吴先生同乘津浦北上。拜访蔡先生后没有几天，蔡先生即在一星期日中午在香厂的菜根香请吃饭。吴先生坐首席，同座都是从前在英国的熟朋友。饭后一干人一同步行从先农坛走到天桥。当时感觉到一种北平闲暇的趣味。可是没有多少时候，空气突然紧张，蔡先生离京南下，此后他便有十年没有到过北平。

大约是民国二十一年的春天，蔡先生到武昌珞珈山住过几天。武汉大学的同人给他一个很热烈的欢迎。可是那时候我正病卧在床上，不能够行动。倒是蔡先生走上百余级石级，到我住的高高在山坡上的家，作病榻前的慰问。对于一个后辈，而且实在是很少见的人，看做亲切的朋友，这是蔡先生待人接物的本色，是他所不可及的一个特点。

就是这一年的夏末——还是次年？暑假时我从南昌去北平，因平津路突然不通，乘船到南京，改由津浦路北上。到南京后得知蔡先生正在此时北上，出席中华文化基金董事会一同相约同行。在车上除了一位基金会的美国董事外，没有什么很熟识的人，所以有一天以上的朝夕相处。这时与伦敦旅馆中大不同了。自己没有了拘束的感觉，没有话的时候也并不勉强的想话说。可是这一次蔡先生谈话很多，从中国的政治教育到个人琐事。特别是过泰安附近时，我们在窗口凭吊志摩遇难的地点，谈了不少关于志摩的回忆。蔡先生带了几瓶南京老万全的香雪酒，是朱骝先送他在车上喝的。第一天晚餐时我们两人喝了一瓶——应该说是蔡先生一人喝一瓶，因我只能陪二三杯。那晚上蔡先生虽没有醉，脸却红得厉害。第二天中晚两餐喝了一瓶。蔡先生说这样正好，听说他每餐得喝一点酒，但并不多。

车快到北平时，他对我说，中央委员乘车是不用花钱的，所以这一次一个钱也没有花。心里觉得有些不安，饭车的账请我让他开销了罢。他说得这样诚恳委婉，我觉得没有什么话可说。可是第二天早晨发现不仅饭费，连睡车上茶房的小费他都付过了。车到站时，他又说他带了一个当差，而且有人来接，行李有人招呼，我的行李也不如放在一处运去。所以这一次与蔡先生同行，一个年轻三十多岁的我非但没有招呼蔡先生，而且反而受他招呼，这表示自己的不中用，但也可以看到蔡先生待人接物的和蔼体贴的风度。

蔡先生这一次到北平，是十年后重游旧地，盛受各团体、各个人朋友的欢迎招待。常常一餐要走两三个地方。他到一处，一定得与每一客对饮一杯，饮完方离去，所以每晚回家时大都多少有了醺意了。他对一切的兴趣都很厚浓。故宫博物院欢迎他去参观时，他进去看了一天。他的脚有病，走路不大方便，可是毫无倦容。我们从游的年轻些的人，都深为惊异。那时候我们认为蔡先生享八九十以上的高龄，应当是不成问题的事。

那一年以后，除了某年暑假，我与叔华在上海经过到愚园路进谒一次蔡先生蔡夫人而外，更没有再会见过了。

追想过去，自己与蔡先生接触的次数实在并不多，但是他在我生命中所给予的影响，却异乎寻常的大，异乎寻常的深刻。是怎样来的呢？仔细分析起来，并不是由于蔡先生的学问文章。蔡先生的书我一本不曾读过。他讲演辞和文章，也只偶然的读到。对于他的学问文章我没有资格说话。也不是由于蔡先生的功业。他办理北大，以致有五四，有新文化运动；他办理中央研究院，使中国在科学各有各种贡献，但是这种种可以使人钦佩，却不一定使人师法，使人崇拜。蔡先生的所以能给予我以不可磨灭的印象，推求起来，完全是由于他人格的伟大。他应小事以圆，而处大事以方。他待人极和蔼，无论什么人有所请托，如写介绍信之类，他几乎有求必应，并不询问来人的资格学问经验。可是到了出处大节，国家大事，他却决不丝毫含糊，而且始终如一，不因事过境迁而有迁就。他是当代最有风骨的一个人。我与他接触的机会虽不多，但是先后有二三十年。我无论在什么时候见到他，蔡先生始终是蔡先生，犹之吴先生始终是吴先生，并不因环境的不同，时运的顺逆，而举止言语有什么不同。这是说来容易，却极难做到的一件事。孟子说："富贵不能淫，贫贱不能移，威武不能屈，此之谓大丈夫。"蔡吴两先生才可以当大丈夫的名称而无愧了。"高山仰止，景行行止，虽不能至，然心向往之！"

（原载一九四〇年三月二十四日重庆《中央日报》）

吊刘叔和

徐志摩

一向我的书桌上是不放相片的。这一月来有了两张，正对我的坐位，每晚更深时就只他们俩看着我写，伴着我想；院子里偶尔听着一声清脆，有时是虫，有时是风卷败叶，有时，我想象，是我们亲爱的故世人从坟墓的那一边吹过来的消息。

伴着我的一个是小，一个是"老"：小的就是我那三月间死在柏林的彼得，老的是我们钟爱的刘叔和，"老老"。彼得坐在他的小皮椅上，抿紧着他的小口，圆睁着一双秀眼，仿佛性急要妈拿糖给他吃，多活灵的神情！但在他右肩的空白上分明题着这几行小字："我的小彼得，你在时我没福见你，但你这可爱的遗影应该可以伴我终身了。"老老是新长上几根看得见的上唇须，在他那件常穿的缎褂里欠身坐着，严正在他的眼内，和蔼在他的口颔间。

让我来看。有一天我邀他吃饭，他来电说病了不能来，顺便在电话中他说起我的彼得。（在褓褓时的彼得，叔和在柏林也曾见过。）他说我那篇悼儿文做得不坏。有人素来看不起我的笔墨的，他说，这回也相当的赞许了。我此时还分明记得他那天通电时着了寒发沙的嗓音！我当时回他说多谢你们夸奖，但我却觉得凄惨因为我同时不能忘记那篇文字的代价。是我自己的爱儿。过于几天，适之来说："老老病了，并且他那病相不好，方才我去看他，他说：'适之，我的日子已经是可数的了。'"他那时住在皮宗石家里。

我最后见他的一次，他已在医院里。他那神色真是不好，我出来就对人讲，他的病中医叫做湿瘟，并且我分明认得它，他那眼内的钝光，面上的涩色，一年前我那表兄沈叔薇弥留时我曾经见过——可怕的认识，这侵蚀生命的病征。可怜少鳏的老老，这时候病榻前竟没有温存的看护。我与他说笑："至少在病苦中有妻子毕竟强似没妻子，老老，你不懊丧续弦不及早吗？"那天我喂了他一餐，他实在是动弹不得。但我向他道别的时候，我真为他那无告的情形不忍。（在客地的单身朋友们，这是一个切题的教训，快些成家，不过于挑剔了吧。你放平在病榻上时才知道没有妻子的悲惨！到那时，比如叔和，可就太晚了。）

叔和没了，但为你，叔和，我却不曾掉泪。这年头也不知怎的，笑自难得，哭也不得容易。你的死当然是我们的悲痛，但转念这世上惨澹的生活其实是无可沾恋，趁早隐了去，谁说一定不是可羡慕的幸运？况且近年来我已经见惯了死，我再也不觉着它的可怕。可怕是这烦嚣的尘世：蛇蝎在我们的脚下，鬼祟在市街上，霹雳在我们的头顶，噩梦在我们的周遭。在这伟大的迷阵中，最难得的是遗忘。只有在简短的遗忘时我们才有机会恢复呼吸的自由与心神的愉快。谁说死不就是个悠久的遗忘的境界？谁说墓窟不就是真解放的进门？

但是随你怎样看法，这生死间的隔绝，终究是个无可奈何的事实，死去的不能复活，活着的不能到坟墓的那一边去探望。

到绝海里去探险我们得合伙，在大漠里游行我们得结伴。我们到世上来做人，归根说，还不只是惴惴的来寻访几个可以共患难的朋友，这人生有时比绝海更凶险，比大漠更荒凉，要不是这点子友人的同情我第一个就不敢向前迈步了，叔和真是我们的一个。他的性情是不可信的温和："顶好说话的老老"。但他每当论事，却又绝对的不苟同，他的议论，在他起劲时，就比如山壑间雨后的乱泉，石块压不住它，蔓草掩不住它。谁不记得他那永远带伤风的嗓音，他那永远不平衡的肩背，他那怪样的激昂的神情？通伯在他那篇《刘叔和》里说起当初在海外老老与傅孟真的豪辩，有时竟连"呐呐不多言"的他，也"免不了加入他们的战队"。

这三位衣常敝履无不穿的"大贤"，在伦敦东南隅的陋巷，点煤汽油灯的斗室里，真不知有多少次借光柏拉图与卢骚与斯宾塞的迷力，欺骗他们告空虚的肠胃——至少在这一点他们三位是一致同意的！但通伯却忘了告诉我们他自己每回入战团时的特别情态，我想我应得替他补白。我方才用乱泉比老老，但我应得说他是一窜野火，焰头是斜着去的。傅孟真，不用说，更是一窜野火，更猖獗，焰头是斜着来的。这一去一来就发生了不得开交的冲突。在他们最不得开交时，劈头下去了一剪冷水，两窜野火都吃了惊，暂时翳了回去。那一剪冷水就是通伯；他是出名浇冷水的圣手。

啊，那些过去的日子！枕上的梦痕，秋雾里的远山。我此时又想起初渡太平洋与大西洋时的情景了。我与叔和同船到美国，那时还不熟。后来同在纽约一年差不多每天会面的，但最不可忘的是我与他同渡大西洋的日子。那时我正迷上尼采，开口就是那一套沾血腥的字句。

我仿佛跟着查拉图斯脱拉登上了哲理的山峰，高空的清气在我的肺里，杂色的人生横亘在我的眼下，船过必司该海湾的那天，天时骤然起了变化：岩片似的黑云一层层累叠在船的头顶，不漏一丝天光，海也整个翻了，这里一座高山，那边一个深谷，上腾的浪尖与下垂的云爪相互的纠拿着；风是从船的侧面来的，夹着铁梗似粗的暴雨，船身左右侧的倾欹着。这时候我与叔和在水发的甲板上往来的走——那里是走，简直是滚，多强烈的震动！霎时间雷电也来了，铁青的云板里飞舞着万道金蛇，涛响与雷声震成了一片喧阗，大西洋险恶的威严在这风暴中尽情的披露了，"人生"，我当时指给叔和说，"有时还不止这凶险，我们有胆量进去吗？"那天的情景益发激动了我们的谈兴，从风起直到风定，从下午直到深夜，我分明记得，我们俩在沉醉的论辩中遗忘了一切。

今天国内的状况不又是一幅大西洋的天变？我们有胆量进去吗？

难得是少数能共患难的旅伴。叔和，你是我们的一个，如何你等不得浪静就与我们永别了？叔和，说他的体气，早就是一个弱者，但如其一个不坚强的体壳可以包容一团坚强的精神，叔和就是一个例。叔和生前没有仇人，他不能有仇人，但他自有他不能容忍的物件：他恨混淆的思想，他恨腌臜的人事。

他不轻易斗争，但等他认定了对敌出手时，他是最后回头的一个。叔和，我今天又走上了风雨中的甲板，我不能不悼惜我侣伴的空位！

林琴南先生

苏雪林

　　当林琴南先生在世时，我从不曾当面领过他的教，不曾写过一封问候他起居的信，他的道貌虽曾瞻仰过一次，也只好像古人所说的"半面之识"。所以假如有人要我替他撰什么传记之类，不问而知是缺少这项资格的。

　　不过，在文字上我和琴南先生的关系却很深。读他的作品我知道了他的家世、行事；明了了他的性情、思想、癖好，甚至他整个的人格。读他的作品，我因之而了解文义，而能提笔写文章，他是我十五年前最佩服的一个文士，又是我最初的国文导师。

这话说来长了，只为出世早了几年，没有现在一般女孩子自由求学的福气和机会。我在私塾混了二年，认识了一二千字，家长们便不许我再上进了。只好把西游封神一类的东西，当课本自己研读。民国初年，大哥从上海带回几本那时正在风行的林译小说，像什么《茶花女遗事》《迦茵小传》《橡湖仙影》《红礁画桨禄》，等等，使我于中国旧小说之外，又发现了一个新天地。后来父亲又买了一部商务印馆出版的完全的林译计有一百五六十种之多，于是我更像贫儿暴富。废寝忘食、日夜披阅。渐渐地我明白了"之乎也者"的用法，渐渐地能够用文言写一段写景或记事小文。并且摩拟林译笔调居然很像。由读他的译文又发生读他创作的热望。当时出版的什么《畏庐文集》《继集》《三集》，还有笔记小说如《技击余闻》《畏庐琐记》《京华碧血录》，甚至他的山水画集之类，无一不勤加搜求。可惜十余年来东西奔佚得一本都不存了，不然我可以成立一个"林琴南文库"呢。

民国八年升学北京女子高等师范。林先生的寓所就在学校附近的绒线胡同，一天，我正打从他门口过，看见一位鬓发苍然的老者送客出来，面貌宛似畏庐文集所载"畏庐六十小影"。我知道这就是我私淑多年的国文老师了。当他转身入内时，很想跟进去与他谈谈，兼致我一片渴慕和感谢之意。但彼此究竟年轻胆小，又恐以无人介绍的缘故不能得他的款待，所以只好怏怏地走开了。后来虽常从林寓门口往来，却再无碰见他的机会。在"五四"前，我完全是一个林琴南的崇拜和模仿者，到北京后才知道他所译小说十九出于西洋第二流作家之手。而且他又不懂原文，工作靠朋友帮忙，所以译错的地方很不少。不过我终觉得琴南先生对于中国文学里的"阴柔"之美，似乎曾下过一番研究功夫，古文的造诣也有独到处。其译笔或哀感顽艳，沁人心脾；或质朴古健，逼似史汉，与原文虽略有出入，却很能传出原文的精神。这好像中国的山水画说是取法自然，其实能够超越自然。我们批评时也不可拘拘以迹象求，而以其神韵的流动和气韵的清高为贵。现在许多逐字逐句的翻译，似西非西，似中非中，读之满口槎枒者似乎还比它不上。要是肯离开翻译这一点来批评，那更能显出它的价值了。他翻译西洋文学作品时，有时文法上很不注意，致被人摭拾为攻击之资。他又好拿自己的主观，乱作评注，都有失翻译家严正的态度。不过这些原属小节，我们也不必过于求全责备。"五四"前的十几年，他译品的势力极其伟大，当时人下笔为文几乎都要受他几分影响。青年作家之极力揣摩他的口吻，更不必说。近代史料有关系的文献如革命先烈林觉民遗妻书，岑春萱遗蜀父老书笔调都逼肖林译。苏曼殊小说取林译笔调而变化之，遂能卓然自立一派。礼拜六一派滥恶文字也渊源于它，其流毒至今未已。有人引为林氏之过，我则以为不必。"学我者病，来者方多"，谁叫丑女人强效捧心的西子呢？

在他创作里，我知道他姓林名纾，字琴南，号畏庐，福建籍。天性挚厚，事太夫人极孝，笃于家人骨肉的情谊。读他先母行述女雪墓志一类文字常使我幼稚心灵受到极大感动。他忠君，清朝亡后，居然做了遗老。前后谒德宗崇陵十余次。至陵前，必伏地哭失声，引得守陵的侍卫们眙愕相顾。他在学校授课时总勉励学生做一个爱国志士，说到恳切之际，每每声泪俱下。他以卫道者自居，五四运动起时，他干了许多吉诃德先生的可笑举动，因之失去了青年的信仰。他多才多艺，文字以外，画画也著名，他死时寿约七十余岁。

琴南先生在前清不过中过一名举人，并没有做过什么大官，受过皇家什么深恩厚泽，居然这样忠于清室。我起初也很引为奇怪，阅世渐深，人情物理参详亦渐透，对于他这类行为的动机才有几分了解。第一，一个人生在世上不能没有一个信仰。这信仰就是他思想的重心，就是他一生立身行事标准。旧时代读书人以忠孝为一生大节。帝制推翻后，一般读书人信仰起了动摇，换言之，便是失去了安身立命之地，他们的精神哪能不感到空虚和苦闷？如果有了新的信仰可以代替，他们也未曾不可以在新时代再做一次人。民国初建立时，一时气象很是发皇，似乎中国可以从此雄飞世界。琴南先生当时也曾对她表示过热烈的爱和希望。我恍惚记得他在某篇文字的序里曾说过"天福我民国"的话。但是这新时代后来怎样？袁世凯想帝制自为了，内战一年一年不断了。什么寡廉鲜耻，狗苟蝇营，覆雨翻云，朝秦暮楚的丑态，都淋漓尽致地表演出来了。他们不知道这是新旧递嬗之际不可避免的现象，只觉得新时代太丑恶，他们不能接受，不如还是钻进旧信仰的破庐里安度余生为妙。在新旧时代有最会投机取巧的人，也有最顽固守旧的人，个中消息难道不可以猜测一二？第二，我们读史常见当风俗最混乱，道德最衰敝的时候，反往往有独立特行之士出于其间。譬如举世皆欲帝秦而有宁蹈东海的鲁仲连，旷达成风的东晋，而有槁饿牖下不仕刘宋的陶渊明，满朝愿为异族臣妾的南宋，而有孤军奋斗的文天祥，只知内阅其墙不知外御其侮的明末，而有力战淮阳的史可法，都可为例。我觉得他们这种行事如其用"疾风知劲草，岁寒见松柏"的话来解释，不如说这是一种反动，一种有机而为的心理表现。他们眼见同辈卑污龌龊的情形，心里必痛愤之极，由痛愤而转一念：你们以为好人是这样难做吗？我就做一个给你们看？你们以为人格果然可由利禄兑换吗？正义果然可由强权压倒吗？真理果然可由黑暗永远蒙蔽吗？决不！决不！为了要证明这句话，他们不惜艰苦卓绝去争斗，不惜流血，不惜一身死亡，九族覆灭！历史上还有许多讲德行讲到不近人情地步的故事好像凿坏洗耳式的逃名，纳肝割股式的愚忠愚孝，饮水投钱临去留犊式的清廉，犯齐弹妻纵姿劾师式的公正，如其不是出于沽名的卑劣动机，就是矫枉过正的结果。

还有一个原因比上述两点更重要的，就是林琴南先生想维持中国旧文化的苦心了。中国文化之高，固不能称为世界第一，经过了四五千年长久时间，也自有他的精深宏大，沈博绝丽之处，可以叫人惊喜赞叹，眩惑迷恋。所谓三纲五常的礼教，所谓孝弟忠信礼义廉耻的道德信条，所谓先王圣人的微言大义，所谓诸子百家思想的精髓，所谓曲章文物的备，所谓文学艺术的典丽高华，无论如何抹不煞他们的价值。况且法国吕滂说过，我们一切行事都要由死鬼来做主。因为死鬼的数目，超过活人万万倍，支配我们意识的力量也超过活人万万倍。文化不过一个空洞的名词，它的体系却由过去无数圣贤明哲，英雄名士的心思劳力一点一滴抟造成功。这些可爱的灵魂，都在古书里生活着。翻开书卷，他们的声音笑貌，思想感情，也都栩栩如生，历历宛在。我们同他们周旋已久，就发生亲切的友谊，性情举止一切都与他们同化。对于他们遗留的创造物，即有缺点也不大看得出来。并且还要当作家传至宝，誓死卫护。我们不大读古书的人，不大受死鬼的影响，所以对于旧文化还没有什么眷恋不舍之意。至于像琴南先生这类终日在故纸堆里讨生活人，自然不能和我们相提并论了。他把尊君思想当做旧文化的象征。不顾举世的讥嘲讪笑抱着这五千年僵尸同入墟墓。那情绪的凄凉悲壮，我觉得很值得我们同情的。辜鸿铭说他之忠于清室，乃忠于中国之政教，即系忠于中国的文明——见林语堂先生的"辜鸿铭"——王国维先生之跳昆明湖也是一样。与其说他殉清，不如说他殉中国旧文化。

　　总之，林琴南先生可谓过去人物了。我个人对他尊敬钦慕之心并不因此而改。他是一个典型的中国读书人，一个有品有行的文士，一个木强固执的老头子，但又是一个有血性、有骨气、有操守的老头子！

书诒天下才

我为苍生哭

罗家伦

正是一九四八年的十二月二十六日，我在印度新德里突然接到谷正纲先生一个急电，报告老友段书诒先生逝世的消息，使我和触了电一样，眼睛一阵发黑，呆了一会，不知不觉地失声大哭。事后我曾经按着我不尽的悲痛，写了一首绝句道：

亦儒亦墨亦真诚，

远识高标两绝伦；

忧患不容余涕泪，

我今痛哭为苍生。

虽然是简单的二十八字，却不只是写我的悲哀，而是写我对于书诒的认识。

我认识书诒在一九一七年同在北京大学的时候，那时候我在大学文科，他先在商科，后来蔡先生把商科改为法科（当时不称学院，院长则称学长），他就隶属了法科。可是我们友谊的开始于一九一八年，当时我和傅孟真先生等为文学革命，进而为新文化运动而呼号，开始创办《新潮》；而书诒被几位政治兴趣较浓而略带国家主义色彩的同学们所拉，列名在一个刊物，名叫《国民杂志》。最初《国民杂志》里的朋友们对于文化观念是带一点保守性的，认为我们新文化运动的主张不免过于激烈，可是大家对于反军阀、反侵略、要澄清政治、复兴民族的主张是一样的，所以大家并不站在反对的立场。一九一八年，为了反对媚日外交，出卖高徐、济顺两条铁路的事件，北大学生在西斋饭厅开会，并欢迎回国学生报告日本侵略我国企图。我是最后演说的一个人，因情绪过于激昂，竟提议发起第二天北大全体学生赴新华门请愿和抗议的运动，这是"五四运动"的前奏，当时弄到蔡先生一度辞职，我颇受一部分爱护学校的同学的责难。（这件事在台北的狄君武、毛子水诸先生知道很详。）可是书诒颇支持我，安慰我。他五体投地的崇拜蔡先生，他也极力爱护北大，不让它受北洋军阀的摧残，可是他对我说："像汉、宋太学生陈蕃、李膺、陈京这班人的风骨，是我们大家所需要的。"这句话深足以表现书诒心中所保存的中国历史文化的传统。

到了"五四"运动发生以后，我们两人的交谊更密切起来。其实在五三的晚上和五四的那天，书诒虽然参加，却不是主动的分子。到了五五那天的下午，事件愈加扩大，情势非常严重，众议不免纷纭的时候，书诒挺身而出，以沉毅、勇敢而热忱的姿态，突现于全体北大同学和整个北京专科以上学生之前。他穿了一件毛蓝旧布长衫，可是他的言论，他的主张，他的气概，他发光可以射入人心的眼睛，竟使他成为大家心悦诚服的领导者。有一次，北大全体罢课了，他认为不当，于是在北河沿法科礼堂召集大会，单人演讲了一点多钟，使大家立刻复课。北洋军阀很注意他，他的安全自然发生问题，他仍然是穿那一件蓝布旧衫，照常活动，有时加戴一副黑眼镜。事后谈起来，颇觉可笑。同学们对他由信任而爱护，为了要对抗北京政府的国务总理段祺瑞起见，大家叫他做"我们的段总理"，以后为简单化起见，干脆叫他"段总理"。他后来被推到上海，遂由北京学生联合会会长被推为全国学生联合会会长，扩大了"五四"的号召，实现了曹汝霖、陆宗舆、章宗祥三个亲日巨魁的罢免，最后并阻止了《巴黎和约》的签字，才保留山东问题在华盛顿会议席上得到有利的解决，把青岛胶州湾和胶济铁路的领土主权次第收回。尤其重要的是藉"五四"运动而震醒了当时及以后青年们国家民族意识，兼使新文化运动得以推广。

在"五四"这一段，我和书诒几乎天天在一起。有几次工作到夜深了，还挤在一张窄小的硬木床上睡觉，一谈谈到天亮。当年他在谈话的时候，常常要提到他"庐陵欧阳公的文章道德"。我有几回听腻了，忍不住抢白他道："你的庐陵欧阳公的文章道德又来了。"话虽这样说，可是我知道他真相信这一套，所以我说他的道德观点是儒家的，现在他的友好们试回想一下他的立身处世、待人接物的经过看，我的话错不错？

在"五四"运动告一段落的时候，我们因略负浮名，遇着过一些政治社会的引诱。可是书诒和我们一班友好，绝不为动，相约继续求学，以充实自己，再图报国。承蔡先生的特达之知，使我们得到出国留学的机会。我们是同时出国的，先赴美国，再到欧洲。书诒在哥伦比亚大学研究院两年多，非常刻苦用功。他不从事考学位，然而在读书研究的工作上，却自成系统。他读书得闲，对于政治、经济、历史、文化诸问题，常有特殊的看法。他自己不写文章，可是我们把写作给他看，他常有深刻的批评，为我们所佩服。当我们到美国的第二年，正遇着华盛顿会议，以谋觅取太平洋和平方案，当然山东问题为其主要难题之一，这也正是我们这班从事五四运动的人的未竟之志。这时候北洋军阀还是和南方革命力量相对峙，而北洋政府的交通系更想争取代表，达到他们的私图，遂先以三万美金，收买少许留学界的败类，为他们作工具。这件事在湖村（Lakeville）地方东美留学生年会中被我发现，经少数朋友商量后，次日在会场由我发难，当场揭布了那班败类的罪行，推翻了他们把持的局面，另外组织了留美中国学生华盛顿会议后援会以从事国民外交，同时监督官方代表团的行动，尤其注意北方交通系与亲日派的阴谋。当时和我们一道奋斗的同学们很多，如周炳琳、蒋廷黻、张彭春、童冠贤和现在台北的李济、刘崇鋐各位先生，都是很起劲的。在官方代表中同我们一致的是王亮畴先生和代表团顾问罗文干先生。国内派来各公团代表，暗中奉国父命令前来在国外监视官方代表团的是蒋梦麟先生。我们打成一片天天在会外商讨。有几次北京训令指示代表团让步或是代表中有人泄气的时候，我们的后援会予以种种刺激，使他们有所顾忌，不敢十分摇动。有一次，我们知道一个准备让步的消息，要取紧急防止步骤，书诒急了，临时组织了在华盛顿的一百多学生和华侨，揭了大旗到代表团去示威。书诒在头，忽然圆睁豹眼（其实他平时的眼睛并不大），大叱一声，吓得典型官僚、胆小如鼠的施肇基，连打几个寒噤。（我想亮畴先生一定可以证明此事，因为第二天见面时，他曾表示愉快之感。）这次在国外的外交后援运动，固然是由群策群力来进行的一件工作，可是始终其事、坚毅不拔的原动力，还系在段书诒身上。当时书诒常和我们参加"五四"的朋友们谈到："这是'五四'运动未完的工作，我们做事要彻底。"

后来他先我一年到欧洲。最初到英国，在伦敦大学的政治经济学院听讲，去大英博物馆读书。他颇赞美英国议会政治运用的灵活，人民对于政治问题反应的灵敏，以及政治道德水准的优越，不幸伦敦浓雾包烟，有时不辨咫尺的气候与环境，竟使他得了气管炎，成为终身的痼疾，以后不仅危害了他的健康，而阻碍了他的事业，这是何等可惜的事！

由英转德，用功学德文，到了能看政治、经济一类的书籍。他看见第一次世界大战后德国受人凌辱与经济破产的情形，常常谈到以德意志这样一个文化水准非常之高的民族，何以一般人民偏偏不懂政治。每逢谈到，辄为叹息。我们同在柏林一年多，他先我回国。他在国外的期间，非常用功读书和观察外国政治社会的现象，常有深刻独到的见解。可是他读书常好自为系统，我曾经笑过他脑筋里有自备的抽斗，他要的立刻装进去，不要的纵然摊在眼前，也熟视无睹。这种办法，不无流弊，然而他所形成的特殊见解，也常由此而生。

他读书能得间而扼要，是毫无问题的。

他回国以前，和我谈天，总是主张他自己要多教几年书才从事政治社会工作。他在北京和广州也曾这样试过。可是他为国家民族的热忱，配合上国民革命的主潮，如何能使他安静呢？他在广州积极地投身国民革命工作了。他加入中国国民党的组织工作，从广州到南昌，经过了一段有生命危险的苦斗，尤其最后在南昌的一个阶段，屡次几遭不测。北伐成功以后，他认为教育和训练，还是整饬革命部队的基本，所以便加入中央党校（后来演变为中央政校），任教约有两年，以后加入教育部和主持中央训练委员会，许多事实，朋友们知道的一定很多，我在这篇文章，暂行省去。他在教育部任政务次长时的认真和耐烦，几乎使我忘记了他是才气纵横的段书诒，可是他并没有丝毫抛弃了他的远见和深思。他主持的中央训练委员会正当抗战时期，这机关的节省和效率，可以做各机关的模范，是大家所公认的。因为他以公忠刻苦为同仁先，所以相率从事而无怨。按编制该会员额为一百二十人，可是他老不补满，只用到六十多人。有人问他为什么这样紧，他的回答是："老百姓太苦了。"我知道有两次约他担任政府的某某部长，他坚决地辞谢了。我有一次问他坚持的原因，他说："干政治就得要有主张、有抱负，不然，我何必去站班。"他的风骨就是如此。

他是一个苦行主义者，他是充分的墨家。他兼爱爱到全体的老百姓，老是说到"老百姓也得活得了呀"！他刻苦，刻苦到自己工作加倍而又营养不足。他自己固然穷，可是他看见公家的钱是老百姓的血汗，不能浪费丝毫，和他自己的生活更不能发生任何关系。老实说，他的病的加深，是为了穷，而且是为了穷而不苟的原因，不然像他还在春秋鼎盛之年，虽然饱经忧患，又何至枯槁而死！大家不必替他太息罢！从书诒的道德标准看来，这是应当的。我知道他死而不怨，因为他有"摩顶放踵利天下为之"的精神！

书诒在取与之间的严格，就是至好的朋友之间，也是想象不到的。在一九四七年春夏之交，他任中央政治学校教育长，因积劳病重，进中央医院，只肯住三等病房。我于四月底拟动身赴印度，领了治装费和旅费后不让他知道，私自送了一百万法币（通货膨胀时，数字很难记清，大约是此数。）到他府上，请他夫人无论如何不要告诉他，无非是要为他备一点营养品。他贤德的夫人坚辞不收，经我以我和书诒三十年的友谊来压迫她，她留下来了。不想，她告诉了书诒，书诒又固执地要她退回。这时候我已出国了，她将这款子送回到我家里，推来推去推了若干遍，终久她坚决的意志胜利了。对我们生死之交的朋友，取与之间，尚且如此，其余可想！可是他自己对于穷朋友在他自己的经济能力以内，却是很体贴的。我曾见他常是以二十、三十元接济穷朋友、穷同志，大家不要以为寒尘，在穷的段书诒可是

255

一件大事呀！

就当他这场病的时候，有一天，谷正纲兄很兴奋地对我说："段书诒伟大！"我问他为何作此言？他说："我到中央医院去看书诒，书诒正昏迷过去了。医生为他用氧气，把他救醒转来。他醒转后，知道用了氧气，用轻微的声音嘱咐道：'外汇，少用一点！'我听了不禁泪如雨下。"一个人到了病重将要临死的时候，还有这坚强的国家民族意识，"段书诒伟大！"是的，正纲的话一点不错，"段书诒伟大！"

书诒是一个天生的领袖人才，许多友朋不但佩服他，而且服他。他不好多说话，可是对朋友们开起玩笑来，他最顽皮，有时会出一些稀奇古怪的花样，他有时来上一两句讽刺话，弄得我们啼笑皆非，可是话中却有真理，使人无法反攻，所以在谈话场合中最好恃强拒捕的傅孟真，遇着他也毫无办法。从这些玩笑里，常可以看见书诒的风趣，书诒决非枯燥无味的人，而且是平易近人的人，朋友们服他，不只因为他的远见卓识，而且因为他的真挚热忱，何况他有高超绝俗的人格，有这种伟大人格的人，是不会对不起事，对不住人的！

在朋友之中，我与傅孟真最亲切，可是傅孟真最佩服的是书诒，孟真是对的！

"书诒是天下才"这句话本来是孟真说的。三年前，孟真在南京时来看我，慨然叹息道："书诒是天下才，而始终不能一展他的抱负，使我有'才大难为用'之感。"其实抱这种太息的岂只孟真一人，是造化忌才吗？还是人与人间的了解不够吗？当年确有些人对于书诒害怕，书诒自己的锋芒，也有以致之，最后书诒磨折到"炉火纯青"了！可是书诒的生命也在这磨折过程中，消耗净尽了！

本来这次书诒二周年纪念日，朋友们相约孟真和我各写一篇纪念书诒的文章。我和孟真讲过，孟真说："纪念书诒文章，我哪有不写之理。"到十二月十八日我再遇孟真，还催他一次，答应二十二日交卷。哪知道二十日晚间，孟真忽然丢了我们这班朋友们去世了！现在轮到我哭了书诒，又哭孟真！在感情上我受得了吗？

我现在对人生惟一的安慰是：

"伟大的人，到死后才能被人家认识的！"

我所见的叶圣陶

朱自清

　　我第一次与圣陶见面是在民国十年的秋天。那时刘延陵兄介绍我到吴淞炮台湾中国公学教书。到了那边，他就和我说："叶圣陶也在这儿。"我们都念过圣陶的小说，所以他这样告我。我好奇地问道："怎样一个人？"出乎我的意外，他回答我："一位老先生哩。"但是延陵和我去访问圣陶的时候，我觉得他的年纪并不老，只那朴实的服色和沉默的风度与我们平日所想象的苏州少年文人叶圣陶不甚符合罢了。

记得见面的那一天是一个阴天。我见了生人照例说不出话；圣陶似乎也如此。我们只谈了几句关于作品的泛泛的意见，便告辞了。延陵告诉我每星期六圣陶总回甪直去，他很爱他的家。他在校时常邀延陵出去散步，我因与他不熟，只独自坐在屋里。不久，中国公学忽然起了风潮。我向延陵说起一个强硬的办法——实在是一个笨而无聊的办法——我说只怕叶圣陶未必赞成。但是出乎我的意外，他居然赞成了！后来细想他许是有意优容我们吧。这真是老大哥的态度呢。我们的办法天然是失败了，风潮延宕下去。于是大家都住到上海来。我和圣陶差不多天天见面，同时又认识了西谛，予同诸兄。这样经过了一个月，这一个月实在是我的很好的日子。

　　我看出圣陶始终是个寡言的人。大家聚谈的时候，他总是坐在那里听着。他却并不是喜欢孤独，他似乎老是那么有味地听着。至于与人独对的时候，自然多少要说些话，但辩论是不来的。他觉得辩论要开始了，往往微笑着说："这个弄不大清楚了。"这样就过去了。他又是个极和易的人，轻易看不见他的怒色。他辛辛苦苦保存着的《晨报》副张，上面有他自己的文字的，特地从家里捎来给我看。让我随便放在一个书架上，给散失了。当他和我同时发现这件事时，他只略露惋惜的颜色，随即说："由他去末哉，由他去末哉！"我是至今惭愧着，因为我知道他作文是不留稿的。他的和易出于天性，并非阅历世故、矫揉造作而成。他对于世间妥协的精神是极厌恨的。在这一月中，我看见他发过一次怒——始终我只看见他发过这一次怒——那便是对于风潮的妥协论者的蔑视。

　　风潮结束了，我到杭州教书。那边学校当局要我约圣陶去。圣陶来信说："我们要痛痛快快游西湖，不管这是冬天。"他来了，教我上车站去接。我知道他到了车站这一类地方，是会觉得寂寞的。他的家实在太好了，他的衣着，一向都是家里管。我常想，他好像一个小孩子，像小孩子的天真，也像小孩子的离不开家里人。必须离开家里人时，他也得找些熟朋友伴着，孤独在他简直是有些可怕的。所以他到校时，本来是独住一屋的，却愿意将那间屋做我们两人的卧室，而将我那间做书室。这样可以常常相伴，我自然也乐意，我们不时到西湖边去；有时下湖，有时只喝喝酒。在校时各据一桌，我只预备功课，他却老是写小说和童话。初到时，学校当局来看过他。第二天，我问他，"要不要去看看他们？"他皱眉道："一定要去么？等一天吧。"后来始终没有去。他是最反对形式主义的。

那时他小说的材料，是旧日的储积；童话的材料有时却是片刻的感兴。如《稻草人》中《大喉咙》一篇便是。那天早上，我们都醒在床上，听见工厂的汽笛，他便说："今天又有一篇了，我已经想好了，来的真快呵。"那篇的艺术很巧，谁想他只是片刻的构思呢！他写文字时，往往拈笔伸纸，便手不停挥地写下去，开始及中间，停笔踌躇时绝少。他的稿子极清楚，每页至多只有三五个涂改的字。他说他从来是这样的。每篇写毕，我自然先睹为快；他往往称述结尾的适宜，他说对于结尾是有些把握的。看完，他立即封寄《小说月报》，照例用平信寄。我总劝他挂号，但他说："我老是这样的。"他在杭州不过两个月，写的真不少，教人羡慕不已。《火灾》里从《饭》起到《风潮》这七篇，还有《稻草人》中一部分，都是那时我亲眼看他写的。

在杭州待了两个月，放寒假前，他便匆匆地回去了。他实在离不开家，临去时让我告诉学校当局，无论如何不回来了。但他却到北平住了半年，也是朋友拉去的。我前些日子偶翻十一年的《晨报副刊》，看见他那时途中思家的小诗，重念了两遍，觉得怪有意思。北平回去不久，便入了商务印书馆编译部，家也搬到上海。从此在上海待下去，直到现在——中间又被朋友拉到福州一次，有一篇《将离》抒写那回的别恨，是缠绵悱恻的文字。这些日子，我在浙江乱跑，有时到上海小住，他常请了假和我各处玩儿或喝酒。有一回，我便住在他家，但我到上海，总爱出门，因此他老说没有能畅谈。

他写信给我，老说这回来要畅谈几天才行。

十六年一月，我接着北来，路过上海，许多熟朋友和我钱行，圣陶也在。那晚我们痛快地喝酒，发议论，他是照例地默着。酒喝完了，又去乱走，他也跟着。到了一处，朋友们和他开个小玩笑。他脸上略露窘意，但仍微笑地默着。圣陶不是个浪漫的人；在一种意义上，他正是延陵所说的"老先生"。但他能了解别人，能谅解别人，他自己也能"作达"，所以仍然——也许格外——是可亲的。那晚快夜半了，走过爱多亚路，他向我诵周美成的词："酒已都醒，如何消夜永！"我没有说什么。那时的心情，大约也不能说什么的。我们到一品香又消磨了半夜。这一回特别对不起圣陶，他是不能少睡觉的人。他家虽住在上海，而起居还依着乡居的日子。早七点起，晚九点睡。有一回我九点十分去，他家已熄了灯，关好门了。这种自然的，有秩序的生活是对的。那晚上伯祥说："圣兄明天要不舒服了。"想起来真是不知要怎样感谢才好。

第二天我便上船走了，一眨眼三年半，没有上南方去。信也很少，却全是我的懒。我只能从圣陶的小说里看出他心境的迁变，这个我要留在另一文中说。圣陶这几年里似乎到十字街头走过一趟，但现在怎么样呢？我却不甚了然。他从前晚饭时总喝点酒，"以半醺为度"。近来不大能喝酒了，却学了吹笛——前些日子说已会一出《八阳》，现在该又会了别的了吧。他本来喜欢看看电影，现在又喜欢听听昆曲了。但这些都不是"厌世"，如或人所说的，圣陶是不会厌世的，我知道。又，他虽会喝酒，加上吹笛，却不曾抽什么"上等的纸烟"，也不曾住过什么"小小别墅"，如或人所想的，这个我也知道。

一九三○年七月，北平清华园

中国学术界的大损失

——悼闻一多先生

朱自清

一

闻一多先生在昆明惨遭暗杀，激起全国的悲愤。这是民主运动的大损失，又是中国学术的大损失。关于后一方面，作者知道的比较多，现在且说个大概，来追悼这一位多年敬佩的老朋友。

大家都知道闻先生是一位诗人。他的《红烛》，尤其他的《死水》，读过的人很多。这些集子的特色之一，是那些爱国诗。在抗战以前他也许是唯一的爱国新诗人。这里可以看出他对文学的态度。新文学运动以来，许多作者都认识了文学的政治性和社会性而有所表现，可是闻先生认识得特别亲切，表现得特别强调。他在过去的诗人中最敬爱杜甫，就因为杜诗政治性和社会性最浓厚。后来他更进一步，注意原始人的歌舞：这是集团的艺术，也是与生活打成一片的艺术。他要的是热情，是力量，是火一样的生命。

但是他并不忽略语言的技巧，大家都记得他是提倡诗的新格律的人，也是创造诗的新格律的人。他创造自己的诗的语言，并且创造自己的散文的语言。诗大家都知道，不必细说；散文如《唐诗杂论》，可惜只有五篇，那经济的字句，那完密而短小的篇幅，简直是诗。我听他近来的演说，有两三回也是这么精悍，字字句句好似称量而出，却又那么自然流畅。他因此也特别能够体会古代语言的曲折处。当然，以上这些都得靠学力，但是更得靠才气，也就是想象。单就读古书而论，固然得先通文字声韵之学；可是还不够，要没有活泼的想象力，就只能做出点滴的饾饤的工作，决不能融会贯通的。这里需要细心，更需要大胆。闻先生能够体会到古代语言的表现方式，他的校勘古书，有些地方胆大得吓人，但却得细心吟味所得；平心静气读下去，不由人不信。校书本有死校活校之分；他自然是活校，而因为知识和技术的一般进步，他的成就骎骎乎驾活校的高邮王氏父子而上之。

他研究中国古代，可是他要使局部化了石的古代复活在现代人的心目中。因为这古代与现代究竟属于一个社会，一个国家，而历史是联贯的。我们要客观的认识古代。可是，是"我们"在客观的认识古代，现代的我们要能够在心目中想象古代的生活，要能够在心目中分享古代的生活，才能认识那活的古代，也许才是那真的古代——这也才是客观的认识古代。闻先生研究伏羲的故事或神话，是将这神话跟人们的生活打成一片。神话不是空想，不是娱乐，而是人民的生命欲和生活力的表现。这是死活存亡的消息，是人与自然斗争的纪录，非同小可。他研究《楚辞》的神话，也是一样的态度。他看屈原，也将他放在整个时代整个社会里看。他承认屈原是伟大的天才，但天才是活人，不是偶像，只有这么看，屈原的真面目也许才能再现在我们心中。他研究《周易》里的故事，也是先有一整个社会的影像在心里。研究《诗经》也如此，他看出那些情诗里不少歌咏性生活的句子。他常说笑话，说他研究《诗经》，越来越"形而下"了——其实这正表现着生命的力量。

他是有幽默感的人。他的认识古代，有时也靠着这种幽默感。看《匡斋尺牍》里《狼跋》一篇，便知道他能够体会到别人从不曾体会到的古人的幽默感。而所谓"匡斋"本于匡衡说诗解人颐那句话，正是幽默的意思。他的《死水》里《闻一多先生的书桌》，也是一首难得的幽默的诗。他有着强大的生命力，常跟我们说要活到八十岁，现在还不满四十八岁，竟惨死在那卑鄙恶毒的枪下！有个学生曾瞻仰他的遗体，见他"遍身血迹，双手抱头，全身痉挛"。唉！他是不甘心的，我们也是不甘心的！

（原载一九四六年《文艺复兴》）

二

闻先生的惨死尤其是中国文学方面一个不容易补偿的损失。

闻先生的专门研究是《周易》《诗经》《庄子》《楚辞》、唐诗，许多人都知道。他的研究工作至少有了二十年，发表的文字虽然不算太多，但积存的稿子却很多。这些并非零散的稿子，大都是成篇的，而且他亲手抄写得很工整。只是他总觉得还不够完密，要再加些工夫才愿意编篇成书。这可见他对于学术忠实而谨慎的态度。

他最初在唐诗上多用力量。那时已见出他是个考据家，并已见出他的考据的本领。他注重诗人的年代和诗的年代。关于唐诗的许多错误的解释与错误的批评，都由于错误的年代。他曾将唐代一部分诗人生卒年代可考者制成一幅图表，谁看了都会一目了然。他是学过图案画的，这帮助他在考据上发现了一种新技术。这技术是值得发展的。但如一般所知，他又是个诗人，并且是个在领导地位的新诗人，他亲自经过创作的甘苦，所以更能欣赏诗人与诗。他的《唐诗杂论》虽然只有五篇，但都是精彩逼人之作。这些不但将欣赏和考据融化得恰到好处，并且创造了一种诗样精粹的风格，读起来句句耐人寻味。

后来他在《诗经》《楚辞》上多用力量。我们知道要了解古代文学，必须从语言下手，就是从文字声韵下手。但必须能够活用文字声韵的种种条例，才能有所创获。闻先生最佩服王念孙父子，常将《读书杂志》《经义述闻》当作消闲的书读着。他在古书通读上有许多惊人而确切的发明。对于甲骨文和金文，也往往有独到之见。他研究《诗经》，注重那时代的风俗和信仰，等等。这几年更利用弗洛依德及人类学的理论得到一些深入的解释。他对《楚辞》的兴趣似乎更大，而尤集中于其中的神话。他的研究神话，实在给我们学术界开辟了一条新的大路。关于伏羲的故事，他曾将许多神话综合起来，头头是道，创见最多，关系极大。曾听他谈过大概，可惜写出来的还只是一小部分。他研究《周易》，是爱其中的片段的故事，注重的是社会生活经济生活的表现。近三四年他又专力研究《庄子》，探求原始道教的面目，并发见庄子一派政治上不合作的态度。以上种种都跟传统的研究不同。眼光扩大了，深入了，技术也更进步了，更周密了。所以贡献特别多，特别大。近年他又注意整个的中国文学史，打算根据经济史观去研究一番，可惜还没有动手就殉了道。

这真是我们一个不容易补偿的损失啊！

一九四六年七月二十日作

（原载一九四六年八月三十日《国文月刊》第四十六期）

四位先生

老舍

吴组缃先生的猪

从青木关到歌乐山一带,在我所认识的文友中要算吴组缃先生最为阔绰。他养着一口小花猪。据说,这小动物的身价,值六百元。

每次我去访组缃先生,必附带的向小花猪致敬,因为我与组缃先生核计过了:假若他与我共同登广告卖身,大概也不会有人出六百元来买!

有一天，我又到吴宅去。给小江——组缃先生的少爷——买了几个比醋还酸的桃子。拿着点东西，好搭讪着骗顿饭吃，否则就太不好意思了。一进门，我看见吴太太的脸比晚日还红。我心里一想，便想到了小花猪。假若小花猪丢了，或是出了别的毛病，组缃先生的阔绰便马上不存在了！一打听，果然是为了小花猪：它已绝食一天了。我很着急，急中生智，主张给它点奎宁吃，恐怕是打摆子。大家都不赞同我的主张。我又建议把它抱到床上盖上被子睡一觉，出点汗也许就好了，焉知道不是感冒呢？这年月的猪比人还娇贵呀！大家还是不赞成。后来，把猪医生请来了。我颇兴奋，要看看猪怎么吃药。猪医生把一些草药包在竹筒的大厚皮儿里，使小花猪横衔着，两头向后束在脖子上：这样，药味与药汁便慢慢走入里边去。把药包儿束好，小花猪的口中好像生了两个翅膀，倒并不难看。

虽然吴宅有此骚动，我还是在那里吃了午饭——自然稍微的有点不得劲儿！

过了两天，我又去看小花猪——这回是专程探病，绝不为看别人。我知道现在猪的价值有多大——小花猪口中已无那个药包，而且也吃点东西了。大家都很高兴，我就又就棍打腿的骗了顿饭吃，并且提出声明：到冬天，得分给我几斤腊肉。组缃先生与太太没加任何考虑便答应了。吴太太说："几斤？十斤也行！想想看，那天它要是一病不起……"大家听罢，都出了冷汗！

马宗融先生的时间观念

马宗融先生的表大概是，我想是一个装饰品。无论约他开会，还是吃饭，他总迟到一个多钟头，他的表并不慢。

来重庆，他多半是住在白象街的作家书屋。有的说也罢，没的说也罢，他总要谈到夜里两三点钟。假若不是别人都困得不出一声了，他还想不起上床去。有人陪着他谈，他能一直坐到第二天夜里两点钟。表、月亮、太阳，都不能引起他注意到时间。

比如说吧，下午三点他须到观音岩去开会，到两点半他还毫无动静。"宗融兄，不是三点，有会吗？该走了吧？"有人这样提醒他，他马上去戴上帽子，提起那有茶碗口粗的木棒，向外走。"七点吃饭。早回来呀！"大家告诉他。他回答声"一定回来"，便匆匆地走出去。

到三点的时候，你若出去，你会看见马宗融先生在门口与一位老太婆，或是两个小学生，谈话儿呢！即使不是这样，他在五点以前也不会走到观音岩。路上每遇到一位熟人，便要谈，至少有十分钟的话。若遇上打架吵嘴的，他得过去解劝，还许把别人劝开，而他与另一位劝架的打起来！遇上某处起火，他得帮着去救。有人追赶扒手，他必然得加入，非捉到不可。看见某种新东西，他得过去问问价钱，不管买与不买。看到戏报子，马上他去借电话，问还有票没有……这样，他从白象街到观音岩，可以走一天，幸而他记得开会那件事，所以只走两三个钟头，到了开会的地方，即使大家已经散了会，他也得坐两点钟，他跟谁都谈得来，都谈得有趣，很亲切，很细腻。有人随便哼了一句二黄，他立刻请教给他；有人刚买一条绳子，他马上拿过来练习跳绳——五十岁了啊！

七点，他想起来回白象街吃饭，归路上，又照样的劝架，救火，追贼，问物价，打电话……至早，他在八点半左右走到目的地。满头大汗，三步当作两步走的。他走了进来，饭早已开过了。

所以，我们与友人定约会的时候，若说随便什么时间，早晨也好，晚上也好，反正我一天不出门，你哪时来也可以，我们便说"马宗融的时间吧"。

姚蓬子先生的砚台

作家书屋是个神秘的地方，不信你交到那里一份文稿，而三五日后再亲自去索回，你就必定不说我扯谎了。进到书屋，十之八九你找不到书屋的主人——姚蓬子先生。他不定在哪里藏着呢。他的被褥是稿子，他的枕头是稿子，他的桌上、椅上、窗台上……全是稿子。简单的说吧，他被稿子埋起来了。当你要稿子的时候，你可以看见一个奇迹。假如说尊稿是十张纸写的吧，书屋主人会由枕头底下翻出两张，由裤袋里掏出三张，书架里找出两张，窗子上揭下一张，还欠两张。你别忙，他会由老鼠洞里拉出那两张，一点也不少。

单说蓬子先生的那块砚台，也足够惊人了！那是块是无法形容的石砚。不圆不方，有许多角儿，有任何角度。有一点沿儿，豁口甚多，底子最奇，四周翘起，中间的一点凸出，如元宝之背，它会象陀螺似的在桌上乱转，还会一头高一头低地倾斜，如浪中之船。我老以为孙悟空就是由这块石头跳出去的！

到磨墨的时候，它会由桌子这一端滚到那一端，而且响如快跑的马车。我每晚十时必就寝，而对门儿书屋的主人要办事办到天亮。从十时到天亮，他至少研十次墨，一次比一次响——到夜最静的时候，大概连南岸都感到一点震动。从我到白象街起，我没做过一个好梦，刚一入梦，砚台来了一阵雷雨，梦为之断。在夏天，砚一响，我就起来拿臭虫。冬天可就不好办，只好咳嗽几声，使之闻之。

现在，我已交给作家书屋一本书，等到出版，我必定破费几十元，送给书屋主人一块平底的，不出声的砚台！

何容先生的戒烟

首先要声明：这里所说的烟是香烟，不是鸦片。

从武汉到重庆，我老同何容先生在一间屋子里，一直到前年八月间。在武汉的时候，我们都吸"大前门"或"使馆"牌，小大"英"似乎都不够味儿。到了重庆，小大"英"似乎变了质，越来越"够"味儿了，"前门"与"使馆"倒仿佛没了什么意思。慢慢的，"刀"牌与"哈德门"又变成我们的朋友，而与小大"英"，不管是谁的主动吧，好像冷淡得日悬一日，不久，"刀"牌与"哈德门"又与我们发生了意见，差不多要绝交的样子。何容先生就决心戒烟！

在他戒烟之前，我已声明过："先上吊。后戒烟！"本来吗，

"弃妇抛雏"的流亡在外，吃不敢进大三元，喝么也不过是清一色（黄酒贵，只好吃点白干），女友不敢去交，男友一律是穷光蛋，住是二人一室，睡是臭虫满床，再不吸两枝香烟，还活着干吗？可是，一看何容先生戒烟，我到底受了感动，既觉自己无勇，又钦佩他的伟大。所以，他在屋里，我几乎不敢动手取烟，以免动摇他的坚决！

何容先生那天睡了十六个钟头，一枝烟没吸！醒来，已是黄昏，他便独自走出去。我没敢陪他出去，怕不留神递给他一枝烟，破了戒！掌灯之后，他回来了，满面红光，含着笑，从口袋中掏出一包土产卷烟来。"你尝尝这个，"他客气地让我，"才一个铜板一枝！有这个，似乎就不必戒烟了！没有必要！"把烟接过来，我没敢说什么，怕伤了他的尊严。面对面的，把烟燃上，我俩细细地欣赏。头一口就惊人，冒的是黄烟，我以为他误把爆竹买来了！听了一会儿，还好，并没有爆炸，就放胆继续地吸。吸了不到四五口，我看见蚊子都争着向外边飞，我很高兴。既吸烟，又驱蚊，太可贵了！再吸几口之后，墙上又发现了臭虫，大概也要搬家，我更高兴了！吸到了半支，何容先生与我也跑出去了，他低声地说："看样子，还得戒烟！"

何容先生二次戒烟，有半天之久。当天的下午，他买来了烟斗与烟叶。"几毛钱的烟叶，够吃三四天的，何必一定戒烟呢！"他说。吸了几天的烟斗，他发现了：（一）不便携带；（二）不用力，抽不到；用力，烟油射在舌头上；（三）费洋火；（四）须天天收拾，麻烦！有此四弊，他就戒烟斗，而又吸上香烟了。"始作卷烟者。其无后乎！"他说。

最近二年，何容先生不知戒了多少次烟了，而指头上始终是黄的。

（载一九四二年六月二十二、二十三、二十四、二十五日《新民报晚刊》）

怀友

老舍

　　虽然家在北平，可是已有十六七年没在北平住过一季以上了。因此，对于北平的文艺界朋友就多不相识。

　　不喜上海，当然不常去，去了也马上就走开，所以对上海的文艺工作者认识的也很少。

　　有三次聚会是终生忘不掉的：一次是在北平，杨今甫与沈从文两先生请吃饭，客有两桌，酒是满坛；多么快活的日子啊！今甫先生拳高量雅，喊起来大有威风。从文先生的拳也不弱，杀得我只有招架之工，并无还手之力。那快乐的日子，我被写家们困在酒阵里！最勇敢的是叶公超先生，声高手快，连连挑战。朱光潜先生拳如其文，结结实实，一字不苟。朱自清先生不慌不忙，和蔼可爱。林徽音女士不动酒，可是很会讲话。几位不吃酒的，谈古道今，亦不寂寞，有罗膺中先生、黎锦明先生、罗莘田先生、魏建功先生……其中，莘田是我自幼的同学，我俩曾对揪小辫打架，也一同逃学去听《施公案》。他的酒量不大，那天也陪了我几杯，多么快乐的日子！这次遇到的朋友，现在大多数是在昆明，每个人都跑了几千里路。他们都最爱北平，而含泪逃出北平。什么京派不京派，他们的气节不比别人低一点呀！那次还有周作人先生，头一回见面，他现在可是还在北平，多么伤心的事！

第二次是在上海，林语堂与邵询美先生请客，我会到沈有乾、简又文，诸先生。第三次是郑振铎先生请吃饭，我遇到茅盾、巴金、黎烈文、徐调孚、叶圣陶诸位先生。这些位写家们，在抗战中，我只会到了三位：简又文、圣陶与茅盾。在上海的，连信也不便多写，在别处的，又去来无定，无从通信。不过，可以放心的，他们都没有逃避，都没有偷闲，由友人们的报告，知道他们都勤苦的操作，比战前更努力。那可纪念的酒宴，等咱们打退了敌人是要再来一次呀！今日，我们不教酒杯碰着手，胜利是须"争"取来的啊！我们须紧握着我们的武器！

在山东住了整七年。在济南，认识了马彦祥与顾绥昌先生。在青岛，和洪深、孟超、王余杞、臧克家、杜宇、刘西蒙、王统照诸先生常在一处，而且还合编过一个暑期的小刊物。洪深先生在春天就离开青岛，孟超与杜宇先生是和我前后脚在七七以后走开的。多么可爱的统照啊，每次他由上海回家——家就在青岛——必和我喝几杯苦露酒。苦露，难道这酒名的不祥遂使我们有这长别离么？不，不是！那每到夏天必来示威的日本舰队——七十几艘，黑乎乎的把前海完全遮住，看不见了那青青的星岛——才是不祥之物呀！日本军阀不被打倒，我们的命都难全，还说什么朋友与苦露酒呢？

朋友们，我常常想念你们！在想念你们的时候，我就也想告诉你们：我在武汉，在重庆，又认识了许多许多文艺界的朋友，都贫苦，可是都快活，因为他们都团结起来，组织了文艺协会，携着手在一处工作。我也得说，他们都时时关切着你们，不但不因为山水相隔而彼此冷淡，反倒是因为隔离而更亲密。到胜利那一天啊，我们必会开一次庆祝大会，山南海北的都来赴会，用酒洗一洗我们的笔，把泪都滴在手背上，当我们握手的时候。那才是我们最快乐的日子啊！胜利不是梦想，快乐来自艰苦，让我们今日受尽了苦处，卖尽了力气，去取得胜利与快乐吧！

（载一九三九年四月《抗战文艺》第四卷第一期）

丰子恺

赵景深

　　好几年不曾看见子恺了，偶然看见《人间世》和《良友》上的他的照片，不禁为之莞然；他竟留了很长的胡子，像一个庄严而又和蔼的释家。

　　记得我与他相识，是一九二五年，那时我在充满了艺术空气的立达学园里教书，他就是这个学园的创办人。当时的同事，如朱光潜、白采、方光焘、夏丏尊、刘薰宇……都是在这个时候认识的。不过当时我与白采往还最多，子恺和别的同事们，都很少拜访和聚首。

一直到一九二八年，我才为了我自己的《中国文学小史》《童话概要》和《童话论集》请他画封面，专诚去拜访了他几次。我知道他是最喜欢田园和小孩的，便买了一本描写田园和小孩最多而作风也最平和的米勒（Millet）的画集送他，还送了一盒巧克力糖给他的孩子们。这盒糖也经过我的选择，挑了一盒玻璃纸映着有一个美丽女孩的肖像的。当时我与他谈了些什么，现在已经不能回忆，但知他的态度潇洒，好像随意舒展的秋云。

后来有一次，子恺到开明书店来玩，使我很诧异的，竟完全变过一个子恺了。他坐在藤椅上，腰身笔一样的直，不像以前那样的衔着纸烟随意斜坐；两手也垂直的俯在膝上，不像以前那样的用手指拍椅子如拍音乐的节奏；眼睛则俯下眼皮，仿佛入定的老僧，不像以前那样用含情的眸子望看来客；说起话来，也有问必答，不问不答，答时声音极低，不像以前那样的声音之有高下疾徐。是的，我也常听丏尊说："这一向子恺被李叔同迷住了！"照子恺的说法，以上的叙列就是我与他的"缘"。

李叔同是丰子恺的老师，无论在艺术上或是思想上，都是影响他最深的人。他的《缘》和《佛法因缘》都是专写李叔同的。李叔同在杭州第一师范学校教过他的木炭画，后来出家，子恺曾特地替他绘过护生画集。《两个"？"》更明白的承认他"被它们引诱入佛教中"。我们一听说佛教或基督教，就会联想到迷信上去。其实，倘若除去了那不科学的成分，这对于人世间的悲悯，恐怕是任何社会主义者思想的发动力和种子吧？

我觉得子恺的随笔，好多地方都可以与叶绍钧的《隔膜》作比较观。在描写人间的隔膜和儿童的天真这两点上，这两个作家是一样的可爱。其实这两点也只是一物的两面，愈是觉得人间的隔膜，便愈觉得儿童的天真。卢骚曾喊过"返于自然"，子恺恐怕要喊一声"返于儿童"。

子恺是怎样的写人间的隔膜呢？试看《东京某晚的事》，老太婆要求一个陌生人替他搬东西，陌生人不愿意，接连回报她两声"不高兴"，因为他是带了轻松愉快的心情出来散步的。子恺见了这事，心里就想："假如真有这样的一个世界，天下如一家，人们如家族，互相爱，互相助，共乐其生活，那时候陌路都变成家人。像某晚这老太婆的态度，并不唐突了。这是何等可憧憬的世界！"再看《楼板》，楼上的房东与楼下的房客只有授受房租的关系，此外都可以老死不通往来，真是所谓"隔重楼板隔重山"。而这"楼板"，也就是《邻人》篇中那"把很大的铁条制的扇骨"。像"肯与邻翁相对饮，隔篱呼取尽余杯"那样的诗意，是久矣夫不可复见的了。《随笔五则》里的第四则写人们用下棋法谈话，最为警辟："人们谈话的时候，往往言来语去，顾虑周至，防卫严密，用意深刻，同下棋一样。我觉得太紧张，太可怕了，只得默默不语。安得几个朋友，不用下棋法来谈话，而各舒展其心灵相示，像开在太阳光中的花一样！"

或者人都是互相隔着一堵墙，如叶绍钧所说。把墙撤去的，只有儿童。子恺在《随笔五则》之三里也说："我似乎看见，人的心都有包皮，这包皮的质料与重数，依各人而不同。有的人的心似乎是用单层的纱布包的，略略遮蔽一点，然真而赤的心的玲珑的姿态隐约可见。有的人的心用纸包，骤见虽看不到，细细掴起来也可以摸得出。

且有时还要破露出绯红的一点来。有的人的心用铁皮包，甚至用到八重九重。那是无论如何摸不出，不会破，而真的心的姿态便无论如何不会显露了。我家的三岁的瞻瞻的心，连一层纱布都不包，我看见常是赤裸裸而鲜红的。"

子恺是怎样的写儿童的天真呢？你瞧，元草要买鸡，他就哭着要；不像大人那样明明是想买，却假装着不想买的样子。《作父亲》中阿宝和软软都说他们自己好；不像大人那样，明明是想说自己好，也假装着谦让不说出来。（《从孩子得到的启示》）

子恺又因为思想近于佛教，所以有无常、世网、护生等观念。

他觉得人世是无常的、短暂的，所以人一天天走近死亡国而毫未觉得者，只是由于把生活岁月精细的划分，年分为日，日分为时，时分为分，分分为秒，便觉得生活是一条无穷而且有趣的路了。这意见，后来屡次提到。《阿难》中云："在浩劫中，人生原只是一跳。"《大账簿》云："宇宙之大，世界之广，物类之繁，事业之多，我所经验的真不啻恒河中的一粒粒细沙。"《新年》与《渐》同意，也讲到时间划分愈细，则人也愈感到快乐。

他又觉得金钱常限制了兴趣，这或者可以说是世网。第一本随笔集的第一篇，就是《翦网》，大意说大娘舅觉得大世界样样有趣，惟一想到金钱就无趣。《从孩子得到的启示》则赞美孩子"能撤去世界事物的因果关系的网，看见事物的本身的真相"。《华瞻的日记》说华瞻看见先施公司的小汽车就一定要买，他不知道爸爸不会带钱或钱不够就不能买。

他又最爱生物，尤其是渺小的生物，可见他的仁爱之心是无微不至的。《蝌蚪》写孩子们用清水养蝌蚪，子恺恐怕蝌蚪营养不足而死，便叫孩子们倒许多泥土到水盆里去，后来还叫他们掘一个小池。《随感十三则》中有两则是怜悯被屠杀的牛和羊马。《忆儿时》对于蟹和苍蝇的残杀也认为不应该做，尤其是文人所咏叹的"秋深蟹正肥"，他们以为风雅，"倘质诸初心，杀蟹而持其螯，见蟹肥而起杀心，有甚么美而值得在诗文中赞咏呢？"

照这样说来，子恺的小品里既是包含着小间隔膜和儿童天真的对照，又常有佛教的观念，似乎他的小品文都是抽象的、枯燥的哲理了。然而不然，我想这许就是他的小品的长处。他那怕是极端的说理，讲"多样"和"统一"，这一类的美学原理，也带着抒情的意味，使人读来不觉其头痛。他不把文字故意写得很艰深，以掩饰他那实际内容的空虚。他只是平易的写去，自然就有一种美，文字的干净流利和漂亮，怕只有朱自清可以和他媲美。以前我对于朱自清的小品非常喜爱，现在我的偏嗜又加上丰子恺。聊记数页，以表示我的喜悦。

我与老舍与酒

台静农

报纸上登载，重庆的朋友预备为老舍兄举行写作二十年纪念，这确是一桩可喜的消息。因为二十年不算短的时间，一个人能不断的写作下去，并不是容易的事，我也想写作过——在十几年以前，也许有二十年了，可是开始之年，也就是终止之年，回想起来，惟有惘然，一个人生命的空虚，终归是悲哀的。

我在青岛山东大学教书时，一天，他到我宿舍来，送我一本新出版的《老牛破车》，我同他说："我喜欢你的《骆驼祥子》。"那时似乎还没有印出单行本，刚在《宇宙风》上登完。他说："只能写到那里了，底下咱不便写下去了。"笑着，"嘻嘻"的——他老是这样神气的。

我初到青岛，是二十五年秋季，我们第一次见面，便在这样的秋末冬初，先是久居青岛的朋友请我们吃饭，晚上，在一家老饭庄，室内的陈设，像北平的东兴楼。他给我的印象，面目有些严肃，也有些苦闷，又有些世故；偶然冷然的冲出一句两句笑话时，不仅仅大家轰然，他自己也"嘻嘻"的笑，这又是小孩样的天真呵。

从此，我们便厮熟了，常常同几个朋友吃馆子，喝着老酒，黄色，像绍兴的竹叶青，又有一种泛紫黑色的，味苦而微甜。据说同老酒一样的原料，故叫作苦老酒，味道是很好的，不在绍兴酒之下。直到现在，我想到老舍兄时，便会想到苦老酒。有天傍晚，天气阴霾，北风虽不大，却马上就要下雪似的，老舍忽然跑来，说有一家新开张的小馆子，卖北平的炖羊肉，于是同石荪、仲纯两兄一起走在马路上，我私下欣赏着老舍的皮马褂，确实长得可以，几乎长到皮袍子一大半，我在北平中山公园看过新元史的作者八十岁翁穿过这么长的一件外衣，他这一身要算是第二件了。

那时他专门在从事写作，他有一个温暖的家，太太温柔的照料着小孩，更照料着他，让他安静的每天写两千字，放着笔时，总是带着小女儿，在马路上大叶子的梧桐树下散步，春夏之交的时候，最容易遇到他们。仿佛往山东大学入市，拐一弯，再走三四分钟路，就是他住家邻近的马路，头发修整，穿着浅灰色西服，一手牵着一个小孩子，远些看有几分清癯，却不文弱——原来他每天清晨，总要练一套武术的，他家的走廊上就放着一堆走江湖人的家伙，我认识其中一支戴红缨的标枪。

廿六年七月一日，我离青岛去北平，接着七七事变，八月中我又从天津搭海船绕道到济南，在车站上遇见山东大学同学，知道青岛的朋友已经星散了。以后回到故乡，偶从报上知老舍兄来到汉口，并且同了许多旧友在筹备文艺协会。我第二年秋入川，寄居白沙，老舍兄是什么时候到重庆的，我不知道，但不久接他来信，要我出席鲁迅先生二周年祭报告，当我到了重庆的晚上，适逢一位病理学者拿了一瓶道地的茅台酒，我们三个人在×市酒家喝了。几天后，又同几个朋友喝了一次绍兴酒，席上有何容兄，似乎喝到他死命的要喝时，可是不让他再喝了。这次见面，才知道他的妻儿还留在北平。武汉大学请他教书去，没有去，他不愿意图个人的安适，他要和几个朋友支持着"文协"，但是，他已不是青岛时的老舍了，真个清癯了，苍老了，面上更深刻着苦闷的条纹了。三十年春天，我同建功兄去重庆，出他意料之外，他高兴得"破产请客"。虽然他更显得老相，面上更加深刻着苦闷的条纹，衣着也大大的落拓了，还患着贫血症，有位医生义务的在给他打针药。可是，他的精神是愉快的，他依旧要同几个朋友支持着"文协"，单看他送我的小字条，就知道了，抄在后面罢：

看小儿女写字，最为有趣，倒画逆推，信意创作，兴之所至，加减笔画，前无古人，自成一家，至指黑眉重，墨点满身，亦具淋漓之致。

为诗用文言，或者用白话，语妙即成诗，何必乱吵絮。

下面题着："静农兄来渝，酒后论文说字，写此为证。"

这以后，我们又有三个年头没有见面了。这三年的期间，活下去大不容易，我个人的变化并不少，老舍兄的变化也不少罢，听说太太从北平带着小孩来了，应该有些慰安了，却又害了一场盲肠炎。能不能再喝几盅白酒呢？这个是值得注意的事，因为战争以来，朋友们往往为了衰病都喝不上酒了；至于穷喝不起，那又当别论。话又说回来了，在老舍兄写作二十年纪念日，我竟说了一通酒话，颇像有意剔出人家的毛病来，不关祝贺，情类告密，以嗜酒者犯名士气故耳。这有什么办法呢？我不是写作者，只有说些不相干的了。现在发下宏愿要是不迟的话，还是学写作罢，可是老舍兄还春纪念时能不能写出像《骆驼祥子》那样的书呢？

三十三年，四月，于白沙白苍山庄

记蔡威廉女士

沈从文

　　民国十八年左右，朋友胡也频先生、丁玲女士两人，由上海迁往杭州葛岭暂时住家。过不久，两个人回到上海，行李中多了一张丁玲女士的半身油画像。那画颜色用得暗暗的，好像一个中年人的手笔。问及时，才知道是孑民先生大小姐蔡威廉女士画的。当时只听说她为人极忠厚老实，除教书外从不露面，在客人面前也少说话。画并无什么出奇惊人处，可是很文静，毫无浮嚣气，有功夫。人如其画，同样给人一个有教养的好印象。试想想，在一个国立艺术学校教西洋画十年，除了学生，此外几乎无人知道，不是忠厚老实，办得到办不到？现在说起谁人忠厚老实时，好像不知不觉就有了点"无用"意思在内。可是对于一个艺术家，说起这点性格，却同"伟大"十分接近。正因不少艺术家给人的印象似乎是太欠缺忠厚老实了。凡稍稍注意过中国艺术界情形的人，一定就还记得起二十年来的各种纠纷，以及各个人其所以出名露面的，或出国对客挥毫，用走江湖方式显其所长，在国内则阿谀权贵，用拜老头子方式贡其所有。雇打手，作伪证，搞自我宣传，用心之巧，设想之密，真是无所不至。能言善道，谈话之多，在教育史艺术史上亦属绝后空前。忠厚老实的艺术家，是一种如何稀有少见的人物！若有人肯埋头努力，不求自见，十年如一日，工作不懈，成就且不说，只看看那个态度，实不能不令人产生敬佩之忱。所以当时丁玲女士就觉得她很好，很可爱，像一个理想艺术家。

那张画相虽出自一个忠厚老实艺术家的手笔，它的历史说起来却充满了浪漫性。第一次我看它挂在环龙路一个俄国妇人公寓里，正是丁玲写《在黑暗中》时节。第二次我看它挂在万宜坊某人家三楼，正是也频失踪前一日。到后隔了数年，丁玲女士忽然在上海失踪了，某个朋友记载这件事情时，曾提及这画相，说连同许多信件书籍，已统被没收入官。可是过半年后，她被禁在南京陵园附近狮子桥时，我去看望她，书房里却挂了那么一张大画相。谁还给她的，向谁讨回的，无人知道。

前年冬天我从北方回到湘西，住在沅陵。那时节南北两个国立艺术专门学校刚好合并，也迁沅陵上课，初来暂时都停顿在对河小旅馆里。我有个哥哥正住在沅陵城里"芸庐"新家，素称好事，生平只要得人信托，托他作事，总极高兴帮忙。为代学校找木匠工人，忙来忙去，十分兴奋。有一天，回来时却同我说："到南门街上××店铺里，看见一群孩子，很可爱也很狼狈，不知从什么地方逃来的。住在那么一个坏地方。孩子们无人看管，在小天井泥水中玩。我问他：'小东西，你是什么地方人？'那孩子举起小手来就说：'打你，打你。'好，要打我，我怕了，好厉害！"哥哥说到后来，笑了。哥哥同我上街去，从那铺子经过时，正好遇着一群孩子同一个中年妇人出门，走过去一点，却遇见一个长头发先生，很像胡也频。我想起在上海某地方升降机旁见过林文铮一面。试作招呼，果然是文铮。介绍后才知道女的就是蔡威廉。一群孩子是两个人的儿女。大家稍稍谈了一会，到城门边看看窑货，就分手了。我那哥哥知道是我熟人，且知道是蔡先生女儿时，恐怕他们初来，吃什么都不方便，便赶快为孩子们送了点小食去。看到孩子们都挤在一处，哥哥想，这不成，得换个住处才好，就自动为他们去找住处。因此和一个姓白的同乡交涉，租赁了他那未完工的新房祝可是过不几天，学校出了事，闹起风潮来了。一闹风潮，纠察队，打架队，以及什么古怪组织都一起出现了，风潮且牵涉到每一个教员。文铮原是杭州美专的教务长，自然也牵扯在内。以后教育部派了陈之迈先生来调停此事时，借用我家房子开会，有些学生竟装作写生，分批来到我家大门前作画，以便探听谁进谁出。我觉得这些人行为可鄙，十分讨厌。中国各地方正有百万人在为国家打仗，我家乡朋友亲戚，已死丧了上千人，不少下级军官，伤痕未愈，就即刻用荣誉师名分接了四营新兵，又出发向前打仗去了。这些读书人来到后方，却打来闹去，实在看不惯。且明白纠纠纷纷，是非混淆，外边人也毫无办法。很有几个"艺术家"疑心多，计策多，沾上去说不定还有人以为我也在内，要夺他们臭皮蛋！因此一来，同大家都不常见面，同文铮夫妇也只见过几次面。哥哥虽好客，且欢喜那一群孩子，也不敢邀他们来玩了。

我当时对于威廉的印象，同十年前差不多。她样子很朴实，语言很少，正和她那画像相称。且以为朴实的人，朴实的工作，将来成就一定会大得多。

到昆明来后，我们凑巧又成为邻居，同住昆明北门街。问及时，方知两夫妇都离开了艺专，失了业。其中经过情形并不明白，但总觉得古怪。文铮或和朋友意见不合，放下学校事不干。蔡女士为人那么忠厚老实，对人几乎可说从不说过一句闹别扭的话，对职务又那么热心认真，若非二三子有意作弄，她决不会同这个学校离开。当时学校负责人，若稍微肯为这个学校着想，肯为艺术教育着想，蔡威廉女士本人即或要辞职，也一定加以挽留，不许她离开。可是她竟然离开了学校。且据朋友们传说，生活情形在沅陵时即已经很窘迫。

但与两夫妇谈及学校时，她竟一句话不说。总好像贫穷是并不什么可怕的，学校风潮闹下去，倒有点可惜。人家不要她教书，她还是可以自己作画。为证明这点理想并不因离开学校而受挫折，墙壁上就贴满了她为孩子们作的小幅精美速写。

可是事实上随之而来生活上自然也就有点麻烦了。房子那么小，大杂院那么乱，想安静作画是不可能的。初来雇的本地用人照例不合式，做不上三天又走了，作主妇的就得为一家大小八口作饭。五个孩子虽然都很乖，大的是个女孩，家务事还能帮点小忙，提提水，炉子里加加松毛，拌和稀饭，最忙的自然还是主妇。并且腹中孩子已显然日益长大，到四五月间即将生产。我住处进出需从他们厨房楼下经过，孩子们一见我必大声招呼，我必同样向这些小朋友一一答话。常常看到这个作母亲的，看了件宽博印花布袍子，背身向外，在那小锅小桌边忙来忙去。听我和孩子招呼时，就转身对我笑笑，我心中总觉得很痛苦。生活压在这个人身上，实在太重了，微笑就是一种无可奈何的表示。想用微笑挪开朋友和自已那点痛苦，却办不到。

我每天早晚进出，依然同小朋友招呼。间或称呼他家第三位黑而胖的小姐做"大块头"，问她爸爸妈妈好，出不出门玩。小孩子依然笑嘻嘻答应"很好"。可是前两天听家里人说，才知道孩子的母亲，在家生产了一个小毛毛，已死去三天了。

死的直接原因是产褥热，间接原因却是无书教，无收入，怕费用多担负不下，不能住医院生产，终于死去。人死了，剩下一堆画，六个孩子。

死下的完了，三十多岁就赍志而没，有许多理想无从实现。但人已死去，既不必为生活烦累，更不会受同行闲气，或比生前安适，也未可知。朋友们同情或不平，显然都毫无意义，既不能帮助这个朋友重生，也不容易使这个社会转好。惟生者何以为生？行将坠入这种困境或已经到了同样情形的朋友，是哺糟啜醨随波逐流以尽有涯之生，是改业跳槽经营小生意以糊口？艺术界方面二十年来我们饱看了一切人与人的斗争，用尽一切心机，使用各种法术，名分上为的是"理想"、"事业"，事实上不外"饭碗"二字。真真在那里为艺术而致力，用勤苦与自己斗争，改正弱点，发现新天地，如蔡威廉女士那么为人，实在不多，末了却被穷病打倒，终于死去，想起来未免令人痛苦寒心。

一九三九年六月

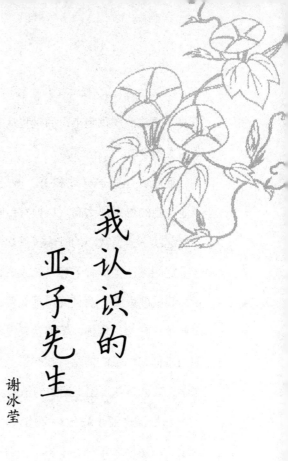

我认识的亚子先生

谢冰莹

　　今年夏天，是我国文化界两位泰斗蔡子民先生和柳亚子先生的寿期，沪上文化界为两位先生出纪念特刊，这是很有意义的事。子民先生，我因为没有见过他老的面，所以不想做一个通套的恭维；亚子先生，我认识了他老人就已有六年之久，信仰也特别深刻，因此借着这个机会写出一点脑海中对他的印象，以示景仰！

　　我和亚子先生第一次会面，是在一九三零年的秋天，当高尔柏先生带我走进他的住所时，我竟有点像乡下姑娘初次进城似的感到忸怩不安。这并不是我胆小，而是我从来没有过这样规规矩矩地去拜访一个名人的原故。

亚子先生是这样地和蔼、诚恳，见到了他，真像一个孩子见到了他久别的母亲那么高兴！他有口吃的毛病，说起话来，有时要很久才能继续下去，我小的时候很喜欢学口吃的人说话，以致自己也在不知不觉间染上了那种毛病；长大后，虽然好了，可是一见口吃的人说话，我就要发笑，而且笑得那么傻，有时个把钟头还不能停止。但对于亚子先生却是例外，不但从来没有过笑的念头，而且格外增加了对他的景仰和尊敬的情绪。我知道他想要说的是什么话，有时他只提一个字，我就替他说出下面的句子来。

凡是读过亚子先生诗文的人，谁都知道他是一个热情的革命文学家，虽然他今年是五十岁了，但他的思想还像创办南社时代一般前进。上面已经说过，他是一个不善于说话的人，但他的文章却特别写得短小精悍而有力、自然，有时他也写洋洋大篇，一泻千里的文章，然而究竟没有短的写得多而精彩。比方在第二十四卷第五号《教育杂志》的"读经问题"专号上，他说："时代已是一九三五年，而中国人还在提倡读经，是不是神经病，我也不用多讲了！"又说："主张读经的人，最好请他多读一点历史，诵《孝经》以退黄巾，结果只有作黄巾的刀下鬼罢了！"这里只是寥寥几十个字，已把那些提倡复古的道学先生，骂得痛快淋漓了！

诚然，如一般人所恭维的亚子先生，他不但是个聪敏博学的"才子"，而且是个多愁善感，充满了热情的诗人，但他绝不是愁自身的什么问题，发些无谓的牢骚，他是忧时忧世，挂念一些为生活，为工作而感受压迫的朋友，以及那些在苦斗中受难的青年。这许多年来，虽然他没有发表过多少喊革命口号的文字，然而他在直接间接地做了不少有益于新文化，有益于被压迫的中华民族解放的工作；他帮助过多少处境困难的青年，援救过多少关在囹圄中的战士。有一次他说了一句最使我感动，而永远不能忘记的话："我虽然老了，不能直接去参加新社会的建设运动，然而无论如何，我是要尽量帮助大家的……"他说这话时的态度十分严肃，而语气又是这样地诚恳、坚决，使听者感到无限的兴奋。是的，亚子先生就是这样的一位有新思想，有前进精神而且意志坚强的"老"少年，"老"革命文学家！

在这里，我要来一个小小的声明，亚子先生是不高兴"老"的，虽然有时和我们说笑话，偶尔也会说出"我老了"的句子来，但他的精神和思想，永远是年青的。记得我们初次通信，我总是称呼他"长者"，他不但对这两个字不高兴接受，而且连"先生"两个字都不准用，要直呼他的名字，他才高兴。由此也可以看出他是如何地谦虚，如何地喜欢年青！

他是这样地伟大，无论什么不认识他的人写信给他，从没有置之不理的。他不喜欢人家恭维他的文章或诗如何如何的好，也从不和人家有什么笔墨官司的来往。他不愿有求于别人，然而如果遇着人请他写什么介绍信时，他也并不拒绝，但他在信写好后，一定很坦白地告诉那位托他介绍的人："信是写了，你拿去看看，有没有结果，那就不得而知。"他的心地又是这般真挚坦白，赤裸裸地毫无虚伪。比方遇到他不愿意或者不能帮忙的事情，他就老实不客气地给你一个坚决的拒绝，即使你感到十分的难堪，他也不管的。

亚子先生是一个特别重感情的人，因此凡是认识他的人，在最初第一次的见面后，就会在脑海中留下一个深刻的印象，感到他是个最好的朋友。记得前年一月，我同特第一次去拜访亚子先生时，一见面，他就紧紧地握着特的手，高兴得几分钟还说不出一个字来。我呢，呆呆地像一个傻瓜似的站在一旁，不知如何是好，结果还是特请他坐下，他才放开了特的手。为了要急于返湘，那天没有谈多久就走了。回到船上，特对我说："我从来没有遇到一个像亚子先生那么热情的老人家，你看他的手多有力，我被他握痛了。"

亚子先生对待朋友，总是那么热情，关心。同情他们（或她们）的境遇，体贴他们的困难，帮助他们，而不希望得到丝毫酬报。对于我，他完全像个老母亲对待幼小的儿女似的那么关心。一九三三年的春天，我几乎苦痛到要自杀的地步。亚子先生是那样恳挚地劝慰我，鼓励我拿出理智来战胜环境，不要白白地牺牲了自己有希望的前途！等到我将和特结合的消息报告他时，他几乎快乐得发狂了！居然在梦里做起诗来，半夜里赶快披衣起床写好寄给我们。

"十日三传讯，开缄喜欲狂。"这是描写他知道我的精神有了寄托后的愉快与安慰。"冰莹今付汝，好为护红颜。"读到这两句诗时，特从心坎里发出快乐的微笑："哈哈，这简直像丈人公写给女婿的诗呢！"

这话引得我也笑起来了。

亚子先生在别人看来，简直是个快乐之神。他有一位精明能干，体贴入微的夫人，无论对内对外，都不用他自己操心。儿子、媳妇、女儿、女婿，一家人都在教育界负着重大的使命，都能继承他的文化事业，尤其是那位富有文学天才，思想前进的第二女公子无垢女士，更是他的第二生命。正是为了他太爱无垢了，所以他在情感上起了很大的变化。理智是赞成她出国去开拓她伟大的前途，然而情感不能离开她，甚至于到最近两三个月来，为了这事，他竟和许多朋友都断绝了书信往来，内心似乎没有以前的快乐了！

本来他就有这么一个怪脾气，在高兴的时候，可以一天给你写一封快信，而里面所写的有时仅仅只有几个字，如果遇到他不高兴时，你就是一连去几封信，他也不会理你的。

未了，我谨以至诚祝亚子先生和子民先生这两位为大众所爱戴的寿星，精神矍铄；更恳求亚子先生以爱女之心，来爱万万千千的群众，领导前进的青年，为多难的中华民族奋斗！

一九三六，六月于南村

回忆林徽因

费慰梅

　　林徽因和我自一九三二年我们在北京第一次相遇时起就是亲密的朋友，直到一九五五年她过早地逝世前几年。当时，我们两国不幸地决裂迫使我们分开了。

　　当我们相识的时候，她只有二十几岁，年轻而美丽，幸福地同梁思成结为夫妻，刚刚成为一个可爱的小女儿和一个新生小男孩子的妈妈。但是就在那几个月内，她却接连遭受了两次悲剧性地打击。正是这种悲剧因素，在她的一生中曾经深化了她的感情和创造性：一次无谓的空难，使她的一位最亲密的朋友，诗人徐志摩死去了；而同时她自己也染上了肺结核症。在后来的岁月中，疾病耗尽了她的精力，并使她在本应是最富成果的年华中逝世了。

当我回顾那些久已消失的往事时，她那种广博而深邃的敏锐性仍然使我惊叹不已。她的神经犹如一架大钢琴的复杂的琴弦。对于琴键的每一触，不论是高音还是低音，重击还是轻弹，它都会做出反应。或许是继承自她那诗人的父亲，在她身上有着艺术家的全部气质。她能够以其精致的洞察力为任何一门艺术留下自己印痕。年轻的时候，戏剧曾强烈地吸引过她，后来，在她的一生中，视觉艺术设计也曾经使她着迷。然而，她的真正热情还在于文字艺术，不论表现为语言还是写作。它们才是使她醉心的表达手段。

其他老朋友会记得她是怎样滔滔不绝地垄断了整个谈话。她的健谈是人所共知的，然而使人叹服的是她也同样地长于写作。她的谈话同她的著作一样充满了创造性。话题从诙谐的轶事到敏锐的分析，从明智的忠告到突发的愤怒，从发狂的热情到深刻的蔑视，几乎无所不包。她总是聚会的中心和领袖人物，当她侃侃而谈的时候，爱慕者总是为她那天马行空般的灵感中所迸发出来的精辟警句而倾倒。

我同她的友情与她和其他挚友们的还不同些，因为我们的交流完全是通过英语进行的。当我还是一个中文的初学者的时候，她已经是一位精通英语的大师了。毫无疑问，若不是有着这样的语言媒介，我们的友情是不会如此深刻、如此长久的。在她的知交圈子里，有不少人是掌握两国语言的。但是，在他们之间的思想交流自然主要通过他们的本国语言，而我们两人在单独的交流中却选择着英语的词汇来表达自己的思想。不久我们便发现彼此有着无数的共同语言，使我们得以交换彼此的经验、维护自己的论点、共享相同的信念。她在英语方面广博而深厚的知识使我们能够如此自由的交流，而她对使用英语的喜爱和技巧也使我们在感情上更为接近了。

我常常暗想，她为什么在生活的这一时刻如此热情地接纳了我这个朋友？这可能同她失去了那不可替代的挚友徐志摩有点关系。在此前十年中，徐志摩在引导她认识英国文学和英语的精妙方面，曾对她有过很深的影响。我不知道我们彼此间滔滔不绝的英语交谈是不是曾多少弥补过一些她生活中的这一空缺。

在战前最后的那些相对和平的日子里，她的心里充满诗情和文思。我不知道当时她究竟写成了多少，又有多少曾发表过。我也不知道她的时间曾受到过多少杂事的挤占。她要为两个幼年的孩子负起母亲的责任，要操持一堆复杂的家务，要照应许多亲戚和朋友，当然，还要进行中国建筑史的研究工作。这是她同丈夫共有的，她十分乐于从事的主题。

一九三四年夏，我们偶然得到了一个能够使她暂时摆脱日常家务的机会。我和丈夫在一个偏僻的山西农村中租到了一所房子，并说服了梁氏夫妇来这里做了一次访问。她感激地在这里安顿了下来，不受打扰地完成了她的散文《窗子以外》。不久，我们四个人一道沿汾河流域做了一次古建筑调查旅行。为此，她曾为思成的《中国营造学社汇刊》写了一篇充满诗意的《纪实》。

此后不久，我们不得不离开中国回到哈佛大学去，分别对于我们四个人来说都是痛苦的。但是，我们之间的友谊曾通过许多精彩的通信而继续维持达十五年之久。

虽然在第二次世界大战期间和战后我们曾经短暂重逢，但是，通信仍是我们之间始终不断的联系纽带。徽因用英文写，文如其人地、亲切地让我们共尝她的情感，她生活中的胜利和悲哀。也许这批信件是她惟一的英文作品集。它们体现了她那独特的个性，并反映了她在英文表达自己思绪时是多么地流畅和自如。

一九八六年七月于美国新罕布什尔，富兰克林

忆白石老人

艾青

　　一九四九年我进北京城不久，就打听白石老人的情况，知道他还健在，我就想看望这位老画家。我约了沙可夫和江丰两个同志，由李可染同志陪同去看他，他住在西城跨车胡同十三号。进门的小房间住了一个小老头子，没有胡子，后来听说是清皇室的一名小太监，给他看门的。

　　当时，我们三个人都是北京军事管制委员会的文化接管委员，穿的是军装，臂上带臂章，三个人去看他，难免要使老人感到奇怪。经李可染介绍，他接待了我们。我马上向前说："我在十八岁的时候，看了老先生的四张册页，印象很深，多年都没有机会见到你，今天特意来拜访。"

他问："你在哪儿看到我的画？"

我说："一九二八年，已经二十一年了，在杭州西湖艺术院。"

他问："谁是艺术院院长？"

我说："林风眠。"

他说："他喜欢我的画。"

这样他才知道来访者是艺术界的人，亲近多了，马上叫护士研墨，带上袖子，拿出几张纸给我们画画。他送了我们三个人每人一张水墨画，两尺琴条。给我画的是四只虾，半透明的，上画有两条小鱼。题款：

"艾青先生雅正八十九岁白石"，印章"白石翁"，另一方"吾所能者乐事"。

我们真高兴，带着感激的心情和他告别了。

我当时是接管中央美术学院的军代表。听说白石老人是教授，每月到学校一次，画一张画给学生看，作示范表演。有学生提出要把他的工资停掉。

我说："这样的老画家，每月来一次画一张画，就是很大的贡献。日本人来，他没有饿死。国民党来，也没有饿死，共产党来，怎么能把他饿死呢？"何况美院院长徐悲鸿非常看重他，收藏了不少他的画，这样的提案当然不会采纳。

老人一生都很勤奋，木工出身，学雕花，后来学画。他已画了半个多世纪了，技巧精练，而他又是个爱创新的人，画的题材很广泛：山水、人物、花鸟虫鱼。没有看见他临摹别人的。他具有敏锐的观察力，记忆力特别强，能准确地捕捉形象。他有一双显微镜的眼睛，早年画的昆虫，纤毫毕露，我看见他画的飞蛾，伏在地上，满身白粉，头上有两瓣触须；他画的蜜蜂，翅膀好像有嗡嗡的声音；画知了、蜻蜓的翅膀像薄纱一样；他画的蚱蜢，大红大绿，很像后期印象派的油画。

他画鸡冠花，也画牡丹，但他和人家的画法不一样，大红花，笔触很粗，叶子用黑墨只几点；他画丝瓜、窝瓜；特别爱画葫芦；他爱画残荷，看看很乱，但很有气势。

有一张他画的向日葵。题：

"齐白石居京师第八年画"，印章"木居士"。题诗：

"茅檐矮矮长葵齐，雨打风摇损叶稀。干旱犹思晴畅好，倾心应向日东西。白石山翁灯昏又题。"印章"白石翁"。

有一张柿子，粗枝大叶，果实赫红，写"杏子坞老民居京华第十一年矣丁卯"，印章"木人"。

他也画山水，没有见他画重峦叠嶂，多是平日容易见到的。他一张山水画上题：

"予用自家笔墨写山水，然人皆余为糊涂，吾亦以为然。白石山翁并题"。印章"白石山翁"。

后在画的空白处写"此幅无年月，是予二十年前所作者，今再题。八十八白石"，印章"齐大"。

事实是他不愿画人家画过的。

我在上海朵云轩买了一张他画的一片小松林，二尺的水墨画，我拿到和平书店给许麟庐看，许以为是假的，我要他一同到白石老人家，挂起来给白石老人看。我说："这画是我从上海买的，他说是假的，我说是真的，你看看……"他看了之后说："这个画人家画不出来的。"署名齐白石，印章是"白石翁"。

我又买了一张八尺的大画，画的是没有叶子的松树，结了松果，上面题了一首诗："松针已尽虫犹瘦，松子余年绿似苔。安得老天怜此树，雨风雷电一起来。阿爷尝语，先朝庚午夏，星塘老屋一带之松，为虫食其叶。一日，大风雨雷电，虫尽灭绝。丁巳以来，借山馆后之松，虫食欲枯。安得庚午之雷雨不可得矣。辛酉春正月画此并题记之。三百石印富翁五过都门。"下有八字："安得之安字本欲字。"印章"白石翁"。

他看了之后竟说："这是张假画。"

我却笑着说："这是昨天晚上我一夜把它赶出来的。"他知道骗不了我，就说："我拿两张画换你这张画。"我说："你就拿二十张画给我，我也不换。"他知道这是对他画的赞赏。

这张画是他七十多岁时的作品。他拿了放大镜很仔细地看了说："我年轻时画画多么用心呵。"

一张画了九只麻雀在乱飞。诗题：

"叶落见藤乱，天寒入鸟音。老夫诗欲鸣，风急吹衣襟。枯藤寒雀从未有，既作新画，又作新诗。借山老人非懒辈也。观画者老何郎也。"印章"齐大"。看完画，他问我："老何郎是谁呀？"

我说："我正想问你呢。"他说："我记不起来了。"这张画是他早年画的，有一颗大印"甑屋"。

我曾多次见他画小鸡，毛茸茸，很可爱；也见过他画的鱼鹰，水是绿的，钻进水里的，很生动。

他对自己的艺术是很欣赏的，有一次，他正在画虾，用笔在纸上画了一根长长的头发粗细的须，一边对我说："我这么老了，还能画这样的线。"

他挂了三张画给我看，问我："你说哪一张好？"我问他："这是干什么？"他说："你懂得。"

我曾多次陪外宾去访问他，有一次，他很不高兴，我问他为什么，他说外宾看了他的画没有称赞他。我说："他称赞了，你听不懂。"他说他要的是外宾伸出大拇指来。他多天真！

他九十三岁时，国务院给他做寿，拍了电影，他和周恩来总理照了相，他很高兴。第二天画了几张画作为答谢的礼物，用红纸签署，亲自送到几个有关的人家里。送我的一张两尺长的彩色画，画的是一筐荔枝和一枝枇杷，这是他送我的第二张画，上面题：

"艾青先生齐璜白石九十三岁"，印章"齐大"，另外在下面的一角有一方大的印章"人犹有所憾"。

他原来的润格，普通的画每尺四元，我以十元一尺买他的画，工笔草虫、山水、人物加倍，每次都请他到饭馆吃一顿，然后用车送他回家。他爱吃对虾，据说最多能吃六只。他的胃特别强，花生米只一咬成两瓣，再一咬就往下咽，他不吸烟，每顿能喝一两杯白酒。

一天，我收到他给毛主席刻的两方印子，阴文阳文都是毛泽东（他不知毛主席的号叫润之）。我把印子请毛主席的秘书转交。毛主席为报答宴请他一次，由郭沫若作陪。

他所收的门生很多，据说连梅兰芳也跪着磕过头，其中最出色的要算李可染。李原在西湖艺术院学画，素描基础很好，抗战期间画过几个战士被日军钉死在墙上的画。李在美院当教授，拜白石老人为师。李有一张画，一头躺着的水牛，牛背脊梁骨用一笔下来，气势很好，一个小孩赤着背，手持鸟笼，笼中小鸟在叫，牛转过头来听叫声……

白石老人看了一张画，题了字：

"心思手作不愧乾嘉间以后继起高手。八十七岁白石甲亥。"印章"白石题跋"。

一天，我去看他，他拿了一张纸条问我："这是个什么人哪，诗写的不坏，出口能成腔。"我接过来一看是柳亚子写的，诗里大意说："你比我大十二岁，应该是我的老师。"我感到很惊奇地说："你连柳亚子也不认得，他是中央人民政府的委员。"他说："我两耳不闻天下事，连这么个大人物也不知道。"感到有些愧色。

我在给他看门的太监那儿买了一张小横幅的字，写着："家山杏

307

子坞，闲游日将夕。忽忘还家路，依着牛蹄迹。"印章"阿芝"，另一印"吾年八十乙矣"。我特别喜欢他的诗，生活气息浓，有一种朴素的美。早年，有人说他写的诗是薛楷体，实在不公平。

我有几次去看他，都是李可染陪着，这一次听说他搬到一个女弟子家——是一个起义的将领家。他见到李可染忽然问："你贵姓？"李可染马上知道他不高兴了，就说："我最近忙，没有来看老师。"他转身对我说："艾青先生，解放初期，承蒙不弃，以为我是能画几笔的……"李可染马上说："艾先生最近出国，没有来看老师。"他才平息了怨怒。他说最近有人从香港来，要他到香港去。我说："你到香港去干什么？那儿许多人是从大陆逃亡的……你到香港，半路上死了怎么办？"他说："香港来人，要了我的亲笔写的润格，说我可以到香港卖画。"他不知道有人骗去他的润格，到香港去卖假画。

不久，他就搬回跨车胡同十三号了。

我想要他画一张他没有画过的画，我说："你给我画一张册页，从来没有画过的画。"他欣然答应，护士安排好了，他走到画案旁边画了一张水墨画：一只青蛙往水里跳的时候，一条后腿被草绊住了，青蛙前面有三个蝌蚪在游动，更显示青蛙挣不脱去的焦急。他很高兴地说："这个，我从来没有画过。"我也很高兴。他问我题什么款。我说："你就题吧，我是你的学生。"他题：

"青也吾弟小兄璜时同在京华深究画法九十三岁时记齐白石。"

一天，我在伦池斋看见了一本册页，册页的第一张是白石老人画的：一个盘子放满了樱桃，有五颗落在盘子下面，盘子在一个小木架子上。我想买这张画。店主人说："要买就整本买。"我看不上别的画，光要这一张，他把价抬得高高的，我没有买，马上跑到白石老人家，对他说："我刚才看了伦池斋你画的樱桃，真好。"他问："是怎样的？"我就把画给他说了，他马上说："我给你画一张。"他在一张两尺的琴条上画起来，但是颜色没有伦池斋的那么鲜艳，他说："西洋红没有了。"

画完了，他写了两句诗，字很大：

"若教点上佳人口言事言情总断魂。"

他显然是衰老了，我请他到曲园吃了饭，用车子送他回到跨车胡同，然后跑到伦池斋，把那张册页高价买来了。署名"齐白石"，印章"木人"。

后来，我把画给吴作人看，他说某年展览会上他见过这张画，整个展览会就这张画最突出。

有一次，他提出要我给他写传。我觉得我知道他的事太少，他已经九十多岁，我认识他也不过最近七八年，而且我已经看了他的年谱，就说："你的年谱不是已经有了吗？"我说的是胡适、邓广铭、黎锦熙三人合写的，商务印书馆出版的《齐白石年谱》。他不做声。

后来我问别人，他为什么不满意他的年谱，据说那本年谱把他的"瞒天过海法"给写了。一九三七年他七十五岁时，算命的说他流年不利，所以他增加了两岁。

这之后，我很少去看他，他也越来越不爱说话了。

最后一次我去看他，他已奄奄一息地躺在躺椅上，我上去握住他的手问他："你还认得我吗？"他无力地看了我一眼，轻轻地说："我有一个朋友，名字叫艾青。"他很少说话，我就说："我会来看你的。"他却说："你再来，我已不在了。"他已预感到自己在世之日不会有多久了。想不到这一别就成了永诀——紧接着的一场运动把我送到北大荒。

　　他逝世时已经九十七岁。实际是九十五岁。

图书在版编目（CIP）数据

传世散文经典：名人印象 / 郁达夫等著；郭雨选编 . —北京：
中国华侨出版社，2016.3

ISBN 978-7-5113-6015-1

Ⅰ.①传… Ⅱ.①郁… ②郭… Ⅲ.①散文集 – 中国 – 现代
Ⅳ.① I266

中国版本图书馆 CIP 数据核字（2016）第 055870 号

传世散文经典：名人印象

著　　者 / 郁达夫 等著；郭雨 选编

责任编辑 / 叶　子

责任校对 / 孙　丽

经　　销 / 新华书店

开　　本 / 670 毫米 × 960 毫米　1/16　印张 /20　字数 /220 千字

印　　刷 / 北京建泰印刷有限公司

版　　次 / 2016 年 7 月第 1 版　2016 年 7 月第 1 次印刷

书　　号 / ISBN 978-7-5113-6015-1

定　　价 / 36.00 元

中国华侨出版社　北京市朝阳区静安里 26 号通成达大厦 3 层　邮编：100028
法律顾问：陈鹰律师事务所
编辑部：（010）64443056　　64443979
发行部：（010）64443051　　传真：（010）64439708
网址：www.oveaschin.com
E-mail：oveaschin@sina.com